Paper
Airplane

紙 飛機

葛芳 著

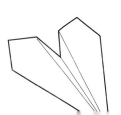

目次

我們如何書寫當下經驗

汪政
（文學評論家、江蘇省作家協會創研室主任）

在進入葛芳的小說之前，我們先閱讀了她的散文集《空庭》汪政（百花文藝出版社，2010），由於散文的非虛構而能真實地讓作家敞開自我，從而使讀者能更多地捕捉到寫作者的許多秘密。事實正是如此，在其後的小說閱讀中，我們時時看到掩映在文字之林中葛芳真切的身影，她的散文與小說之間存在著豐富的互文性關係。閱讀葛芳的小說，可能會產生許多的迷惑、費解與不可思議，是她的散文告訴我們，這個出生於鄉村的女子曾經有過多少波折的童年，她的一步一個腳印的堅實的生活，她寬闊的行走的疆域和對社會眾生的瞭解與體察，以及這些豐富的生活積累所引發的內心的激蕩。我們總以為江南文章多是園林般精巧的構築。但葛芳好像是反江南的，她給人帶來了粗礪、尖銳、堅硬與苦痛。

說葛芳的小說對抗了我們的江南閱讀期待，首先是她作品中那種原汁原味的世俗氣。她的作品無論是大的框架還是細部的摹畫都呈現出生活的真實的樣態，尤其是那些細節，讓人觸摸到日常生活的紋理，感受到日常生活的溫度。〈猜猜我是誰〉中的主人公宋雲試圖衝破的就是日常生活的平庸、無聊、灰暗給她的壓迫，作品的敘事邏輯和人物行為的動力都來自於對日常生活氛圍的精細描寫。家庭的氛圍，夫妻間的細節，特別是婆婆和小姑子到來的情節，其體察可謂入

木三分。它們背後的人情物理、家庭關係、城鄉關係、人物性格如果沒有豐厚的經驗與細心的體察作底子是斷斷想像不出來的。看〈日月坡〉、〈去做最幸福的人〉、〈枯魚泣〉都可以看出葛芳的眼光之「毒」。她是知道日子是怎麼過的,只不過,葛芳沒有以承認的態度去描寫這種日子,她敘述的是人物如何過不下去日子的,她要將這日常生活在作品中成為一種氛圍,一種力量,使其與人物對抗,在人與日子,人與生活的對抗中形成敘述的張力,逼出生存的意義。

所以,葛芳的小說雖然有世俗氣,但與這世俗氣同在的是對世俗的逃離,是人物的不安與突圍。在〈猜猜我是誰〉中,宋雲的生活如果在常人看來並沒有什麼不滿意的,但是宋雲就是無法忍受這庸常的生活,「她知道悲哀、希望和情欲日復一日在她內心戰鬥著,她一點也沒有將它們制伏的跡象,只能讓自己孤獨、絕望的情緒蔓延。」說到底,宋雲是個渴望奇蹟的人,因為只有奇蹟才能釋放她內心的欲望,對奇蹟的期待,對陌生刺激的追逐,以至於使宋雲產生了臆想和幻覺。類似的故事還發生在〈枯魚泣〉中,而且,人物的性格被賦予了更為明確的精神分析的色彩。文亞是小城的一名書畫家,才華橫溢,天資過人,但是他厭倦按部就班的生活,名聲、地位、職稱,他都棄之不顧,而是迷戀於聲色犬馬,出入於風月場所,為了這種放浪不羈的生活,他常常謊話連篇,視妻子、家人如路人。他或者躲在閣樓上與世隔絕,或者沉湎於網絡,放逐在虛擬的世界,當這一切還不足以安慰自己焦渴的靈魂時,他就只能靠白日夢了。同樣具有精神分析色彩的是〈南方有佳人〉,這也可以看作是一篇成長小說。小玉是個職校的在讀學生,父母離異,青春期的萌動使這個女孩時時處在尷尬而矛盾的心境裏。她看不慣生活中的一切,總想處處與生活為敵。但反抗其實很困難,即使想墮落也並非那麼容易。宋雲只能在假設中給自己一個個下墜的情境,但最終還是要回到家裏

去；文亞那一聲嘆息中大概也有對自己的無奈和對枯魚決絕的欽佩；而幾乎痛不欲生的小玉也漸漸心平氣和，「她想沉沉睡上一覺，醒來後去忙她該忙的事情。」這樣的不是結局的結局顯然表達了葛芳對世事人情的態度，她其實要講的並不是現實的驚天動地，而是靜水深流中隱秘的人性世界。

如果說上面分析的是葛芳面向內心的敘述，那麼我們不能忽視她面向外部的書寫。我們指的是諸如〈日月坡〉、〈去做最幸福的人〉、〈婆婆一院香〉、〈紙飛機〉等作品。從這些作品來看，葛芳是有「野心」的，她非常敏感於外部世界的變化，並且努力地去把握它們。我們總覺得〈婆婆一院香〉最早可能是一部長篇的構思。從故事時間上看，作品起於一九六五年，它以一個援越戰爭中犧牲的戰士的靈魂作為第一人稱來敘述，幾十年的歷史濃縮在一個小中篇裏。他的一家，他的村莊，他死亡之眼中那墳墓之外幾十年的變遷。外面的世界發生著令他過去的經驗無法解釋的變化。相比較而言，葛芳更嫻熟的是通過看上去都有些老套的故事、讀者身邊熟悉的人物來對世相進行解讀。可以將這些作品稱為世情小說或風情小說，以〈紙飛機〉為例，如果粗粗看上去，可以將它歸為底層寫作，作品裏的四個人物，衛春林、貴花、陶陶、李曉楠都是城市的外來打工者，他們來到城市，艱難地尋找一份工作，養家糊口，試圖改變自己和家庭的命運。葛芳的小說表明這樣的觀念，並不存在單質化的底層，也不可能形成想像中這一群體單一性的生活方式。當謀生者進入城市後，他們就成為城市的一員，一同組成城市的社會關係，共同編寫多元的都市故事。貴花對自己的工作是滿意的，穩定的工作和收入，台資企業工人的身份足以使她在城市擁有歸屬感。但陶陶並不這麼看，因為她有不安分的性格，她寧可去酒吧去做陪酒女郎也不願忍受刻板的一眼望到底的生活。而衛春林則是一個灑脫的人，內心深處還有著一片鄉

情，有一種虛幻卻又堅實的精神寄託。作品的敘述是克制的，葛芳寫的就是這麼一群人，不同於想像中的所謂底層，他們已經成為當下都市景觀的一部分。葛芳是不是認為，對他們的同情、批判相比起他們一心一意的生存選擇其實是沒有必要的，這樣的表達或許會獲得道德上的快感，但可能會遠離或遮蔽了真相。

　　葛芳出生於一九七五年，按文壇的說法是典型的七〇後。七〇後是為「生活」寫作的，是因為七〇後作家到了記事的年齡，改革開放與市場經濟已經開始，精神生活不再是生活的主要目標，而物質的東西上升為重要的方面，他們對日常生活的敘事代替了一切，對當下的把握成為最真實的表達，對人情物理有細緻入微的體察，對當今的都市生活有嫻熟的描寫，對當代人於滾滾紅塵中的情感世界有入木三分的揭示，……這樣的美學風貌在葛芳身上也有所體現，但相對來說，葛芳在七〇作家中是有一些差異性的，因為她有精神的籲求，並且時不時顯出宏大敘事的野心，但這樣的非典型性還是統攝在七〇後的整體美學之中的。因為葛芳的作品中，人物總體上並沒有明確的價值訴求，他們面對的是自己內心的模糊不清的欲望，他們需要掙脫生活的束縛，卻不知道自己要幹什麼，所以除了現實與想像的放縱和自我作踐，他們不知道還要幹什麼。再如宏大敘事，葛芳的一些作品試圖超出自己的經驗範疇，試圖給當代社會提供完整的風俗畫，但葛芳還沒有進入歷史，她的當代敘事也沒有給出碎片整理的軟件程序，所以最終還是返回到生活的現象的層面。我不認為這是葛芳的侷限，一個作家的面貌是他個性的表露，也是時代使然。當一個社會整體上處於價值失範的狀態，放棄了精神追求；當一個社會已經消除了歷史深度，不再需要歷史的參照，歷史也無法參照的時候；當一個社會已經找不出最大公約數的理論把握方式並且放棄了這樣的姿態後，一個作家又能怎麼辦？葛芳的寫作方式本身就是這個時代的文化樣本。

猜猜我是誰

猜猜我是誰

1

一汪碎水，暗示著暴雨剛下過不久。

殘枝胡亂排鋪著，驚魂未定，還帶著喘息的氣味。

宋雲左手拎一把傘，啪嗒啪嗒，走步極其緩慢，似乎踩著時間的長短針。右手抓著一包塞得鼓鼓囊囊的垃圾袋，這裏裝有一天下來要廢除的殘存物：牙膏皮、煙盒、腐爛的西紅柿、兒子斷頭的蠟筆、她變形了的乳罩、幾張揉皺的舊報紙——上面沾滿了魚腥氣。她探下身子，掀開垃圾箱蓋頭，裏面滿滿當當，散發著腐臭味。一天的氣味，時間的氣味，情緒的氣味，都悶在這個墨綠色長方形塑料桶裏。她說不上什麼，隨手把拎著的垃圾擱在塑料桶右側。

她走得沒頭沒腦，甚至沒有跟家裏人打招呼。門「卡啦」一聲重重落鎖，誰都沒有在意——她到樓下去扔垃圾了，三五分鐘後就會回來。家裏的光線十分黯淡，王大軍躺在沙發上眼皮腫脹，已經入睡。小孩蹲在馬桶上拉屎，哼哧哼哧。

宋雲一隻手騰空出來，斜插在口袋裏。她穿著一件針織毛衣，風從毛衣的縫隙裏擠進來，她下意識地將身體像球一樣蜷縮。

很快，由蜷縮而帶來的緊張讓她感到極不舒服。她改變了姿勢，索性攤開手腳，挺起胸，內心竟湧起一種傷感的味道。

她看見街角閃現過一個男人的背影，陌生裏帶著熟悉。她揉揉眼，神經莫名其妙興奮起來——她的前夫章成，邁著外八字，還是一

副挺拔的模樣，沒變，一點都沒變。她急匆匆跟上，他拐了個彎，手裏好像還夾著根煙，三五牌，她熟悉的，他只抽三五，他說這是品質的堅持。那股煙味，若有似無，一路繚繞，竄到她鼻子底下，她毛衣遮蔽下的身體嘆息了一聲。一個眼花，章成的人影不見了。

旁邊是個餛飩攤頭，水氣霧氣潑灑著。火苗吞得東倒西歪，有種恍惚不定的游離感。宋雲知道攤主是外地來的小倆口，夜裏八九點鐘模樣，就來這裏，一樣一樣擺放開來。那油漬漬的矮桌子和幾張塑料圓凳，在昏暗街燈籠罩下，像鄉下的三黃雞，哆哆嗦嗦打著盹。

她還在想章成，他們好像一晃之間有八年沒見了。這幾年，她和王大軍過日子，倒不是她要一刀切斷與過去的聯繫，她只是太忙，生了個男孩，哺乳、撫育，王大軍什麼沒插手，一晃小孩子就上幼兒園了。

她也想起過章成，那是在和王大軍做愛時，王大軍一成不變的樣子，讓她很快倦怠了房事。她有些狐疑，自己原先的快活呢？和章成在一起水乳交融的快活呢？她冥思的神態並沒有削弱王大軍的熱情，很快回過神來，有些羞愧，有些尷尬，於是，匆匆忙忙，配合王大軍，但效果並不見佳。

什麼時候，宋雲手裏多了碗餛飩，她並不知道，她神思恍惚，連自己坐在油漬漬的矮桌子邊也沒有意識。餛飩熱呼呼的，其實她並不餓，晚飯剛吃過不久，但看著它們一隻只眉清目秀的樣子，忍不住拿起勺子吃了倆口。

吃了幾口，立起，要付錢，才想起出門根本沒帶錢。她有點窘，神色慌張，說回家取了馬上送來。倒是那女孩子機靈，說：「阿姐，不要緊，一碗餛飩又算什麼？」她叫她阿姐？而且順溜得很，一點也不顯乾澀。宋雲立定了，仔仔細細打量起這個女孩：薄嘴唇，桃花眼，皮膚像剛才湯碗裏漂浮著的蔥花，蕩漾著柔嫩誘人的氣息。她穿

著一件褐色短上衣，一彎腰，臀部緊靠著腰上的肉就露出來，宋雲感覺到一股涼颼颼。

不管怎麼樣，這女孩和她老公靠十個手指頭在辛苦掙錢，不像那些雞，馬路上一站，晃啊晃的，騙得都是些骯髒的錢。宋雲微笑了，她是個堅持是非、原則性極強的人。

每天她都感覺天氣悶，然後就發現生活中有些不正常。譬如說，下了樓梯，卻疑心家裏沒上鎖；王大軍說好給她買個跑步機的，卻忘得一乾二淨。她腹部在長肉，而且速度令人驚悚，穿起裙子的話，很是顯山露水。她想，女人出去全無姿態，是很可悲的事。因此她把這件事鄭重其事放到桌面上講，從菜金裏省出一千元錢，讓王大軍今晚就去把跑步機扛回家。他卻忘了！吃完晚飯，他心安理得看電視，不一會兒，輕微的呼嚕聲有韻律地飄出來，飄到廚房，她有些心寒。

今晚碰上章成，如電影劇本裏的一個懸念。儘管只是章成的背影，但燒成灰，宋雲也認得出。她迷戀過章成的身體，他是體育老師，有款有型，尤其是眉毛，很有揚眉劍出鞘的男子氣概。他總是讓她很舒服，如蕩漾在水中，一朵花緩緩地打開。而且，她信任老師這種身份，很心安、很踏實，不久，他們就結婚了。

至於為什麼離婚，她自始至終認為她沒有錯——有一個女學生，哭哭啼啼，半夜打電話到她家，說：「我十八歲的生日，一定要把初吻獻給摯愛的章老師！」天哪！這是什麼鬼邏輯！宋雲火了，厲聲說：「她要把初夜、處女膜都送你章成，你恐怕也會照單全收！」章成只笑，嬉皮笑臉，一點也不嚴肅。嚴肅的場面還在後頭呢。那天她頭痛，從單位提前回家，擰開家中門把鎖的時候，她就感覺很不對勁，一男一女像浪裏白條在床上翻滾著。她捂著臉蹲在牆角傷心地哭了一場，第二天開始鬧離婚了。

今早她取毛衣的時候，鬼使神差翻到一件駝絨色背心，她一怔，章成的衣服竟還留著一件，她的頭埋下去，嗅到了他的煙絲味，梅子黃時雨的味道，使勁再嗅，她的肩膀顫抖了。

如果，就這個飄著零星雨絲的夜晚，街燈曖昧，她，緊跟著章成的背影，而他，在某一個巷口，突然反身抱住了她，用他慣有的手法輕輕揉搓她的耳垂、乳房……她會像一隻長滿了觸手的水母充盈著。她想她會這樣的，她的臉酡紅，一直到吃餛飩時，還是臉紅耳熱的。

可眼前只有賣餛飩的女孩和她老公。女孩挺外向，已經在自我介紹了，她說她叫阿蓮，老公叫董強，安徽過來的。阿蓮特地把董強叫到宋雲跟前，確實，很強壯的一個小伙子，臉膛有點黑，粗看還挺像香港的演員古天樂。他也誠心誠意叫了聲姐，聽得宋雲又溫熱了一陣。

宋雲白吃了人家一碗餛飩，覺得過意不去，阿蓮待她又像自家姐妹一樣坦誠，她猶豫了片刻，摘下手腕上的一個玉鐲套在阿蓮手上。阿蓮自然推脫，越是推，宋雲給的決心越大——其實玉鐲並不值什麼錢，王大軍從普陀山帶回來的，他買東西頂多二三百元，撐死了也就這樣。

她要打道回府了。她穿過流淌的街市，心情已不像剛出來時抑鬱。她瞥了一眼她剛扔掉的垃圾袋，那裏狼籍一片，牙膏皮、煙盒、西紅柿、破報紙全都爛糟糟的，十分噁心地暴露開來。誰去搗鼓過了？是哪個惡俗的人？他將她變形的乳罩高高挑起，恰巧掛在樹枝上，晃蕩著。

宋雲只生氣了一小會兒，很快，她躡手躡腳，摘下那只緊貼了肌膚半年多的乳罩，她聞到一股味道——體味？還是餿味？說不清楚，她再次掀開垃圾箱蓋頭，用一根樹枝奮力將她的乳罩戳到最底部。她拍拍手，轉身上樓。

2

　　一覺醒來，雲散霧開，秋天的陽光像少婦，豐腴而明媚。宋雲懶洋洋地伸了伸胳膊，手腕處光禿禿的。王大軍早走了，餐桌上還有他吃剩的半根油條，他是外企公司的電器工程師，生活相當有規律。小孩也被母親送去上幼兒園了。

　　滴答滴答，客廳裏落地掛鐘沉穩地走著，但好像，這貌似寧靜的陽光和時間，在蠱惑著她什麼？她今天調休，不用上班，她將頭埋在蠶絲枕頭裏，那麼輕柔絲滑，就算是窒息其間，她也有種心甘情願的暢快！她夢見章成了，他們裸露著，橫躺在床上，兩具美好的身體，噴灑著愛的氣息，很自然的，他們開始你儂我儂、平平仄仄。

　　她竟然懷想著她和前夫的性事！她對自己有些惱怒，可身不由己，兩三分鐘未到，意念又轉滑到章成身上。她掏出一個電話號碼簿，想找一些相關的人去瞭解有關她前夫的信息。那些發黃的字，寫得趴手趴腳，像是喝醉了酒似的。李冬，章成的密友，如今出國了。大丁，很胖壯的小伙子，怎麼就生胃癌死了呢？阿冬，他們夫婦的介紹人，也不知道去哪個城市混了？在把號碼簿闔上時，宋雲有了一種不安全、人世無常幾乎是恐懼的感覺。

　　宋雲穿戴好衣服，很快，因為恐懼而滋生出盲目挽留的姿態。她飛也似地拔上鞋跟，彷彿再晚一點，她就要錯失良機了。她胡亂將門碰上，有沒有上鎖都無關緊要。風，嘩啦啦一吹，她頸脖上的黃色絲巾飛揚起來，如同現代舞裏的一幕，決絕、有力。

　　那條街巷，白天和夜晚截然不同，彷彿是一個變心的女子，陰陽雙面。現在的它喧囂、歡騰。到處晃蕩著人。賣盜版碟片的，賣水仙的，賣內衣的，賣床上用品的，一字排開，浩浩蕩蕩。

她這樣急吼吼一路狂奔，是想捕捉昨夜她前夫的一個背影？這顯然有點荒唐！但她確信他就在這附近，搓麻將？打桌球？還是和一群女人在泡吧？他離不了女人。讓她慨嘆和悲哀的是——八年的時光，她的皮膚不再光潔如初，身材也有些走形了，可是他卻和以前沒兩樣，鮮亮、健碩，渾身散發著男子氣息，逼人而自信。

　　「阿姐——阿姐！」有人向她招手，晃啊晃的，是她那團翡翠綠的玉鐲，不！現在它不屬於她宋雲了，而是一個叫阿蓮的姑娘。阿蓮推著一輛自製的小木車，小車用木板隔開分三層，放著花花綠綠的飾品，全是些低廉、劣質，但顏色艷麗，看上去頗為時尚的小擺飾，還有些女人用的私物，如丁字褲、乳罩也光明正大攤放著。

　　阿蓮像隻雲雀，跳躍著招徠客人。她的董強緊跟著，彎腰從車後拖出一隻黑塑料袋，頭伸進去吭哧吭哧掏個半天，最後甩出幾條性感的丁字褲。宋雲看了，忍不住笑，一抿嘴，酒窩就出來。董強也有點不好意思，撓撓頭皮，說：「夜裏賣餛飩，白天就賣這玩意，出來混沒辦法，總想多掙點錢。」

　　他的眼睛閃閃發亮，有絲狡黠，很頑皮，像章成每次要小伎倆時自作聰明的一瞥，讓她恨得咬牙切齒，也愛得欲罷不能。宋雲的心一陣酥麻，掌心的汗沁出來，呼吸也有點混亂。她知道自己這樣隨意聯想是很沒有道德感的。她今天出行的目的是什麼？尋找前夫——因為貪戀他的愛欲——她碰到小姐妹的老公——卻從他身上引逗出了久違的情欲。她靠他那麼近，都聞到他身上的汗味和劣質煙草味了，它們揉雜在一起，充滿了召喚。

　　宋雲咬著下嘴唇，很笨拙地後退二步。正午的陽光太明亮！太熾熱了！它彷彿一把塗著白銀的利劍，霎那間從宋雲的喉部刺入。她甚至被自己口水嗆得嗆了幾下。

亂。整條街突然慌亂起來。如同潮水翻湧，從東頭亂到西頭。幾個穿制服的人，大搖大擺，劈面而來。阿蓮眼疾手快，三兩下拾掇好東西，拉起傻呆著的宋雲，拐進一個里弄。一條墨綠色鵝卵石鋪成的路七高八低。木車「噗噗噗」發出顛簸聲，阿蓮笑得前仰後合，她是那麼開心！那笑聲簡直就像發亮的銀鈎，在半空中閃耀著弧線一般的光芒。

宋雲提了個古怪的要求，她想到阿蓮居住的地方坐坐。這讓阿蓮誠惶誠恐，倉促裏掩藏著興奮。阿蓮喋喋不休，說她和董強的事。宋雲心不在焉，只聽見自己的高跟鞋在鵝卵石路上發出清脆的叮咚叮咚聲。

一進門，她就毫無顧忌掃視那張大床。床有種吃驚的大，像個龐然大物，雄踞在凌亂的房間，床上的被褥螺旋形扭曲著。宋雲斷然有種噁心的感覺。可很快，她嗅到了氣味，瀰散在房間一種沉歡呻吟的味道，一種對宋雲致命的來自天堂的味道！

宋雲深吸一口氣，臉頰上潮紅一片。

阿蓮撅著屁股，翻箱倒櫃，想找出些好東西來招待宋雲。

宋雲沿著床邊坐下來，下意識裏捋了幾下床單，發現幾根頭髮，細長的，不用說，準是阿蓮的。宋雲笑得很玄妙，她又開手指，權當梳子，理了理自己的頭髮，然後將自己幾根發黃蜷曲的頭髮在手指間繞了繞，丟在阿蓮和董強的床上。

宋雲警覺惶恐地咳嗽了兩聲。現在，她自覺像個賊，笨頭笨腦的賊，心機重重，又不能自已。她窺望了床的頂頭，那兒壓著一個小紙盒，枕邊散落著兩顆粉紅色的藥丸。她的眼皮像被蜜蜂狠狠地蟄了一下，頓時感覺又腫又痛。

一會兒，董強回來了，他從巷子的另一頭撒丫子跑回來。阿蓮一聽到聲響，就將豐盈的肌體往他身上靠。董強汗唧唧的，頭像剛從蒸籠裏取出來的饅頭，直冒熱氣。

阿蓮笑著跟宋雲說：「城管是隻紙老虎，只會嚇死膽小的人。這種事情，一個星期不知要碰上多少次，要眼風快，腳步輕。」董強也笑，瓮聲瓮氣說：「總之，要跟他們鬥智鬥勇，千萬別傻呼呼乾愣著。」

阿蓮的身體扭得像團麻花，一屁股坐在董強腿上，他向她耳朵裏吹氣，阿蓮反過身用胸脯堵住了董強的嘴巴。「要死了！」他在呼嚎，語氣興奮。

宋雲仍坐在他們床沿上，咬緊了自己雙唇。很受挫，很窩囊。她匆匆忙忙告辭，路上，幾片樹葉險些刮到她眼睛裏，眼角酸酸脹脹，一抹，有兩滴清水眼淚。

3

宋雲考了張心理諮詢師證書，在副刊部編輯心理欄目。時間幹得長了，駕輕就熟。豆腐乾大的文章，哪裏都能找一塊，何況現在網絡上博客文章比比皆是，隨便點擊一下，一個版面三四篇文章就輕輕鬆鬆搞定了。

她是從骨子裏生出了個「懶」字。懶得運動。食堂吃完飯，她就坐在自己的轉椅上，瞇眼，打個盹。腹部的贅肉也就在這時辰無情的長出來。懶得做愛，這也屬於運動的一個項目，但追根究柢，和王大軍有關。他事先沒有前奏，中間平鋪直敘，結尾草草了事，然後酣然入睡。她覺得自己如同曝曬在太陽下一條鹹魚，散發著乾澀的鹹味。燈被王大軍擰滅了，她胡亂想了幾分鐘，小腿擱在王大軍腿上，也因疲倦漸漸進入夢鄉。因此這也促發了她生活中第三個「懶」：懶得去計較、思考、盤算生活。

上週報社開會的時候，宋雲吃驚地發現，她身邊的同事衣著多光鮮啊！氣質多優雅啊！她們大都近四十歲了，皮膚卻保養得嬌嫩誘

人，仍像剝出來的蛋白，據說她們就是用蛋清、蜂蜜、牛奶來美容的。幾個女人湊在一起，高檔香水味道若有若無，她很敏感，用力吸吸鼻子，再到洗手間的鏡子前一照，情緒一下子低落下來。

鏡子裏的女人沒有一絲光澤，全身灰撲撲的，高領毛衣圍堵著脖子，顯得有些臃腫。色斑、暗斑什麼時候爬上了她兩頰，一團一團，擠兌著，這也從某個方面暗示了她的性生活很不協調。她有些怨恨王大軍了。會議上領導的嘴唇一張一合，宣講中央文件精神，話筒很響，震得人發暈。她腦子裏嗡嗡嗡一片，什麼也沒聽進去。

一天都沒情緒。

天是灰的，流動的雲是灰暗的。她匆匆從這個城市東頭穿到西頭，發現公交車是灰暗的，人流是灰暗的。繞到菜場，買的幾棵青菜也是蔫著的。這種情緒一直積澱到夜晚再次扔垃圾時，她終於神經質地爆發了！

而爆發的真正導火線還是前夫章成的出現。她確信是他！那個鏡頭宋雲回憶了無數遍，章成的影子也越來越清晰，他就在她周圍！菜場裏隔著好幾個攤位，她也能看見他穿著栗色皮衣在擺弄幾個蘿蔔，他下廚做菜燒給誰吃呢？可是，一晃眼，他卻十分奇怪地消失在她眼皮底下。她又在商場櫥窗的玻璃裏看見他的影子，手插在褲兜裏，張望著什麼，還是那股痞子相──儒雅的痞子相，她回頭正想要招呼他，突然一看空空如也。

尋找章成！這是她情緒低落兩週後的第一個反彈。如同一個新選題的確立，帶著某種憧憬和規劃，她按部就班起來，先得給自己買上一架跑步機，對！減肥！把腹部的贅肉統統去掉，把三圍盡可能收縮到她和章成熱戀時的狀態。小蠻腰，嬌滴滴，盈盈一握。唉！世界上最可怕的事──莫過於她在邂逅前夫時發現自己是怎樣的一副殘枝敗柳！

下班後，她就去體育器材店轉了，她本質上還是個風風火火的人。「懶」是因為和王大軍過日子過出來的。王大軍是個生活圈比較狹窄的人，沒有什麼特別要好的朋友，外出喝酒嫖女人也和他沾不上邊。他伏在書房設計他的圖紙，一聲不吭。他的兩大嗜好很特別，喜歡睡覺，喜歡吃紅燒肉。

　　和王大軍結合，也是源於宋雲獨特的嗅覺。說來好笑。自從親眼目擊章成和浪蕩女子在床上一幕後，她蹲在牆角傷心哭了一場，次日昏昏沉沉進了一家油漆店，她張開嘴巴，用力呼吸油漆味，一種刺激、新鮮的味道，像奶油味一樣薰人，她從小就喜歡聞這些怪異的味道，汽油味、樟腦味，越特殊越好。她坐在塑料板凳上，神思恍惚。她也知道油漆味聞久了對人體很有傷害，甲醛、苯、氨……可她就是忍不住喜歡用力嗅。接近傍晚，她還枯坐著，王大軍走過，他身上有一股濃重的樟腦味，他穿著他母親剛從衣箱底部翻出的衣服。樟腦味像一帖中藥，竟讓宋雲不由自主跟著他走出了油漆店。

　　沒有人相信她有這種怪癖。和王大軍行房的時候，她會撒一顆樟腦丸在枕邊。聞著，情緒就上來了。

　　商場裏跑步機有多種式樣，最便宜的也要三千多，這超出了宋雲的估算。她沈住氣，不讓自己顯露出慌張。尤其是射燈下那台新款的米黃色跑步機，功能多得花了宋雲的眼，其實也貴不到哪兒，再多花一千也能買下來。宋雲估摸了十分鐘，走到櫃檯邊，刷卡了，刷的是自己的工資卡。

　　其實她一直想去跑新聞。一篇本地新聞稿一個紅包，誰不知道這個潛規則？她申請了幾次，但要聞部的主任一直沒給她答覆。菜花都等黃了，她也就死了那條心。她只能湊和著過，不緊不慢，不死不活……

　　這一星期的版面她採用的幾乎都是博客文章。那些作者，離這城市越遠越好……遠得聞不到這城市喧囂糜爛的氣息，也嗅不到她曝曬

在陽光下的鹹魚味。她站在窗簾後，默默祈禱，她的眼睫毛濃而密，成了一道彎彎的弧形，彷彿一簾幽夢。這是以前章成對她的評估。從本質上講，她屬於五官耐看的女性。

大雨連續下了兩天。她在客廳的跑步機上大汗淋漓，面頰發燙，內衣褲通濕。那種感覺，很像做愛。她不斷地調速，雙腿也越抬越快，一開始，有種撕心裂肺的酸滯感，像連皮帶肉要挖出她骨子裏的懶勁。她硬是挺過了難關，穿著緊身T恤，頭髮用一塊塑料花布高高扎起，如同一個專業的健身運動者。

當然，在王大軍回家之前，宋雲早把這一切行當都收拾起來。洗好澡，換上家常服裝，她帶孩子在小區的街心花園散步一圈，晚霞的顏色粉粉的，散發著一股曖昧、含糊、說不清楚的味道。

夜晚，趁扔垃圾的當兒，她喜歡往阿蓮的餛飩攤走。阿蓮一看見她，就雀躍，仍舊阿姐阿姐親熱地叫個不停。宋雲不再吃餛飩，只輕輕淡淡和阿蓮說上兩句。流著淡淡綠雲的翡翠鐲子，在月色中反顯得很協調。宋雲看了兩眼，就把餘光瞟向別處，她瞟啊瞟的，不一會兒就瞟到阿蓮的董強。小伙子在暗處，性感的嘴唇像塗了層釉。有那麼一兩次，他的眼神似乎回合了宋雲的目光，穩穩的，招住。有絲熱辣，有絲大膽。

宋雲的心沉下去了。她想她的章成對著其他女人誘惑的眼神肯定收不住陣腳的。

天黑沉沉得像阿蓮手中的抹布，骯髒、油膩膩。宋雲很後悔當初怎麼吃下了阿蓮順手遞上的餛飩。她原是有潔癖的，章成就有些受不了，每天臨睡前總要嘀嘀咕咕嘟囔幾句，宋雲要求他刷牙、換內褲，否則就別上她的床。宋雲望著鍋中一隻隻顛簸的餛飩，它們沉浮不定、欲擒故縱。宋雲彷彿一下窺見了這些年章成的私生活，它激情、緊張、糜爛而多姿。

她突然感到了生活中前所未有的憤怒與屈辱。

4

陽臺的玻璃上落著厚厚一層灰，臨馬路的住房就是這樣討厭，灰塵多、噪音響。當時宋雲並不中意這戶公寓，但王大軍說，那防化玻璃隔音效果好，不礙事。實際上他是想能省則省。蘇北人，歸根結柢還有種小農意識。

王大軍說：「過一陣，我父母要過來暫住幾天。」王大軍的聲音很輕，像一隻死蒼蠅啪啦掉在菜壇上那種窩囊。宋雲聽了，也不回話，但明顯已經不舒服了。

上來幹嘛？怎麼住？明擺著的現實問題。宋雲空落落地望著玻璃上的灰塵。灰塵竟還有形狀，積在一起，如同漾開的波紋，裏三圈外三圈，不斷推湧、奔騰著。

她並沒有將多餘的問題問出口，王大軍就說了：「我母親腎不太好，我陪她到市立醫院作個徹底的檢查。」

宋雲楞了一下，腎？腎是頂關鍵的內臟器官，假如一旦真查出了什麼毛病，那錢上的消耗可不是鬧著玩的。——這些話她不便說出口，畢竟還算是個知書達理受過高等教育的人。她反身抱起地上搭積木的兒子，回房休息。近來他們之間一遇到什麼棘手的問題，兒子就成了有效的擋箭牌。包括王大軍要求和她完成性事時，她也支支吾吾，推推揉揉，說：「兒子會醒來——突然闖進門——看見了那事——很不潔。」

或者乾脆，她就睡在兒子香軟的小床上，夢裏儘是前夫章成的身體。帥氣的章成，凶猛的章成，溫柔的章成，在秋天黃葉落滿小城的夜晚，讓她翩飛成一隻小蝴蝶，她張開鵝黃色的翅膀，輕盈地滑翔。

有一天夜裏她醒了，發現王大軍正看著自己。

「你怎麼了？」她吃驚地問，以為在夢中她拙劣地喊出前夫的名字。

「我只是看看你。」王大軍不知所措地說：「我猜想你可能最近有些不舒服，也許是因為你有壓力，——放心，他們最多待上一個星期。」

他看上去也心事重重，右手搭在腦門上，那一角落的頭髮只剩稀稀落落幾根。她縮在被窩裏，有些怪異地看著他，帶著某種幽怨、奇特的恍惚感。

他們拱在一起，很像一對企鵝。他噴出的熱氣，混雜著煙絲的臭味，飄到她的鼻子底下。真的很奇怪，當年離婚後，她怎麼會看上他？

宋雲掖住被角，蜷曲著身子。他往後騰挪了一下，她的後背頂在他肚皮上，很不舒服。

幾天後，她的公婆謙卑地坐在她家客廳的沙發上。她端茶、遞水、削蘋果，微笑溫婉，殷勤地囑咐王大軍千萬要當心母親的身體，她的聲音裏滲著蜜糖水一樣的甜味，如新過門的媳婦，蓄意在討好什麼。等到他們前腳走，她「嗵」地將門重重扣上了，她站在窗簾後，若有所思，看著他們三人灰撲撲的背影，漸漸消失在街角。她的心頭，湧起一個很奇怪的念頭，她，彷彿從來沒有與他們相識過，沒有過任何一絲瓜葛。

下午在報社，她也是這樣心不在焉。她人緣並不好——總有點莫名其妙、心血來潮。她傻坐在電腦前一個下午，她的心絞在一處，她越來越覺得自己像個鬱鬱寡歡的孩子，充滿委屈，卻無處申訴。

直到那個電話來臨，她慵懶、疲倦的身體才恢復了一點元氣。

她把聽筒貼到耳根，喑啞著問：「你好！請問那位？」

「宋雲，猜猜我是誰？」

猜猜我是誰？她一下子懵了，她最討厭這種惡俗的問法，似乎一個惡毒的遊戲，她在明處，人家在暗處，怎麼說都是不對等的。

　　「宋雲。」對方繼續叫她，很有磁性的男人的聲音──她的神經興奮起來，她熟悉的一種音色和語調，他讓她猜，猜猜我是誰？還會是誰呢？她忽然有種破涕為笑的傻勁，她被口水嗆了一下，緊咳一陣，好不容易穩定下來。對方還笑咪咪的等著她的答案。她輕聲問：「章成，你過得好嗎？」

　　「我不是章成。」他說，語氣裏有點尷尬。「你居然聽不出來？」他乾笑了聲，「再想想，猜猜看，我到底是誰？」

　　宋雲火冒了，聲音提高了八度：「誰認識你這種無聊的人？你吃飽了撐著！還有完沒完！」說完，她將話筒狠狠甩在了一邊。

　　鄰座的幾個人轉過頭看了宋雲一眼，宋雲不說話了，任憑自己憤怒的情緒在胸腔起伏。叮鈴鈴──電話又響了，她遲疑了一下，暗示旁邊的小姑娘接，還好，是迎春中學政教處的老師，問宋雲老師周五下午是否有空去給學生做一次心理健康講座。

　　她下意識裏擺出沒空的手勢，可是，很奇怪，她的思維連接得太快了，她知道章成的一個女同學在迎春中學，說不定就是在政教處呢，好像姓杜吧？宋雲幾乎是搶過電話筒，落出一副很隨和的口氣說：「我就是宋雲，你貴姓？」

　　「敝姓杜，宋老師，能和您聯繫上真是太高興，不知道您是否能擠出寶貴時間？」

　　對方果真是章成的女同學，宋雲虛弱地摁住了內心的竊喜，她含糊地答應了去中學講課的請求，腦海裏卻飛快地盤算起能從此次行程中瞭解到多少有關章成的信息。她來了精神，撩開眼前的瀏海，敲擊鍵盤。

　　時值春季，繁花滿枝。杜老師在校園白玉蘭下等她，她一開口就稱讚宋雲樸素、優雅，有氣質。宋雲微微笑了一下，她早已習慣這種

恭維，她一門心思要把講課早早結束，好切入正題來尋找她的章成。
杜老師看上去也像個清湯寡水的女人，面頰瘦削，下顎堅硬，只有那
雙眼睛燃燒著教育的激情，她在宋雲講課的時候不停地記錄著什麼，
多次引導學生熱烈鼓掌。宋雲的聲音算得上甜美，當她瞟到杜老師堅
硬的下巴時，忍不住猜測起她丈夫和她親熱時也是這樣牢不可破嗎？

　　四十分鐘的講課很快就過去了。她們在白玉蘭馥郁的香味下走了
幾圈，宋雲等得近乎心煩意躁了。白玉蘭的花瓣肥白、光潔，一大張
飄下來，恰巧落在她的手掌心。她有意無意地說了聲：「杜老師，你
好像和章成是同學？」

　　「對！」杜老師立定腳跟，探尋著，「你怎麼知道？」

　　「我，」宋雲咬了下嘴唇，黯然之後馬上坦然作答，「他是我前
夫，八年不見，不知道怎麼樣了？」

　　杜老師「哦」了一聲，極富同情心地向前挽住了宋雲的胳膊。宋
雲有些不適，但沒有推拒，任由她挽著往前走。夕陽的餘輝灑落在白
玉蘭樹上，留下了斑駁的光影；仍有潔白花瓣在飄落，恰巧飄在兩個
女人的影子裏，宋雲安靜下來，慢慢聽杜老師開講。

5

　　王大軍打開家門的時候，發現宋雲齊齊整整地穿戴著，白灰色套
裝，寬鬆的襯衫，連黃色紗巾也很別致的扎在一邊。

　　「你要出門嗎？」他神色不安中帶著幾絲焦慮。

　　宋雲點點頭，嘴唇抿著，好像有什麼事下定了決心一樣。

　　他有些生氣了，乾巴巴地說：「你也不過問下我母親的事，好歹
你是個媳婦！」

　　宋雲回過神來，敷衍地問一句，「怎麼啦？」

「怎麼啦？要住院，這一天排隊都等了四五個小時，住了醫院才能徹底觀察，總之，事情不是太妙！」說完，他鑽進臥室去拿他的銀行卡，宋雲知道他的錢藏在床邊抽屜的下層，這是他的小金庫，平時每個月他要交出薪水的三分之二。他皺了眉，「我父親在醫院裏陪著呢，我得送錢去，你──你不去關心一下？」

宋雲勉強應了聲：「那好吧，但誰去幼兒園接皮皮呢？我母親看望她的老姐妹去了。」

王大軍一下子爆炸了：「去看一下，又不是叫你陪一夜。我就沒指望著你去陪她過夜！」

宋雲從未看見過老實人王大軍發飆，他的領頭胡亂歪在一邊，頭髮上翹，粗腫的手指交纏在一起。她心軟下來，耐著性子解釋：「你別誤會，我就這麼一說，我也希望你媽順順當當，什麼問題也沒有。」王大軍的頭耷拉著，生了一會悶氣，也就不那麼強硬了。他嘟嘟囔囔，摟了下宋雲，哄小孩一樣對宋雲柔聲說：「對我父母好一點？求你了。」

宋雲「嗯」了一聲後，就維持了很長時間的沉默。夫妻倆打了一輛的士，一路無話。醫院裏飄著蘇打水的味道，快接近下午四點，這裏依舊人滿為患，王大軍撥開人群到繳費窗口，一下子就被刷掉了一萬元。宋雲想這兩年他堅持不肯買車，怕得就是這種情況發生，他的想法太實在了──汽車是消費品，買了只能跌價；房價炒得這麼厲害，說不定金融危機就會爆發──還別說，真給他說中了，上半年他們公司訂單大幅度減少，他和幾個工程師差點面臨裁員的危機。

心疼的，錢，像流水一樣嘩啦流走了，而且不知道還要流多少。宋雲一步一挪走到病區，拿出些熱情和公婆打招呼。病房裏的人全都病懨懨的，愁苦悲哀像一張無形的網一下子也攫住了宋雲的心，她幾乎要窒息了，不禁往後退了兩步，「不要」，她對自己說：「我不要被他們牽著鼻子走。」

宋雲迅速把自己解脫出來，她抬起手腕看了下錶，意思是她去接皮皮了。皮皮接到手上，她馬上轉手放到母親住處。她在等待天黑，她看見太陽一點點從雲層中墜下，歡喜得幾乎淚下，她肚子不餓，一點也不想吃飯。她的黃色紗巾搭在鎖骨上，還能顯一點韻致。這紗巾，十年前章成在上海外灘買了送給她的，洋氣、時尚，看上去一點也沒有落伍的跡象。

　　其實宋雲對杜老師的話並不太信，尤其是杜老師表述時的神情有一種羨慕式的嘲諷，讓宋雲很受不了。杜老師說：「章成這個男人怎麼好像就沒有老過，去年同學聚會他仍像小年輕，胳膊曬得黑黝黝，眼睛亂放電，耳朵上還打著亮閃閃的耳釘。師範學院對老師的管理就是這麼鬆鬆垮垮，上樑不正下梁歪，這種學校不知有多少女生去墮胎過！」

　　杜老師聳了下肩膀，將半張臉留給宋雲：「你知道他開什麼車？奧迪Q7，車裏香噴噴的。吃完飯他請我們洗腳、唱歌，出手可真闊綽。你說，一個老師，哪有那麼大能耐？」

　　「他唱歌好，一招一式都有明星風範，我們猜他是出去走穴，賺點外快，但也不至於這麼鋪張。男人好面子，可能就是要這些效果，嘻嘻——」杜老師惡毒得掐斷了後面半截話，若有所思地看著宋雲。

　　「他一直沒有結婚——」

　　宋雲的血液在體內跳動著流淌。

　　「我們猜想他被一個富婆包養了。」

　　宋雲的臉紅一陣白一陣，她想她這個心理諮詢師被中學的語文老師羞辱了，她想狠狠摔掉那隻挽在她胳膊上的手，可杜老師的手指像螞蝗，十分有力，緊緊吸附在她的皮膚上。她幾乎是抒情式唱出最後幾個音符：「哦喲，現在哪有什麼——好男人了！宋老師，還是你有先見之明——噢！」

宋雲對她的朋友湧起了一陣憤怒之情，但又不好顯露，苦笑了一下，趁著杜老師彎腰撿起校園裏紙片的時候，她甩掉了那隻怪異的糾纏不休的手，她發誓再也不要見這個女人，這個精瘦的心理變態的女人，她怎麼在教育崗位混了這麼多年？

　　宋雲的頭腦裏充滿了強烈的念頭，在這月色稍上柳枝的時候。她看著整條街一點一點放出異彩，紅、黃、藍、綠，各種顏色交錯在一起，像形形色色的人混居著。她一點也不喜歡那個姓杜的女人，太無事生非了，說不定她打電話來邀請宋雲講課時就已經曉得他們之間的關係。而她，傻呼呼地被奚落了一回。江湖人心險惡，一點不假。但，好歹，她宋雲隱隱約約中知道了他的一條重要信息——他沒有再婚，為什麼不結婚？

　　不結婚的男人就可以像一隻野貓到處亂竄，隨處發情。宋雲走在一棵樟樹下，狠狠撕扯下幾片樹葉。她很想念那張傲然的帶有輪廓的臉和流淌著情欲的眼睛，他用低沉平穩的調子說話，腳步輕柔，他從後面摟著她的肩，然後是腰。宋雲覺得自己要顫慄了，她幾乎要淚眼婆娑了，幻影，哪怕只是幻影，她也願意割捨生命中很多無用的時間來等待。

　　他被一個不知道姓名的女人佔有著。不是嗎？姓杜的女人說得很明確，他被一個富婆包養著，他為她燒蘿蔔燉雞，他的肱二頭肌上壓著皮肉鬆弛身體肥壯的的老女人。

　　宋雲痛苦地閉上了眼睛，——她們在惡意誹謗他，這些女人，得了人好處還喜歡造謠，她們的世界狹小而空洞，突然碰見了一個像樣的男人就喜歡猜測他所有細節，她們就像一群蚊蠅追趕著甜膩的東西亂拍翅膀，她怎麼就完全相信了呢？

　　章成怎麼可能淪落到這種地步呢？——宋雲很有些憤憤不平，沒有人會像她一樣能理解章成的精神世界。他算得上是個精神貴族，喜歡音樂，也擅長朗誦，他們配合著一起朗讀《簡愛》那段臺詞時，她

是多麼迷戀他帶有磁性的顫音啊！「我們的靈魂是平等的，如同站在上帝面前。」他含情脈脈看著她，彷彿他倆真是摸索著靈魂的通道經過幾番周折好不容易才深入對方的心靈。

現在聽說他如此面目可憎的事情，她坐立不寧，甚至感覺有種切膚之痛在凌遲自己。店家櫥窗裏的燈光明晃晃的，她看見來往的人笑著談著走來走去，她感到無力和絕望。在想像中，他變得畸形和肉欲，好像裸著身體在穿街而走，她受不了，她要把他抓住——她奔跑起來，伸出手，喉嚨裏發出尖細地絕叫。

宋雲一直往前奔跑的時候，黑暗正開始籠罩街市。她的呼吸成了唏噓，而且淚漬滿面。她覺得喉嚨口塞滿了濃痰，想要拚命咳嗆出來，以此嘲笑自己和全世界。可是，很倒霉的，她碰上了董強，他傻里傻氣地問了聲好，她不能踩他，只任憑自己的奔跑的形體消失在通往回家之路的薄暗中。

6

星期二下午，宋雲坐在辦公室拆信件，一大堆心理方面的信件，有字跡潦草的、也有書寫工整的、還有一大沓打印稿，全都傾吐著這個城市人們的不安和焦慮。大清早宋雲跟王大軍說話就有點惡狠狠，她覺得自己也有些不對勁，喜歡自言自語，天麻乎亮就起來了，自言自語時，低得只有她自己聽得見說些什麼。

很娟秀的一頁紙，但明顯有淚漬，宋雲撿起來細讀，原來是一個中年女人在吐露，說她在一次吃豆腐飯的時候和同桌陌生的男人有了感覺，他送她回家在二樓的拐角處，倆人突然大腦失控脫了衣服竟好了起來，他是多麼好的一個男人啊……接下去的句子閃爍其詞，但宋雲能推斷出女人的激情和滿足。至於流淚的原因，女人說他們之間只

能有一面之緣，她是局長太太，先生是有權勢有官位的人，她怎麼敢破壞一切呢？

薄薄的一張紙，捏在手上，宋雲覺得很假，她對這女子並不同情，或許本身就是子虛烏有的事情，沒有落款，也沒有地址，無聊的人來作弄她一番也有可能。再說，她對官太太素來就沒有好感，虛榮、自矜，以為自己是什麼不一般的人了。

「叮鈴鈴」電話鈴響了，她湊過身子去接聽。

「宋雲——猜猜我是誰？」

又是那電話！

宋雲全身的肌肉都繃緊了，猜猜我是誰？那個隱藏在背後的人是多麼狡黠！他必定熟悉自己，名字、辦公室電話號碼，包括自己的情緒，他都清楚。他躲在暗處，不緊不慢控制著生活的節奏，他低沉平穩的調子顯示出他城府極深，但他又存心是在撩撥她，猜——猜，——猜猜我是誰？會是誰呢？有很多種可能，宋雲根本無法揣測，生活中她遇到的男子有上千個，擦肩而過、工作應酬、同學朋友、過去現在都有可能，他們就像無數個氣泡在升騰、蒸發或毀滅，她怎麼能精確地猜出他是誰呢？

宋雲沉住了氣，說：「你再說一句。」

「新朋舊友，你總不能認識一個丟一個吧。」

他揶揄著，算是提了一下醒，說完電話就斷了。

宋雲脊背上冒出了一層冷汗，踉蹌走出報社。馬路上汽車響起一陣長嘯，一隻熟睡在路邊的狗，站起來咆哮，宋雲嚇得躲到了一邊，她開始害怕起生活中的無常。

五年前，她吻過一個比她小六歲的男人。

她是昏了頭腦，火車上的事情，原以為會像風一樣被吹得無影無蹤。她到內蒙古出差，只買到坐票，鄰座是剛服役結束穿著迷彩服的

英俊小伙。黑暗中火車單調地晃蕩著，凌晨二點，滿車廂的人都在昏昏欲睡，她也不例外，頭趴在桌上，手捏著一串鑰匙掉了下來，恰巧落在小伙子腿上，他一把將她的手抓住了。她蜷縮成一個小皮球，不作一聲地繼續趴著，他的手越捏越緊，最後嘴湊上來，彷彿是神的諭示，她如饑似渴地接受了。他的手伸進她的衣領，像一個魔術師開始施展魔力。

火車靠在月臺邊喘息，他們拉著手利用五分鐘的時間在站臺牆柱後瘋狂接吻，他兩腮的鬍子短促堅硬扎得她臉蛋生疼，她不管，雙手死死摳住他的衣領，像一隻餓了很久的小狗貪婪地伸出舌頭。月色濃重，北方高大的臭椿樹木散發出一股難以形容的味道，彷彿成了他們邂逅情景中特設的興奮劑。

他們上下車一共五次。她如同在汪洋裏的一條小舟上飄蕩，不時發出驚駭而甜蜜的尖叫。每一次看見火車靠站，她就心慌、緊張，不由自主隨著他繞過人群，蹦躂著找最黑暗的一個角落。他把她抱起來，雙腿夾在他的胯部，他身型高大，臂力過人，她成了他的玩具在吹氣，在任憑他野蠻地撫弄。差一點，那一次，差一點他千鈞一髮的時候，火車發出嗚嗚長鳴聲，兩人都嚇了一跳，然後瘋笑著竄上火車。

旅途只是旅途，等到所有行程結束，一切的虛幻都會自行消失，她發了狠對自己說。十天後，她將回到自己的城市。

這個事情，她誰也沒有說起過，埋在心裏，讓它漸漸腐爛。她不是個輕薄女子，但也能容忍自己偶爾的情思泛濫，她甚至還能回憶出那男子的青澀與純潔味，他鼻樑很高，身材筆挺。在黑夜裏他們像是一對溺水的人兒，互相又充當了對方的浮板，內心充滿了欣喜與激狂。荒唐的人生插曲，使宋雲快樂。起碼在那幾個月，她發現自己神清氣爽活躍在各個場合，她仍舊有吸引年輕男人的魅力，她又變成了樹林裏一隻天真幼稚可愛的梅花鹿。

電話中的他會是——火車上的年輕男子？宋雲的外衣被突如其來的一場雨淋濕了，水不斷地滴到頸脖裏。「不可能，我沒有給他我的號碼，連名字也沒有告訴，他只知道我是個編輯。萍水相逢，我們渴求的只是一種情緒，誰還會為誰堅守呢？」

7

王大軍的妹妹上城來了，一點先兆也沒有。她坐在宋雲專用的轉椅上，屁股底下還壓著宋雲的書。一進門，宋雲就被東西絆了腳，一看，幾個布袋子胡亂隨地放著。宋雲只見過她小姑一面，隱約有些印象，如今看到她這副模樣，一下子曉得了她的粗鄙。

王大軍炒了幾個蘇北菜，味很重，辣得嗆人，他們吃得頗有滋味。宋雲勉強扒了幾口飯，就去收拾皮皮的房間，她皺著眉，慢吞吞地將床單、被套一一換下來，不清楚王大軍的妹妹王海琴到底要住多長時間？

直到臨睡關床頭燈的時候，宋雲才知道王海琴到這城市的兩個原因，一是照顧她住院的母親，二是想投靠哥哥嫂子，找份工作，也找個人嫁了，兄妹之間彼此好照應。宋雲吸了口冷氣，這些人想法如此簡單，以為找工作找男人都是極方便的事情，或者是把他家王大軍當成了三頭六臂的一號人物，宋雲鼻子哼了聲，轉過身去，把屁股留給了王大軍。

王大軍乾脆把自己當成了死豬，呼嚕呼嚕睡去了，他沒有多餘的精力來解釋，他當然知道她不開心，先斬後奏，有什麼辦法呢？船到橋頭自然直——這是他一向的處事方式，聽聽，十分鐘不到又鼾聲起伏了。

她也入夢了，火車上年輕男子的面孔，飄到宋雲的眼前。現實骯髒的場景，她根本沒有其他退路，黑夜裏他好像又變成了章成。他

用舌尖吻她，他的駝絨色毛衣竟然有其他女人的香水味，她擰他的耳朵，他像一頭黑豬崽，將毛刺刺的頭拱到她大腿之間。

她還愛著章成。或者說，他也還愛著她。如果說愛這個詞語顯得矯情的話，起碼，她日思夜想著他，她喜歡把自己當成弱智的樣子，不停地問這問那，說一些什麼時候同死的傻話。極度喜歡後就會要求一同死去，他們已經過了戀愛發熱的年齡，可是每次做愛後她仍有這種衝動的傻勁，抱著他的腦袋，撫摸著，好像時間的河流在兩個人的貼膚貼肉中奔湧得更加激蕩，她嗅到了死亡的甜美氣息，這樣的時候，她根本不會去計較人生的成敗與得失了。

她對著牆壁，白色牆壁在黑暗中發亮，她默默地，在心裏大聲疾呼起來：「章成，你到底在哪兒？」她的聲音彷彿穿透了世界上所有的牆壁在奔跑，她堅信他會聽見他的呼喚，她忍不住有熱淚湧出了，她想告訴他，沒有了他的夜晚她恍然發現自己就是一隻孤獨的鹿，絕望，悲傷，無所依靠。

王家的事情很糟糕，像一團亂麻剎那間全部糾結在一起。婆婆患的是腎積水，手術剛動過，王海琴去醫院陪了兩個晚上後就跟母親吵架了，她一賭氣就往大街上跑，跑到哪裏誰也不知道。王大軍所屬的外企公司不好請假，他已經成熊貓眼了，頭重腳輕，身心疲憊，他用哀求的語言懇請宋雲去輪流陪夜。

病人躺倒在床上，不能動彈，端屎端尿，全部要人服侍。宋雲硬著頭皮呆了個下午，婆婆木木地呻吟著，她很胖，要搬動她絕非是件容易的事情。活著真是場痛苦，婆婆的眼皮都懶得抬了，並不關心是誰在身邊，任由著他們擺弄。

宋雲想，如果把自己耗在沉悶的病房，她也會崩潰的。她手頭上還有一連串的活兒沒幹，編輯版面、送皮皮參加幼兒英語脫口秀節目、尋找章成，尤其是最後一件事，剛有了一點眉目，怎麼就此放

棄了呢？宋雲在病房尋思了很長一段時間，她得找個人接替她照料婆婆，哪怕讓她出錢，她也願意的——

她的念頭，轉得並不算荒唐，誰都可以理解——生活平白無故被不相干的人打亂，這是煩惱透頂的事，接著還要她來承擔，憑什麼？她只是他們一紙婚姻上的媳婦，媳婦的角色本身就是不確定的，可以是她，也可以是另外一個陌生的女人。他們作為嫡親兒女都在臨陣逃脫，看看王海琴吧，是典型的生活不打草稿的人，一賭氣一任性就可以跑得沒個人影。王大軍呢？事情攬在身上後也吃不消了，於是也盡往她這邊推。

我算什麼？我又是誰呢？宋雲覺得事態發展得很可笑，她嘲諷起自己，哈！誰都以為我是救世主了！滑稽。我還希望上帝之光能照耀到我身上來呢！

她想起前幾天她在街市奔跑時淚漬滿面的樣子，仍能感覺到心臟有抽搐後的疼痛感。那個傻里傻氣的人還向她問好，他真是傻透了，他一點也沒有感覺到她的悲哀？他不可能感同身受的，他和他的小妖精好得像是從蜜罐裏捏出的一對。對，就找他倆，做護工，一天一夜，二百元，比賣餛飩、賣丁字褲好。他們倆肯定會答應，看得出，阿蓮是個世俗功利的女孩，她明白宋雲身上的社會能量，就算是討好也會竭盡全力照顧好她的婆婆。就這麼幹，宋雲迎著太陽走出醫院病區的時候已經感到了如釋重負的輕鬆感，

果然，阿蓮和董強應允了。阿蓮於是成了宋雲的表妹，隔房還是遠親？誰會來考證呢？阿蓮乖巧地將魚湯一勺一勺地餵送到宋雲婆婆的口中，董強配合著給宋雲婆婆翻身、擦洗。老人舒舒坦坦地睡了幾夜後，臉色也漸漸好轉起來。宋雲每天等報社下班後就來探望半小時，阿蓮口中的「阿姐」叫得更歡了，還貼著她胳膊留些親暱的小動作，宋雲不太習慣，但也只能假戲真做，戳著她的額頭說「死丫頭」。偶爾給阿蓮帶些有牌子的服飾，她欣喜得忘了本，甚至要湊到

宋雲臉頰上親。婆婆笑了，說：「你們這對姐妹啊，真叫親！我這次生病多虧你們照料。」

董強抿著嘴唇微笑，不多話，保持了一個年輕男子的真誠與厚道。他殷勤地為宋雲端茶遞水、拎包，他的肌肉隆起得越來越有型了——王大軍哪能跟他比啊，軟塌塌的肉，堆在腰間，皮帶伏在褲子上只能鬆鬆垮垮。宋雲看著董強的胳膊，有一種說不出的心生歡喜，最近她仍堅持在客廳的跑步機上運動，肌肉在拉緊，細密的汗一滴滴往下淌，尋找某一個人的秘密也如同括在花壇底下的種子在一點點破土而出。

她要好的一個小姐妹昨夜打電話來，神秘兮兮，說：「哈！你猜我在商場裏上碰到誰了？你前夫，和一個洋妞在一起，屁股大得像獅狒。」

她沒笑出聲來。王大軍趿拉著拖鞋，歪著腦袋，走進房間，她趕緊在被窩裏把電話掐斷了。王大軍身上的樟腦味早已去盡，殘留的是齒縫裏的大蒜味。她背轉過去，迷迷糊糊間，粗暴地推開了他伸過來的粗壯胳膊。

8

臨出院前的一個傍晚，董強拎著電飯煲送宋雲去打的，天一下子變得黑沉沉，像包公的臉。也沒見出租車的影子，只聽颱風呼呼直響，將馬路兩邊的樹枝吹得「喀拉拉」直往地上掉。有一根大樹枝險些砸到宋雲，幸虧董強一把將她拽過來，拉到胸前才算逃過。宋雲心嚇得「噗噗」直跳，她聞到董強身上的男子氣息，很濃郁，她暈頭暈腦，深吸了倆口，耳根也熱了。

董強撐開兩隻手臂，像頂陽傘為她遮擋，果不其然，一會兒大雨滂沱，兩人的衣服也濕了一半，可偏偏就是沒有車子來。董強拉起她

的手就往附近的商店跑，她迷糊得像在夢裏飛，急雨，黑夜，她和她愛著的男子在私奔，莽莽蒼蒼昏亂的氣場，她都是極度喜歡的，好像靈魂也在撕裂了，一半向著天堂騰雲駕霧，一半卻是要到地獄裏交待她作為婦人的不貞。

火車上那串鑰匙……已經開啟了作為婦人不貞的大門。她想——自己心底原來是那麼喜歡作踐的樣子，她頭髮蓬亂，衣衫不整，皮鞋一腳踩在水塘裏，可是又有什麼關係呢？天空的色彩呈現出一片濃墨綠色，淋淋漓漓，萬物在歌唱，在用力吮吸。她像一隻濕了翅膀的灰頭麥雞，雙腿肌肉一夾緊，「撲」地飛到屋頂上發出短促和嘹亮的鳴聲。

愛，可以分裂成很多個。這是章成說過的原話。他很沒正經的，用膝蓋頂她的腿，那時宋雲大學畢業不久，對男人懵懵懂懂。她自然不喜歡這油腔滑調的說法，牴觸了半天還是心甘情願跟著他到了他的單身宿舍。他殺了一條白鰱魚，蔥、薑、料酒，一點一點把佐料加進去，釀成的一鍋湯黏稠、鮮美。他雙手捧上，端到她面前，她感動了，一個愛好廚藝的男人必定是熱愛生活的男人，他眼睛溫柔，像藏著許多魚，一尾一尾游弋開來。

吃了魚，喝了湯，那夜她就沒有回家。她枕著他的大腿睡到天亮，醒來還能摸到嘴邊的魚味。

王大軍相反，他不會做菜，最多應宋雲的要求拎兩隻熟菜回來。牛肉爛糟糟的，呈現一種不太正常的紅顏色，宋雲對王大軍皺眉，說：「什麼事情也辦不成，餿了的菜也在拿回家。」

王大軍吃了白眼，晚飯也吃得不痛快。王海琴霸佔著他的書房上網 QQ 聊天，他抽了根煙在客廳無所事事，突然冒出一句：「你表妹和表妹夫倒是挺功利的一對。」

宋雲撂下手中的抹布，問：「怎麼得罪你了？」

「你看她手臂上的鐲子……」話說了半截，他停住了。

宋雲想他到底感到有點受傷害了，也好，這種感覺遲鈍的男人，是要給他點苦頭吃吃，否則一點也不珍惜。

王大軍說：「怎麼以前也沒聽你提起過他們？」

「哼！」宋雲心裏譏笑出來，自己功利不說，倒在嫌棄人家。誰給你媽端屎端尿？若不是他倆，你媽只好在屎堆裏打滾，現在站出來說風涼話了，真是一錢也不值的蠢貨。——那錢，還是我出著的，十天，二千元錢，你十個指頭伸出來交給我？

宋雲慢吞吞地舌頭打著滾，說：「遠親，我姨婆家的，恰好前幾個月聯繫上了，人家也是熱心人，幫我們照顧了媽一段時間。你倒是以怨報德，盡說人家不是，缺德！」

王大軍乾笑了一聲，極盡虛偽。宋雲看著他臉頰旁湧起了兩坨肉，像是傍晚院子裏見著鄰居牽著的一條哈巴狗，雞皮疙瘩渾身起了一層。她忽然劈哩叭啦將碗筷往池子裏一塞，她想去皮皮的房間——可現在也被王海琴霸佔了。婆婆醫好了病，回老家療養了，花了王大軍三萬元錢。這王海琴倒是在醫院耍了性子以後，硬是留在哥哥家不肯回蘇北，目的很明確，找工作，找男人。

宋雲臉色沉下來，將王大軍拖到臥室，質問他：「她——到底——什麼時候走呢？」

王大軍聳聳肩，伸出手，做了個無可奈何的姿勢，宋雲冷冷地輕聲說了句：「滑稽了，這天地倒被她作主去了——」

宋雲很少正面奚落王大軍，但因為他母親和妹妹，她發覺這個男人的原則性極差，有了事盡往老婆胳膊窩裏一藏，或者乾脆裝傻，聽憑事態發展，一點也不顧及她的感受。宋雲忍不住將手指戳到他鼻尖：「她不走，我也不想回家了，亂糟糟的，像在一罈醬缸裏。」

宋雲拐了幾個弄堂，黑沉沉的夜空，她想起了一件要緊事，非要去跟阿蓮說的事。早上她在報社開稿費單，一下子頭腦呈空白狀，

這兩個月她用了七八篇博客文章，作者她都沒打招呼，她悄悄地取了文章，換了各種各樣的筆名發出來，她想他們遠在山村或者偏僻的小鎮，並不會知曉……她也沒有特別的惡意，當初是為了跑步機，後來是為了要支出婆婆的護工費，她不可能像那些跑新聞的記者，大吃大喝以後還能理直氣壯接過紅包。她這一點小錢哪能跟他們比，連小巫見大巫也說不上呀！

宋雲想跟阿蓮說，她稿費單就開給她和董強，他們倆只需帶上身份證，臉不改色心不跳去取錢就是了，沒有誰會多問，即使問到也一口咬定是自己寫的文章──當然這有點杞人憂天了，不可能會發生的事。

又是下雨，餛飩攤沒有擺出來。宋雲心緊了一層，依舊往前走，她認得他們的住處，收緊腳步沿途看的時候，幾個小混混朝她吹了幾下口哨。她用指尖摸著傘骨，扭著腰走過。

鵝卵石鋪成的路面在雨中很滑，她不敢快走了，踮著腳尖窸窸窣窣行進。好不容易找到，咚咚咚敲門，她整個心撲通撲通狂躁跳個沒完。

還好，他倆都在，並不在床上折騰，只聚精會神湊在一起擺弄新買的山寨手機，手機唱起歌曲來，音量大得嚇煞人。

阿蓮瞪大了眼珠子，她不太相信這樣的做法能行得通，真有天上掉餡餅的感覺，錢會自己跳下來落到皮夾裏？宋雲摟她的肩，女孩身上還留有廉價的胭脂味，宋雲含糊其辭地笑，說：「可以換個牌子了……」

「你們真像對姐妹，好得可以割頭換頸了。」董強仰面躺在被褥上，輕嘆了一聲。宋雲心一緊，不知道他的所指，眼睛乜過去，他卻是誠心誠意在誇獎。窗戶外是散發著夾竹桃味、尿騷味的小徑，這樣的夜晚是沒有月亮的，雨停了。

宋雲不要他們倆送。他們堅持，最後，阿蓮拍著董強的屁股說：「你把宋雲姐姐送到那端巷子口，這兒小流氓多，我不放心。」「咿

呀」開了門，走了幾分鐘，宋雲面頰發燙，獨獨的，一句話也說不出。董強拉她的手，她渾身虛軟，正想要解釋什麼的時候，她又看見章成的半側面，留了一小撮鬍子，皮膚黝黑，加了副眼鏡，胸前掛了塊玉。好像也就是四五米的距離，宋雲視力好，一下子就看了個清楚，等到回過神來，想要招呼的時候，他一轉身又不見了，獨剩一股風。

宋雲心裏滿腹的冤屈，終於像股洪水奔湧而出。她扒在董強的肩頭先是抽噎，繼而是大聲地呼哭。層層疊疊的情緒，像山峰，像亂霧，像染缸裏五顏六色的水，把她宋雲折磨得心律也近乎失常。她不知道自己到底要些什麼，如同一個孩子在黃昏的巷子口左右為難。董強好像在安慰她，輕輕地拍打她的肩，可是他懂她什麼呢？他什麼也不能領悟。汽車呼嘯而過，喇叭聲刺耳地叫著，她感到地面也在震顫，她的指尖在發麻，頭皮嗡嗡直響，她可能真的承受不了生活的重壓——她說她想飛，飛出她的身體，飛出塵寰，飛出一切。

董強的頭湊過來，黑豬崽毛刺刺的頭，拱在她的乳房之間。她急速搖動的心臟一下子從胸腔裏飛蹦出來。他笨手笨腳，竟然解不開她束胸的帶子，她的眼淚水汪汪一團扔掛在臉頰上，晶瑩發亮，替他著急。她要飛起來了，真的，晃晃悠悠，身體都要掛到枝頭上了，她揮舞著手臂，如同一隻失去平衡的直升飛機左右不定。

兩人在胡同的陰暗處喘息飛翔著，董強的舌頭跟章成一樣，靈巧而有力。宋雲的樣子很奇怪，她如同耶穌，被釘在胡同黏濕的牆壁上，歪著頭等待基督徒的膜拜。風涼颼颼一陣，直吹進她的身體，彷彿一條滑膩小青蛇，張開尖細的牙齒，竄進她身體內核亂咬。一個激靈，她被喚醒了，她一把推開正在急吼吼解褲腰帶的董強，連奔帶跑一溜煙消失在夜色裏。

9

建康東路，靠近運河，每天傍晚，有船嗚嗚嗚叫，十二三隻機帆船聯成一氣，頗為壯觀。據說當年乾隆下江南的時候，就是沿著這條運河，一路把美女美景看盡。皇帝老兒寫詩、作畫，給這條路留下不少古跡。報社在建康東路寫字樓十一層，人往窗外低頭一看，冷不防有種蒼莽寂寥之感。

同事走得差不多，週末，都想早點兒回去。宋雲磨磨蹭蹭，辦公桌整理了半天也不見頭緒。前一個星期她托人總算給王海萍和阿蓮安排了工作，到超市做收銀員，能不能長期留用得看她們各自造化了。王大軍摸著她胳膊，似乎感慨萬千的樣子，回到家也做巴結狀，極力討宋雲的好。沒過三天，他恢復了常態，吃完晚飯就陷在沙發裏打呼嚕。他一小撮頭髮已顯得灰白，一個小彎，緊貼在頭頂上。她懶得跟他生氣了——匆匆忙忙拾掇好家務，也靠在沙發一角想心事。

船在鳴叫，聲音拉得極長，嗚嗚嗚，像大水牛。宋雲恍然有種今夕何夕的掙扎感，她不知道為什麼她一個半死的夢幻突然生氣蓬勃了，而且這種召喚灼傷得她夜不成寐。瞪著眼睛，看黑暗一點一點從時間裏走過，她想這樣下去，她會顛狂，並不知所終。

電話鈴響了，辦公室空蕩蕩的，她趴過去接，對方直呼她的名字，並曖昧地吐出那句讓她心煩已久的話：「宋雲，猜猜我是誰？」

宋雲的心「咯噔」晃蕩了一下，腦袋也像被重重擊了一次。她深深吸了口氣，說：「你再說兩句——我來猜。」

「貴人多忘事，真是的，你竟把我忘了？」對方的音色和語調與上次有所不同，像繃緊的弧線彈出來。

宋雲責備天性敏感的自己此刻混沌如一棵植物。夜晚的風起來了，撲到她的臉上，甜膩膩的，也像在提醒她什麼。空氣裏充滿了寂靜，充滿了一種頗使血液激蕩的、有所期待的岑寂。她捲了捲舌頭，很費力小聲地詢問：「你——是董強？」

　　「董強是什麼人哦？」對方笑得很譏諷人的樣子。

　　宋雲唏嚦掐斷了電話，平白無故，又被人奚落了，自己是十三點，好端端的，把藏在心裏的秘密拿出去被人曝曬和訕笑。她不可以原諒自己，包括那個雨夜的吻，乾澀、毛糙、熱烘烘、帶著絲辣味，她為什麼還是迫不及待接受了？躲在那吻裏嗚嗚嗚然，像一隻小白兔躲在蘑菇房下麵心安。那瞬間的激情，她完全可以拒絕，但那時的自己好像不是自己了，言語動作都不屬於她，她只聽見董強粗重的呼吸聲和蓬勃有力的心跳聲。他年輕得讓她羞愧。

　　她倒是很想和他談人生，她想用她全副熱忱去談，如果把這樣的話匣子打開，她會靈感橫溢，她可以是他精神上的教母，引領他去認知柏拉圖、徐志摩或者李商隱。她的眼睛灼灼發亮，可是他雙手忙著解她上身的衣帶。他的頭抵著她的下巴，她聞到了他頭髮裏的一股油耗氣，濃湯赤醬，估計都被打翻了，潑到他的身上。

　　宋雲站起身來，推開報社門循著小徑向運河邊走過去。運河橋兩邊是高大的楓楊樹，橋墩很高，幾乎伸手就能觸及樹梢。風一吹，每片樹葉都在抖動，好像在跳著踢踏舞，全場的氣氛熱烈到了高潮階段。橋下是個公園，孩子們不知為了什麼在哄然大笑，而且笑了個沒完。宋雲趿拉著鞋走路，她知道悲哀、希望和情欲日復一日在她內心戰鬥著，她一點也沒有將它們制伏的跡象，只能讓自己孤獨、絕望的情緒蔓延。最近半個月，她不止一次地跑出屋子，徘徊到半夜才回家，她連跟王大軍吵架的力氣也沒有了，他就像團麵粉，或者是個西紅柿，她斜靠在發出昏暗光線的燈柱旁，無可奈何地作了個比喻。

她也不止一次回想起火車上的年輕男子，他穿著迷彩服，輪廓鮮明，一上火車就幫助身邊的旅客搬拿行李，哪想到夜間他瞅準了她的孤獨乘虛而入。他的腿靜靜抵著她的腿，二三個小時也不挪一下，他的大腳趾動了，她微微欠了下身子，剛好鑰匙掉了下去。

或許鑰匙就是一個道具，她期待它掉到他的腿上，她指尖剛接觸到他，他就有力地緊握住她的手，手當然會傳情達意，從溫柔地撫摸上升到用勁力量的十指相扣，她意識到自己的情欲和孤獨感在無限膨脹。他們沒有說一句話，周圍都是人，說不說有什麼關係呢？她甚至看不見他的眼神，只憑他的手在冬天外套遮蔽下輕鬆游走於她的乳房和肚臍之間。

她清晰記得，在月臺上她貼著他耳朵柔聲說：「寶貝，好了就好了，永遠別來找，那太累。」他孩子氣地點頭，眼睫毛上蒙了層亮晶晶的東西，看得出，他動了真感情，二十三歲小伙子，指不定還是初次體驗男女之情的曼妙，他喉間唔囔了幾聲。

她趁他上廁所的空檔，急匆匆換了個車廂，挨著最近的城市逃也似地下了火車。

五年後的他會什麼樣子呢？做什麼行當？結婚了嗎？那電話裏的聲音莫非真的是他？要從密密的人群裏摳出她混亂的往事——這又有什麼目的呢？

宋雲顫抖的聲音沉寂了，她的身體寒顫似的發抖。蜻蜓從密密匝匝的樹葉裏飛出來，盤旋著轉圈，一大群。

梅雨季節來了，宋雲一點準備也沒有。

10

王大軍打來電話的時候，宋雲仍在運河橋邊徘徊。一個女人像失心瘋一樣不停來回走動、哭泣、喃喃自語，而且頭髮衣服上掛滿了

水滴，人們就錯以為她有些不正常。這類人在運河邊多的是，前一陣子民生在線還播放了一個五十歲男子裸著下身沿河奔跑的鏡頭。人們瞪大了眼睛，裸體男人卻視若無睹，跑到劍麻後撒了一泡尿，繼續前跑，最後是幾個警察呵斥著強行把他塞到汽車中才算了事。

　　宋雲在鏡頭中模糊看到他下體雙腿之間黑呼呼的一團，是哪一種不顧一切的心情驅策著他？她似乎很能理解這種瘋狂欲望在腦海中佔上風的原因了，她也常在漆黑的夜裏呼叫與跳躍，她的人躺在王大軍身邊，可是意識卻在街巷或者雨夜裏沒命地奔跑，冷雨打在她肉體上，她感到快慰——她彷彿在孤寂地面對生與死，內心充滿了崇高的悲劇感。

　　王大軍的聲音有些發飄，像是從另外一個世界傳來的，他說：「宋雲，你在哪裏？怎麼還不回家？皮皮一個勁地哭，小傢伙可能是發燒了——你怎麼搞的？電話一直不接——你最近老像在夢遊，無緣無故發脾氣——你怎麼了？也生病了嗎？——事情太多，也難為你了，都是你在處理。你是我好老婆，娶到你是我福氣。告訴你——」

　　王大軍停頓了一下，他的鼻息很重，他似乎有意是在告訴她：「今天中午我碰見章成了，我們在子捷數碼城門口碰上的，他遞了根煙給我，問到你，我說，不太好，睡夢中總是被驚醒，身體也有些虛胖……」

　　蜻蜓撞上了宋雲的額頭，在她眼前搖搖晃晃，她伸出手臂開始懸空亂抓，她像被一個男人抱緊了身體一樣要奮力掙脫出來，蜻蜓亂飛，她撲抓的姿勢愈加凶猛，結果把臉頰摳破了。她感到疼，這個貧乏庸俗的午後她不知道自己到底在做什麼，她的丈夫卻和她前夫碰上了，他們怎麼會認識的？她想破了頭皮也找不出答案。他們居然還站在一起吸了根煙。王大軍平時根本不抽煙。三五牌子嗎？還問她的情

況，天哪──「不太好，睡夢中總是被驚醒，身體也有些虛胖……」她就是這種形象落在她前夫的腦海裏？她寧願死也不要如此草率地被定義！

宋雲在運河橋墩邊坐得直挺挺的，她已經停止了走動。髖骨在發出疼痛的感覺。她知道這條運河邊發生了很多事情，關於醜惡、犯罪、肉欲的事情。二年前還浮起過一具被強暴過的無名女屍。女屍面目浮腫得可怕，她是誰？被誰幹過？這些疑團最後都不了了之，因為屍體可能是從上游沖下來的，有太多的不確定性，警察不是神，只能隨著時間的流逝忽視並遺忘。

她給自己做了個假設，假設她就是那女子，一個偶然的夜晚沿運河邊隨意走著，一個體型高大的男子在身後襲擊了她並施加強暴，然後將她勒死，拋入運河中，整個過程中她掙扎喊叫，不明所以地呻吟了幾聲，然而那男子根本不加分辨，有力迅速地結束了整個事情。

假設這樣，她突然覺得合理而輕鬆。她的頭彷彿玩具風車般旋轉著，她發現了冒雨在樹林裏接吻的少男少女。她也看見了一大片鬱金香開得像塑料紙做成的假花，但雨水在閃耀，還有泥土和草的溫暖氣息。她想起了少女時期和外祖母乘著船到杭州普陀山燒香的情景：她安安靜靜地坐在船艙裏，聽見四周水流的聲響，她的心和外祖母一樣虔誠，一定要在普陀山觀音面前磕幾個響頭。磕頭時她許了個願，當然願望說出來就不作算了，她藏在心裏，微微一笑，相信觀音菩薩會保佑她心想事成的。

她回想到上午辦公室的一個細節，主任重新審核了上個月簽發稿費的作者名單，她漫不經心瞥過去，主任的眼光也正若有似無地投向她。哈！這又怎樣呢？她好像淡定得可以將自己推出整個世界。一切與她有關，一切又與她無關。她只是在這個庸俗而孤獨的世界裏奔跑

著，她也只是個孩子，在掛滿荊棘的叢林裏奔跑，所有發生的事件都
有可以原諒的理由。她太累了，太疲倦了，只想找個地方睡覺了。夜
太黑，路也太長，她變得朦朦朧朧要閉上眼睛的時候，手機響了，她
伸出一隻手，在黑暗中摸索，她聽到王大軍的聲音。

2010年8月11日 第一稿

11月2日 第二稿

日月坡

日月坡

根大

這幾天一直下雨，我哪兒也沒去，背著手，屋前屋後不停轉悠。我覺得不對勁，房子裏好像有一股臭味，屬於死耗子身上的味道，很衝鼻子，我猛地打了個噴嚏。

我拍了下腦袋，戴上口罩，拿起火鉗，角角落落裏搜。南面屋子裏租住著一對江西小夫妻。我沒敲門，進去了。我想我是東家，這屋是我自己的，有什麼好敲？我帶著一頂黑不溜秋的帽子，拎著火鉗。那江西女人小菊一看見我這模樣，就笑得像隻打嗝的母雞，上下磕個沒完。她忘了，她還在餵奶，那一對大奶，翹在棉衣底下，像兩隻豎著耳朵的小白兔。小菊一點也不害羞，她或許在想，根大都快六十歲的老頭了，跟我爹差不多的年數，還會動什麼歪念頭呢？

我問她：「有沒有聞到死耗子的味道？」

小菊咯咯咯笑，說：「你鼻子過敏吧！我們這裏只有奶味，你看，寶寶吃得多香。」我想，我還是找死耗子吧，再待下去，我的心臟要隨著奶香嘩啦跳出來了，跳到手心裏，我的老命就要沒了。該死的雨，下得還真沒完沒了了！老太婆出去一個月，我的腳跟就足足冷了一個月，沒人焐，沒人暖。唉，怪我兒子周炎，沒出息，他一沒出息，連他老娘也跟著折騰。

我這兒子，怎麼講呢？讀書時很拎得清，考了重點高中，讓我在整個鎮上狠狠風光了一把，我老骨頭一分一分地省下錢，我知道，雞

窩裏要飛出金鳳凰，我拚了命也要好好栽培。他輕輕鬆鬆上了大學，畢業後到江陰鋼絲繩廠做工。

等到他娶媳婦生完兒子，我以為我可以徹底省心啦！哪曉得……他三年沒回家過年了，人瘦得像麻桿，臉色蠟黃，他說他失眠——人怎麼會睡不著覺呢？他在電話裏的聲音有氣無力，病歪歪的。他叫我老太婆到江陰去，照顧小孫子。老太婆已經在嘀咕了：「照顧，照顧！又把我當傭人，服侍他們，唉，一代還一代，我就是個做死坯！」

周炎是窩囊廢，在他老婆王莉面前一個屁也不敢放。王莉叫他往東他哪敢往西？每逢過年，他不都乖乖跟著王莉去了丈母娘家？他什麼時候變成了一個軟柿子？

老太婆一走，穿堂風更冷了。我縮手縮腳，又成了一條老光棍。西面屋子有一群湖北女人，她們全都是我女兒周羽叫來做內衣加工活的，天不亮，轉盤機就唪唪唪唪響個沒完，吵得我沒法再睡覺。那個在院子裏打手機的就是我女兒，她叉著腰，一邊說話，一邊指手畫腳，居高臨下，好像誰都要聽她的指揮。昨天我們還嘔氣了，我說：「周羽，你滾！勿要成天在我眼前晃蕩，你早該嫁個人光明正大地滾，勿讓我看著心煩！」

周羽嗓音比雞叫還尖，她也不叫我爹，她虎著臉說：「我礙你什麼了？我是你雙腿一夾激動出來的女兒，你倒嫌棄我什麼？你兩間屋子空著也是空著，我叫工人幹活，每年付你的房錢也不少，你抽煙、喝酒不全靠這些？」

一口痰霍落跑出來，卡在我喉嚨口，我狠狠地吐，落在菜心上。我把下一口話嚥回去了，我實在說不出口，我想說，周羽啊周羽，誰不喜歡錢？可你別做那噁心的事，讓我走到哪毛到哪！

周羽拔了下鞋跟，見我不說話，以為塞住了我的嘴，她站起身，走到我身後。我嚇了一跳，不曉得她要幹什麼。她揚起手，翻了翻我

的衣領。她不氣惱了，也不悲傷，很一本正經地說：「嘴長在他們身上，隨他們自說塞話，我只想好好做點事情，你看周炎，偎灶貓一隻，一點也拎勿起！」

她動不動就牽出周炎來戳我心，這丫頭是記恨呢！小時候我敲她屁股下手重，誰叫她脾氣倔，整個一頭驢，拉都拉不回。她跟周炎是是雙胞胎兄妹，可一個潑辣得能拆天，一個安靜得屁也不放一個。周羽動不動就愛發脾氣，一生氣就把化學書撕成了兩瓣，嘩啦風一吹，全跑了，她咧著嘴，雙拳抱在胸前，哪像個女孩的樣子？

唉，那事，提起來我還真羞愧。他兄妹倆拿初中畢業成績單的日子，周炎金榜題名，在鎮上悶熱的禮堂裏作為優秀畢業生代表發言。我站在走道裏，眼睛不停地瞟，我的女兒上哪去了？禮堂裏黑壓壓的，學生們七嘴八舌說著話。我慌張得很，我的直覺告訴我周羽不在場，她去哪兒了？我害怕得兩腿直哆嗦。

散場了，我騎著自行車，七高八低地騎，鎮後面有座山，山並不高，五百多米的海拔，大家都稱它為日月坡。山的後半座成了石料場，整天轟隆轟隆炸個沒完。前半座還保存著，有個烈士紀念碑，有個燒香的廟，還有個山洞，黑漆漆臭烘烘的，經常有人在那拉屎。偏偏我繞去了，小石子把我的輪胎戳破了，我扛著自行車一步一步往上爬的時候，我聽見烏鴉在枝頭哇哇亂叫，壞事啦！真的壞事啦！

周羽在那個臭薰薰的山洞被人睡了，睡得心甘情願！她一咕嚕從地上爬起來的時候，頭髮中全是草屑子，她咿呀哼著歌，還拍拍自己的胸脯。

我肩上的自行車「哐噹」掉在地上，我一屁股坐在黃泥上，嗚嗚哭了起來，我怎麼養了這樣不要臉的女兒？前兩天我就聽茶館裏的人說，最近山洞裏常有事情發生，大白天的，會看見四條雪白的腿在擺啊擺的，真是傷風敗俗啊！

我遇到真事情時，就根本板不起臉，只會慌張，只會手足無措，好像反倒是我做錯了事。我的鼻涕一茬一茬地往下淌，弄得我鞋面也濕了。我沒看清楚睡周羽的男人，他早就沒影了，周羽也下山了。山風很大，後山的轟隆聲又響起來了，我耳朵都快震聾了，我把鼻涕擤了又擤，一直感覺到舒暢為止。我抽了根煙，默默想了一陣子，又能怎樣呢？——回家！

　　我把一泡滾熱的尿撒到樹根時，絕沒想到馬獻初的老婆會一個眩暈，一頭載到冰冷的河水中淹死。周羽的手機掉在八仙桌上，吱吱吱吱還在振動，消息就是從她手機發布過來的。她長長尖叫了一聲，說：「死人了！」

　　她又重複了一遍，「死人了！」

　　我的尿憋得實在太久了，好不容易尿盡，回過頭，我知道她喜歡一驚一乍，而且做起事情沒心沒肺，誰能拿她當真？這回我拉長臉，呵斥她：「大過年的，勿要瞎講！」

　　周羽結結巴巴，「獻初的老婆，栽到在門前的河裏，淹死了！」

　　我的心裏也咯噔了一下，方圓幾百里，我最不願意聽到的名字就是馬獻初！他媽的！這畜牲聽起來冠冕堂皇——黨支部書記、興化公司總經理、周羽的直接上司，就是他，和周羽的關係不清不楚、曖昧含糊。五年前，周羽離婚，離得風風火火、莫名其妙，我和老太婆一連幾夜都沒闔上眼，好不容易逮住一個機會，問周羽：「為啥離？」她沉默了一下，咂了咂嘴，說：「我男人——那個不行了。」

　　我恨不得撲上去抽她耳光，狠狠地抽，臭丫頭！你以為你還是十七歲？這樣沒腦子？

　　我氣得腦子發暈，哪有力氣再撲上去扇她？偏偏我又抽了一口煙，這煙把我嗆得差點死掉，這個女兒，是我前世得罪了哪個神仙釀的禍胎，我怪誰呢？

現在，她又闖禍了！她逃脫不了關係的。她名義上是馬獻初的辦公社主任、總經理助理，可人家怎麼稱呼她的呢？小蜜、二奶。這些電視上才可能出現的名詞，竟都用到她身上了！我走在風裏，風呼嘯著提醒我：「你女兒又去瞎搞了！」我扛著鋤頭到田地中，一塊塊硬泥磕在堅銳的鐵器上，也好像在擰我的耳朵，在說：「看住周羽！看住你女兒！」

我有什麼辦法呢？從小，我就拿她沒辦法，更別說現在了！唉，兒孫自有兒孫福，我操的是什麼心啊！

周羽

小時候，我就害怕一樣東西──缺少浪漫。你看我父親的名字多老土，根大！土里吧唧，從楊樹根裏攀出的人物，成天皺著臉尖著嘴，很警覺的樣子，卻又膽小得像隻土撥鼠，一有什麼風吹草動，就慌忙縮回到樹洞裏。

周炎就是隻典型的土撥鼠。他從小就特別聽話，老師說出的任何一句話鑽到他耳朵裏就變成了金科玉律。哼！那一次他的回力鞋跑髒了，唱歌比賽中他在第一橫排，顯得特別刺眼，老師隨便提醒了他一聲，回家後他就在床上難過了半夜。有什麼呀！人這樣活著多受罪啊！他戰戰兢兢地，一到考試前夜就難受得睡不著覺，兩隻腳在被窩裏來來回回地搓，搓得皮屑掉了一床，血跡也滲出來，可是，他還不罷休！他讀書，完全是中了邪在讀，哪有歡樂可言啊？他的眼神從鏡片上折射出，死灰色一片。

可父親在誇他，老師在誇他，全鎮的人都在誇他！我是他對比的典型。我討厭父親動不動就把我和他比劃在一起。我們之間有什麼可比性呢？父親的呵斥聲，像悶雷從水面上滾來，我搶了本瓊瑤的小

說，撒開腳丫子拚命往田野裏奔跑。我就使壞！那化學元素表就是劈開我的腦袋也強塞不進去！

在河岸邊，我看見高三的馬獻初，他的褲腳管挽得很高，露出瓷白耀眼的肌膚。我嚇得一屁股坐在田埂上，腳裏軟綿綿的，一點力氣也沒有。馬獻初怎麼沒去學校？七月份他就要高考了！他回過身，來拉我的手。我遲疑地看著那漢白玉的手——馬獻初的媽媽是知青，他也顯得俊秀。初三教學樓和高三教學樓遙遙相對，我一抬頭，總瞅見他大衛一樣的石膏像，沉默中透著憂鬱的氣質，我經常會觀望得大氣不敢出——如果這也稱得上浪漫？我背著書包穿透迷霧，早早地靜坐教室，難道就是為了凝望對樓的馬獻初？

現在，他就在我對面，他的皮膚散發著清輝的寒氣，他的手伸過來，我顫慄著，我輕叫了一聲。他的表情溫柔，他原想把我扶起來，可是我顫慄得太厲害，胸脯抖動得無法自控。也許他覺得我冷，對，清風拂過，寒氣裊裊，他伸出了雙臂，將我環繞在他的世界裏。我感覺到他的心臟，在一級級往上跳躍著，它搏動得越來越激烈了——我驚恐地瞪大眼睛，我幸福的眩暈感如驟雨降臨。我推開他，奔跑起來，穿越過竹林、水稻田、西瓜地，大汗淋漓，我竟像一隻鳥兒，撲棱棱，飛進了自己甜蜜的幻境。

這並不是幻境。馬獻初後來講，他看見我就像看見一隻麋鹿，驚慌失措，憐惜孤楚，他的心一下子柔軟了，像水蜜桃剝開外面一層果皮。那天，他剛送他的母親回來，那個捲著波浪髮型的恬靜婦人思來想去，決定要離開他的父親，和一個修鐘錶的人過日子。她的黑色高跟鞋敲在田埂上，發出嘟嘟嘟的聲音，她捋了下獻初的瀏海，眼睛裏漲起一層秋霧，她輕輕地跟獻初說：「愛情是個謎，要用一輩子去探究。你太年輕，還不懂。」

愛情是個謎？我喜歡這種模稜兩可的辯詞。恍惚。從容。獻初的媽媽本來就是個謎，她背著黑色坤包在鎮上公共汽車站翹首等待時，多少人在背後竊竊私語。但我喜歡那種大庭廣眾下的淡定，她是下定決心的，沒有一點躊躇和惶惑，她細長的胳膊上還有一條手鏈，中間鑲嵌著幾粒黑色瑪瑙，是那個修鐘錶人的定情信物嗎？

馬獻初還生著他母親的氣。他認為她自私到了極點！他不敢罵他媽媽無恥或者淫蕩，只是對著汩汩流淌的河水發怔。再過三個月他就要高考了，可他一點心思也沒有，亂如麻。河水拍打著堤岸，「噗通」、「噗通」，他憤怒地揪起一把草，他聞到了草的清香，像母親衣服裏散發出淡淡的味道，他恨不出──

我們的氣息就這樣相通了，我們約會頻頻，情書不斷，他抄了首馮至的詩夾在我的語文課本裏，我貪婪地吞噬著每一個字：

> 我的寂寞是一條長蛇／靜靜地沒有言語／你萬一夢到他時／千萬啊，不要悚懼！它是我忠誠的侶伴／心理害著熱烈的鄉思／她想那茂密的草原──

他的鋼筆字俊秀飄逸，就像他的臉龐，閃爍著光暈。我臉色潮紅，呼吸急促，我忘了我是在語文課上。班主任老太太的眼睛有鷹一樣的敏銳，她揪住我的虛弱，大聲斥問，很快，她利用福爾摩斯的嗅覺，查出那信的主人。

我的寂寞是條長蛇。一連三個月，我都沒見著馬獻初的影子，越過高牆，我發現他的位置是空的。我驚悚地匍匐在課桌上，我想是我把他害了！他會去哪裏呢，怎麼可能就此失蹤？

河水漲了，紅花謝了，知了開始惹人心煩地鳴叫。那三個月，我寢食難安，孤苦無望。家裏人的精力都在周炎身上，父親大清早就煎

好了荷包蛋，眼巴巴看著周炎。哼！我鼻子裏哼出股惡氣。我的牙齦在發痛，我什麼東西也吃不了，後天就是我和周炎中考的時間，我心煩意亂把窗戶全都關上，真想把自己活活悶死。唯一能拯救我的就是獻初留給我的兩本小說，《少年維特的煩惱》、《呼嘯山莊》，我躲在被窩裏反反覆覆地讀，他是特意贈給我的——他需要我明白——男女之情可以如此純美並富於激情！

也許分離正是為了襯托日後的相聚？三個月以後的一個傍晚，馬獻初出乎意料地閃現在我眼前，他用手指堵住我的嘴巴，然後，拉我的手，我們像兩隻鳥凌空而翔。他瘦了，高了，下巴上竟長出了稀疏幾根青色鬍鬚，我還來不及仔細打量他，他又開始跑了，彷彿奔跑中意蘊著無限的青春情懷與幾個月難熬的相思之苦。我們往鎮後的山裏跑，風呼呼吹，我們就是鳥，長著翅膀，我聽到我的身體裏發出竹笛般的聲音，清脆、婉轉、悠遠。後來，後來，就在那後山的石洞裏，我親眼看見了他瓷白的軀幹，是那麼修長、完美。

我摒住氣，我聽見他一字一頓地說：「我也要看你的身體。」

他把我的裙子捋下來，一直捋到腳跟。他鼻中的氣息噴灑而來，像廚房間飯鍋上的蒸氣，瀰漫得到處都是。我感到饑餓，我一連幾個月沒好好吃上一頓飯啦！我們摟抱著，我們像兩個烤熟的紅薯，灼熱、柔軟。我們互相啃噬著對方，忘我地陶醉在青春這條河流裏。

獻初說，他現在在一家電器廠實習，再過三個月，他就能成正式工人了，有飯票、有工資。他對他的失蹤輕描淡寫。他居然從襯衫口袋裏翻出一根爛灰灰的香煙，點上，吸了幾口。

「好了！」他揚了揚手，很毛糙地親吻了我，我已經舔到他舌根的苦味。他說：「我得走了，遲到的話，要吃不了兜著走。」他像一隻行色匆匆的狸貓，從山崗一躍而下。我支著下巴。天色沉沉，山上起風了。我聽見松濤一陣一陣，像漲潮一般湧入我的耳鼓。我的腳丫

子還光著，我感到山風的寒冷，我抱起雙臂，腳尖繃直，我看見我的裙子浸染著一團羞澀、迷情的色彩，它在暮氣中不斷向外溢開……

根大

小菊的男人大清早就出門了。他拾舊貨的，要起個早，才能攤上快活的事。小菊的小囡又扯大嗓門在哇啦哇啦地哭開了，我上半夜根本沒睡好，眼皮才闔上一會兒，就被吵得晃晃悠悠。我爬起來，我要找小菊算帳──當然，小菊這細娘眉眼滴溜水滑，那對大奶一笑就抖抖的，我喜歡看，也喜歡聞她身上的味道。

我瞥進去，故意找小孩的碴。這毛毛頭懂什麼呢？你叫他不哭還能做什麼？小菊也不惱，輕聲輕氣跟我辯解。我縮在她房間的一張藤椅上，藤椅還是我提供給他們小倆口的，藤線脫落，貼了幾張狗皮膏藥，不時飄出股怪怪的味道。我感覺自己像隻貓，蜷縮在藤椅裏，懶散，想打瞌睡。我確實沒睡好，我夢見了誰？你猜──那個淹死在河裏的落水鬼，馬獻初的老婆。她披頭散髮，面色瘀青，像陣風一樣飄進我夢裏，她沒說一句話，只是非常狠毒地盯我。

那種狠毒，讓我汗毛豎立。她原本是個面相善氣的女人，從來沒對人露出凶相。我們叫她小鳳仙。她愛唱錫劇，像《雙推磨》中的小嬸嬸，一唱一晃，味道足得很。她的臉偏圓，算命人說她天生有幫夫運。她頭上發膠抹得烏亮，一走路，腋窩裏還會散發一股溫溫熱熱的脂粉氣。

可現在，人呢？

小鳳仙的巨幅遺照掛在靈堂裏，周圍繞著一圈又一圈白花。我不信，這麼個大活人，不缺胳膊少腿，怎麼會不小心往河裏栽呢？我躲在帷帳後面，不敢多看。吊喪的人一波又一波，鎮長來了，副市長也來了，還有一些什麼公司的頭頭腦腦，奧迪車一輛接一輛，把馬路兩

邊都停滿了。這麼氣派的場面很少見，倒挺像電視中哪家公司開張一樣熱鬧。軍樂隊的腮幫子都吹累了。

我什麼也不做，就專門盯那個畜牲看！對，看他還有什麼虛情假意。廚房間的老李給我發了根煙，他說：「小鳳仙，命苦，沒享到福！」老李看我幾眼，我心裏就毛幾下，我不知道他是故意奚落我，還是隨口說了兩聲。我咳嗽了兩聲，縮在牆角，順勢往灶膛添了幾把火。

馬獻初頭髮有點凌亂，眼圈烏黑，哼！該是他心虛的時候了！領導來了，哭喪婆喊開了：「親人，我的鳳仙！」他也揩揩眼淚，抹兩下，轉身安排工作了。真不知道這眼淚是怎樣擠出來的？他喉嚨好像沙啞了。做戲也總要像個樣子吧！鎮長拍了一下他的肩，他勉強擠出一絲笑容，他怎麼還笑得出來？

倒是他兒子馬家威哇啦哇啦哭個沒完，這小孩上初中，平時寄宿在什麼外國語學校，哪想到晴天霹靂，親娘沒有了！他撲在小鳳仙的棺木上，「媽媽」、「媽媽」喊得人心裏可真酸！這叫什麼世道啊——好端端的，娘會淹死在門前的小河裏？那河水並不深，夏天我下去摸螺螄，水最多沒到我的脖子下方。據說，小鳳仙是周五下午去洗一籃子青菜，她準備做青菜餛飩，兒子家威頂喜歡吃她包的餛飩。結果，一眨眼，就掉到河裏了。也沒有人看見——平時總有人跑來跑去串門，那天也真邪了，鎮上連個人影都沒有。傍晚五點鐘，老李到柳樹邊解手，才發現河面上飄滿了青菜葉子。就在那柳樹下方——他嚇得驚叫起來，他看見小鳳仙浮腫的臉。哎！

一周前，小鳳仙到我屋子裏來，給我送她親手蒸的松糕。她的手又巧又軟，做什麼像什麼。她一進門就喊：「根大叔！你這屋子怎麼冷勢勢的？也不貼個春聯？要過年了，總得有點過年的味道，嬸娘呢？還在城裏帶孫子吧！快了，再過幾天也可以一大家子熱熱鬧鬧在一起了。」

我嚐了一塊松糕，很軟很糯，就像小鳳仙的臉，別說吃，摸在手上也舒服透了。她轉身給了小菊幾塊松糕，她是個心善的女人，並不嫌棄這些從外地來打工的人。小鳳仙的聲音也像喜鵲叫喚一樣好聽，如果要她即興來段錫劇，她二話不說，捋起袖管就來上一段。這樣的女人，誰見了都喜歡，怎麼就偏偏命薄呢？──這裏肯定有陷阱。

　　老李冒了一句話：「勿曉得馬獻初的娘會不會來奔喪？」

　　沒有人接話。白髮人送黑髮人，這樣的場面還是避免的好。但好像大家還是睜大了眼睛，在等這老太太出場。其實她也不算老，就跟我老太婆差不多年紀，六十五歲吧！可她是有故事有背景的人，鎮裏的人自然對她敬重幾分。銀絲，戴著眼鏡，眼鏡下方還拖著兩根細長的鏈條，抹點口紅，一看就是有氣質的人。她要碰上過年才在兒子家住上兩天，然後回到她的城市，據說和一個修鐘錶的人過日子。

　　老太太叫什麼？叫支柏靈。當年插隊人還未到鎮上，名字就被我們嘻嘻哈哈笑開了，支柏靈，多拗口啊，還不如叫「百雀靈」！可她一到場，我們卻都成啞炮了。她梳著兩條羊角辮，穿一條青灰色的褲子，說不上打扮，可她的長相，我們可是看上一眼，還想偷偷看她第二眼。那是種說不出的味道。就像電影屏幕上走下來的人物。好看。看了就讓人喜歡。

　　支柏靈低著頭，不多說話。我們知道她的父親是右派分子，關在監獄裏。她也顯得心事重重。她就在我們鎮上扎根下來，一晃，到了談婚論嫁的年齡──我們誰敢去瞎想呢？這好比懶蛤蟆想吃天鵝肉。可命運偏偏和我們開了個玩笑，她嫁給了我們鎮年紀最大的未婚青年──馬獻初的父親馬福。馬福的頭早就謝頂了，說話還有點娘娘腔，就因為他是貧農出身，他娶到了女人中的精品──便宜這小子了！他屁顛屁顛地在他二間破瓦房裏忙開了，我們渾身都是酸的，連口水也酸，呸──這臭小子，這麼好的鮮花偏偏插在他這堆牛糞上，早晚

有一天，鮮花還是會被別人摘走的！等著看好了。哈哈，果不其然，十八年後，百雀靈從他身邊飛走了。

我們都有點牽記支柏靈了。老啦！我們都老啦！老得要進棺材了！怎麼能讓小鳳仙先躺在裏頭，孤單單到陰曹地府呢？作孽！都是馬獻初和周羽在作孽，這對賊胚，總有一天也會有報應的。我不是瞎詛咒，人活著總得講點良心和正義。小鳳仙這麼好的女人，應該讓她活一百歲。哎哎，我的眼淚要出來了，我又聽見了馬家威撕心裂肺的哭聲，他一身孝服，「媽媽」、「媽媽」哭得要昏厥過去了。

寒，真讓人心寒啊！

周羽

我怎麼說呢？那就索性不說吧。

天光有點暗。今天是小鳳仙出殯的日子，獻初一連幾天沒上班了。那種場合，我怎麼能去？獻初辦公室的灰厚厚一層，半根香煙沒抽完，還擱在煙灰缸上，這都是一個星期前留下的場景。那時，小鳳仙也沒出事。我和他只是有了些爭吵，怪我。我習慣性地親了一下他的腮幫子，他鬍子一天不刮，我就感覺出扎人。我說：「再過兩天是我生日，你準備陪我在哪過？」他翻了一下日曆，稍微停定了下，說：「哦，巧了，那天剛好是冬至節，家威也要回家吃飯，我不在家，恐怕不太好。」

我一下就惱了，其實我這人，就是這脾氣，說了也就說了，像陣風一樣嘩啦啦吹過，全不記心上的。我譏誚他說：「到底是結髮夫妻，又有兒子這根血脈。我算什麼？」他坐在轉椅上，心煩意躁點了根煙，問我：「周羽，咱們這麼多年，你到底還是在計較！」「是啊，我是在計較，我是個普通女人，誰不想完完整整有份感情呢！」話剛從嘴邊

說出來，我就覺得有些多餘，我端坐著沉默不語了。空氣有點沉悶，他看著窗外，也不說話，只有他手中那根煙獨自散發著裊裊青煙。

這麼多年——好——這麼多年，我是有些在賭氣。萬家燈火團圓之時，只有我孤單落寞地蜷縮在床的一角，把淚水浸濕的紙巾搓成一團，然後一個個拋入廢紙簍中。這種滋味，誰受得了？獻初說，我們之間應該像薩特與西蒙波娃之間，不受婚姻的桎梏，一張薄薄的紙片能說明什麼問題？只有絕對的信任才能讓愛情永存。

愛情？也許我有點奢談了，曾經我是多麼依戀與迷醉！讓我接著說吧，說吧，說說過去，說說那段難忘的歲月，這樣我的心情會好受一點。

十七歲的我在愛情的恍惚和熱望中等待，獻初又是三個月未見。我望著灰濛濛的天，從早到晚，我能數清樹枝頭到底停留過多少隻麻雀，它們嘰嘰喳喳，卻誰也不明白我的心事。

周炎考上了江陰重點高中，父親送他去乘大客車。父親背著大包小包，裏面塞滿了吃的穿的。父親像隻明蝦佝僂著背，而周炎兩手插在褲兜裏，掂起腳尖，看著遠方。

我只能騎著父親破舊笨重的長征自行車上職高。父親做什麼事都偏心，無論我怎樣軟硬兼施，跟他磨破嘴皮，他也捨不得為我買一輛輕巧的廿六寸女式鳳凰自行車。他嘟囔著說：「有車騎不錯啦！我們那時都是走著上學的。」簡直是笑話，能跟他們那時候比？女兒是潑出去的水，他從小就不喜歡我，我脾氣躁，我給他丟人現眼了！我也不鬧了。我儘量把腳尖繃直伸長，好踩到踏板，車軲轆在不斷向前轉著，我趕著去隔壁鎮上的圖書館。我覺得那是我接近獻初的有效途徑，相聚時我們定能一起徜徉在文學的世界裏滔滔不絕，而他，對我會刮目相看。

我能清晰地回憶出我走近圖書館木樓的每一個細節。我的嘴微微張著，看見珍・奧斯汀、蕭紅、沈從文等人的小說，我的內心跳出

低低的呻吟聲，彷彿陷落到獻初懷抱裏一樣沉醉。我一點也不後悔在酷熱的太陽底下，整整騎了一個小時的自行車，並且還要返程。我總是拿起這本，放下那本，猶豫不覺，取捨不定。我翻閱林語堂的《紅牡丹》，那個大膽的女子說出的話讓我心悸：「真正的愛情是一個不可見的鳥所唱出來的稀奇的無形無跡飄動而來的歌聲，但一旦碰到泥土，便立刻死去。」

我在悲傷的愛情裏游蕩。回過頭，木樓的窗口正對著一條運河。運河湯湯，就是那樣的感覺，來往的船隻絡繹不絕，交錯相駛。河的盡頭無限延伸著，望不到邊。我惆悵地想：獻初到底什麼時候回來看我啊？

母親在院子裏曬稻穀，噢喲，隔壁人家的雞像強盜一樣窮凶極惡奔過來啄穀子，母親扯著嗓門喊：「周羽，快出來趕雞！快啊！」

我裝沒聽見。我在寫信：「獻初，聽我的話，少抽煙。現在你已經轉成正式工人了吧？祝賀你！離愁漸遠漸無窮，迢迢不斷如春水。你知道我有多想你，你工作時千萬要專心。無論我們之間阻隔著多少千山萬水，我們總會在一起的。」

我的腦門上挨了重重一巴掌，信紙也被母親一把揪過去，她並不認識多少字，但隱約猜出我是在寫情書，她氣得把紙揉成一團，說：「你要死了！成天正經事不做，痴頭怪腦，發什麼瘋啊！」母親還要數落我的時候，發現院子裏擠滿了雞，她倉皇向外奔出，撲騰騰滿院子的雞亂飛起來。我咯咯咯笑個不停，眼淚要出來了，我真想大哭一場，我不知道這種焦灼的等待何時是個盡頭？

我和獻初再相見的時候，大概半年過去了。課外我貪婪地閱讀著文學作品裏提供的愛恨情仇，課內我不聲不響，一個勁在發呆，我陷入了想像。我想像著獻初從早上爬起到入睡前的每一個細節，他吃飯、解手、做工，他是個招人喜歡的小伙子，一定有不少女孩子暗戀著他，他發過誓要和我一輩子相攜到老嗎？我的脊背上像爬了一條滑

膩的小青蛇，頓時我被嚇出一身冷汗，我突然明白——我根本無法預知他的未來，他的生活空間廣闊而莫測。

我的猜測並非空穴來風，並很快得到了證實，這種證實帶著某種殘酷性，它向我宣告了青春的惆悵與苦澀。國慶節，鎮上枯焦煩悶的電影院突然迎來了春雷，要播放劉曉慶主演的影片《原野》！知道嗎？這影片中最精彩的地方是什麼？男人和女人的喘息聲！堂哥和鎮上的一群小伙都攛掇我去看。影片開場是在晚上準八點，這個時間不尷不尬。我瞞著父親，跳上堂哥自行車後座，我聽見車軲轆前行時發出哧啦哧啦的踩踏聲，我有種猶猶豫豫的不安。

劉曉慶演得很入戲。電影中一男一女在出逃，爬過荊棘，翻過山嶺。我在交錯重疊的鏡頭中彷彿看到了獻初的側面。沒錯，是他！他和一個女人坐在一起。我站起來，後面的人朝我吼了一聲。我掂起腳尖繼續張望，來確認那坐在斜對角的人是否獻初。沒錯！他和那女人很親熱，手搭在一起。一股熱淚要噴湧而出了，我死死地憋住，我要記住那女人的樣子！她並不顯得年輕，但乳房鼓脹，有一種成熟的妖艷氣。她眉眼細微，笑起來像團菊花。

若干年後，我問起過獻初：「她是誰？她是誰？她從哪裏來？你們的手為什麼撐在一起？」面對我這個哲學問題，獻初並不躲藏，他說：「她是我的師傅，手把手教我測量電流繪製電子線路的師傅。」

我明白了，在那個電器廠，他孤苦無依，像隻流浪貓，而她是專門收養流浪貓的閣樓老太太，有一顆溫軟的心。

哦。我咳嗽了一聲。獻初並沒有回答我最後一個問題。於是我只能憑猜測推知，那雙手教會他攻克了工作上所有的難點，也肯定開啟了他作為男人的全部心智。他捧著、含著，也都是應該的了。女人比他大十歲。女人的搪瓷缸裏放著她親手做的木梳餅，一種用糯米粉捏成的小圓餅，撒著糖和芝麻，咬上一口，黏性十足。

獻初的業務水平也因此提升得很快。一次，一批儀器運送到江陰一家國營單位實施運作，開始時很不順，出了一些小故障。電器廠的領導派獻初去檢修，他熬了兩天兩夜，眼裏布滿了血絲，鬍子荏兒也冒出來了，他用他靈巧的雙手排除了所有故障，機器隆隆運轉了。國營單位領導對這家名不經傳的鄉鎮企業榮達電器廠給與了很高的評價。獻初也因此跨出了人生的第一步，成了技術科的一名小科長。

我還在追究。她還教了你什麼？獻初，她比你大十歲，再往上算可以跟你母親放在一起相提並論了。你把你對於母親的怨恨和愛戀都轉移到她身上了？你像俄狄浦斯王，懷有戀母情結？天哪，當初又何必招惹我？你們就在車間，脫下油膩膩的制服，在堆滿螺絲、電線、鑷子的鋼板上做那種事情嗎？

我惡毒地冥想著，這些問題在我腦海裏閃現過無數次，我想總有一天我會像擲鐵餅者一樣一股腦兒全部甩出來，但遺憾的事，我至今沒有這樣冒昧地問過他，即使是在床上肌膚相親的時候。我知道，一旦問出，他回應我的是陌生、冷漠和空洞。

我不想自討沒趣。

根大

回到家，我一屁股坐在藤椅上。剛剛手機震動了幾下，我好不容易把它從裏夾襖摳出來，它又不震了，只剩屏幕上的跳躍著三個字：短信息。誰會給我發短信呢？這東西我從沒弄過。我叫小菊：「小菊！小菊！」她笑吟吟出來，「啥？根大？」

我把手機遞給她，「你們小年輕，懂得花樣多，幫我看看是啥個短信。」

小菊一撇，看了二秒鐘，就咯咯咯笑開了，說：「根大，居然有人跟你發黃段子！」

「黃段子？」我更加納悶了，「讀吧！讀我聽聽。」

小菊唰得紅了臉。她停頓了下，斷斷續續讀：「字母B在路上碰到字母A，就譏誚他說：『你看你削尖了腦袋，就知道往上鑽。』字母A反唇相譏：『你看你挺著個大胸脯，一看就知道是二奶！』」

小菊讀完不響了。我腦袋嗡嗡嗡一片，像是被無數大馬蜂追趕著。什麼意思？還能有什麼意思？這不要臉的周羽真把我周家的臉給丟盡了。我氣得一股熱血直往腦門裏衝，好像小菊的影子也在左右亂晃。「根大！根大！」小菊使勁搖我的胳膊，她身上的奶香氣很機靈地竄到我的鼻孔裏。我頭腦更加暈沉沉。小菊拿了杯溫開水放到我嘴邊，我潤了一下，才覺得整個人暢通活絡起來。

小菊說：「根大，剛才嚇死我了！還氣悶嗎？要不我幫你捶捶背？」沒等我回話，她就站起來，她捶背也像彈棉花，輕鬆而富有節奏感。我抱了個杯子，瞇著眼，想著想著，鼻子有些酸。養兒養女到頭來真是一場空啊！一大把年紀了，身邊卻沒個人照顧。倒是這非親非故的小菊，能拉拉家常，暖暖心窩。

可能我有幾滴混濁的眼淚跟著鼻涕一起淌下來，被小菊看見了，她遞給我一張餐巾紙。她說：「根大，有什麼想不開呢？你條件那麼好。我只要我們家那位有東西撿回來，我就開心得要死。」

我在小菊屋裏賴著坐了半天。小菊的毛毛頭拉了一泡屎，把裏裏外外的褲子給弄髒了，小菊發愁了，說：「這陰濕天怎麼來得及乾呢？」

我把我房裏的取暖器給拿過來，小菊為難地說：「根大，這東西是好，可我們根本付不起這個電費。」

我揮揮手，「瞎七搭八，我說過跟你要算電費嗎？你只管用！」

小菊開心了，洗刷完畢，又撩起衣裳給小囡餵奶，取暖器烘得她臉頰紅通通的。我又看見那對小白兔，它們的耳朵豎得更起了，我迫使自己蜷伏在那張藤椅上，不能動，得靜靜地伏著，否則，心臟會跳出來，我的老命也就沒了。

　　我若死了，到陰間裏第一個就找馬福算帳，他媽的！什麼鳥人！窩囊了半世，留個賊胚兒子來讓我受氣！哎！一晃眼，他過世也有七八年了。自從支柏靈跟著鐘錶人去過日子後，他就拚命抽煙，抽人家從新疆帶回來的莫合煙，小紙片一卷，放些煙絲，火柴棒一劃，兩個鼻孔裏的煙就冒個沒完。結果，他得了肺癌。放射片上照出來全是黑洞，像個蜂窩。他兒子錢再多也頂不上用了，大小醫院都搖頭，癌症！誰有本事治好他？

　　支柏靈最後來哭了一場。馬福要握她的手，她也伸過去了。馬福瘦得皮包骨頭，根本捏不住她的手，他費盡老命拚命想攥住，一用力，呼吸跟不上，呼哧一下，就斷氣了。支柏靈眼淚就窣窣落落掉下來。這貧農出生的馬福有啥錯呢？當年支柏靈生下馬獻初，在床上足足躺了一個月，前後都是馬福在照應，屙尿端屎盆公社裏做工分，忙得根本沒時間闔眼。人家婆娘是產後三天必定要自己起床洗衣做飯了。她不同。她是城裏來的人。再苦再落難，也是小姐的命。

　　命啊！我也認這個字。

　　小菊的毛毛頭吃得噴噴有聲，對於他來說，世界上最香甜的莫過於此了。我剛一睜眼，又撞見了小菊白碩的奶子。我試了幾試，站起身，我要幹什麼？我也不知道。我剛往前走了幾步，客廳裏的電話鈴聲急促響起來，我搖搖晃晃，蹩進客廳。是老太婆的聲音。

　　她的呼吸聲在電話裏越來越粗重了，她說：「老頭子，老頭子，出事了！」我的心一緊，「出什麼事？」老太婆哭出聲了，憋了口氣，還是沒說。我嚷道：「講呢！再不講我也要得心臟病哉！」

老太婆說：「昨日，我對周炎王莉說去小商品市場採購點年貨，要一天時間，結果走到半路上發現忘了帶銅鈿，就先回來，結果我一開門，看到周炎房間門開著，地上亂七八糟，一男一女脫了精光在做事體。」

我脫口而出：「不要臉的婊子，把野男人拉到家裏來了！這王莉，勿用面孔到格個地步，真個要把屋裏拆式！」

老太婆沙啞著嗓子，急吼吼地說：「錯了，錯了！不是王莉，是周炎！他昏忒哉，一點也不害臊，揀起地上的衣服扔給那個女人，那個女人塗著一層白粉，嘴唇鮮紅，香氣薰得我要昏過去了。老頭子，我一看就覺得她像電視裏的雞咕咕。天哪！我生的孩子怎麼都這麼下賤？」

我不吱聲了。但很奇怪，我有一種說不出的痛快。好像周炎做了一件意料之外的大事情，讓我揚眉吐氣。我問老太婆：「周炎怎麼說？」老太婆情緒平穩了一點，繼續說：「周炎拍了拍我的肩，交代我——只當什麼也沒看見。母子總是一條心，我怎麼可能去告訴王莉呢？可是，這種事，總像蒼蠅屎塞在我喉嚨口，我怎麼嚥都感覺不舒服。我一個晚上都沒睡好。」

我的腦子不暈沉了，我竟聽見公雞的打鳴聲，那時是傍晚五點，可以想見，它是伸長了脖子，頭部充滿新鮮血液。它在提醒我什麼呢？我揉揉窩了很長時間的胸脯，挺直腰桿說：「老太婆，沒什麼事！儘管睡，踏踏實實地睡，有什麼呢？人，總不能老是窩囊，周炎這樣做肯定有他的道理，你就別瞎操心了。早點回來，這快大過年的，你看我冷冷清清，誰來體恤我呢？」

老太婆哽咽一下，吸了吸鼻涕，說：「哦。」

我老太婆是個沒有想法的女人，她肯定想不通周炎為什麼要去嫖隻雞。這年頭男人受憋氣的太多，尤其是周炎，耷拉著眉，連放個屁

也要先小心夾著，再找地方釋放。如今他出口惡氣也好，只是嫖雞別嫖出一身毛病來，可不是嘛？報紙上經常說有什麼梅毒啦性病啦，都是亂搞男女關係出來的。

小菊的男人回來了，他拉了一車的東西，硬板紙、易拉罐瓶，還有兩隻破電飯煲。小菊歡天喜地捧著電飯煲到河邊洗刷。她彎著腰，毛衣吊在上面，露出一截後背。冷吧？我有點心疼她了。再看兩眼，她變成小鳳仙在洗青菜了。她圓滾滾的身體怎麼平白無故會往前一衝呢？她肯定和周炎一樣，有說不出的冤屈和憤怒。

遠處傳來軍樂隊的聲音。他們在吹什麼《瀟灑走一回》？

哎！如果當初小鳳仙看不上馬獻初，她可真能瀟瀟灑灑享一輩子福，哪會像現在成個落水鬼呢？

周羽

炮仗聲，尖銳而充滿火藥味。一下，二下，三下。騰空而起，呼嘯而去。出殯的隊伍回來了。小鳳仙剛才還躺在棺木裏，現在卻變成了一捧灰。我傻傻地楞坐著，眼淚湧出來。可能誰都以為我和小鳳仙是對冤敵，以為我渴盼著小鳳仙早早離開獻初。天地良心，那種想法我壓根兒就沒存過。上個月，我還見著她，她的臉盤跟年畫上常見的漂亮婦人很像，皮膚帶有一點粉紅色。

她叫我：「周姐姐！」

她沒有稱呼我的名字或職務，她叫我姐姐。她還像個涉世未深的女孩，一點也沒有心計。她親熱地拉我的手說：「周姐姐，公司讓你多費心了，你真是個能人，我是啥也不懂，幫不上忙。」我將一杯熱茶遞到她手中，不敢多看她。我望著走廊深處，那兒一個人影也沒有，但我依稀感覺有一條碩大無朋的魚向我游過來。我有些語無倫

次。小鳳仙並不介意，從小挎包裏取出一副十字繡，上面真有一條大紅鯉魚，翹著尾巴撲騰著，旁邊還有四個字：年年有魚。小鳳仙說：「周姐姐，我親自繡的，送給你。」

我怎麼好意思推託呢？只能順勢接過，再一看，鯉魚彷彿對著我在擠眉弄眼。我知道她是富態的女人，孩子寄宿，丈夫經常在外應酬，很多個夜晚，她就坐在沙發上安安靜靜做十字繡。據說，這個活兒特別能修身養性，一針上一針下，像竹心洗塵，繡到一定程度會心無雜念。當初獻初向我描述她繡花的樣子時，我忍不住笑出聲來，真有這麼稀奇？直到看了她精心繡製的東西，我低下了頭。我信。

我雙眼緊閉，腦海裏思緒翻騰，電子石英鐘「唪唪唪唪」指針走得很響。其實我對小鳳仙沒什麼意見，真的，我耿耿於懷的還是那個女師傅。自從電影院看到那個模糊的輪廓後，我再沒見著她。我和獻初之間也彷彿進入了真空階段，我們根本沒有聯繫，像約定好的一樣，從此很決絕地分道揚鑣了。我乾脆輟學了，跟著一個姐妹到南京去混。至於十多年後我和獻初怎麼又會碰到一起，那又純粹屬於後話了。

我只能用想像來虛構屬於獻初的時空。他和那女師傅好得如膠似漆，但在人前不露半點破綻。獻初看上去清爽俊朗，活力四射，他手腳勤快，腦子又聰明，經常有姑娘拿著借螺絲刀或鑷子的由頭暗中窺測他。他的嗓音也不錯，活脫脫一個大陸版的「童安格」。他甩起瀏海唱「多少臉孔茫然隨波逐流」時，女師傅用腳尖在打拍子，很小聲，只落他心裏。獻初的媽媽來看過兒子幾回，她給他帶了城裏流行一時的方格子長條羊毛圍巾，她小心翼翼折好，踮起腳尖，給人高馬大的兒子圍上。她聞到了他口腔裏樺木香和煙絲臭混雜的味道，她皺了下眉。但她啥也沒說，就像她當初決定離開馬福，在田埂上跟獻初告別的表情一樣。她已經明白，兒子成熟了，他已經變得比她更複雜，是生活磨礪了他。她不由在心底慨嘆了一句：「女人是感性的，

而男人是理性的動物，面對生活的濁浪滔天，他們的選擇和價值取向會有本質的區別。」

媽媽畢竟是媽媽，她隱約覺得獻初的道路還在曲折變化著，她並無太大欣喜，也沒有表現出任何不快，臨走時她把獻初的床鋪收拾得平平整整，不留一絲皺褶，還有，她把他的內褲用肥皂抹了好幾遍，洗得都快發白了。媽媽走後一段時間，一個傻呼呼的女孩看中了獻初，並跟她父親發了誓──非他不嫁。這令人匪夷所思，但真是那麼回事，街頭巷尾都在談論──這小子跌倒桃花缸裏，滿身上下都是嬌軟的桃花瓣，桃花瓣是什麼？是女人香軟的紅唇，主動奉上。但說到底，那女孩其實不傻，卻是單純可愛得讓人心疼，她就是榮達電器廠廠長的女兒小鳳仙。

獻初陷在兩個女人無形的拉鋸戰中，他壓根兒就忘了這世上還有我的存在。手心手背，都是肉。他捨棄哪塊好呢？最當初的一瞬，他的天秤肯定是持平衡狀的，半斤八兩，感覺好像差不多。但隨著他幾個晝夜的思考，他越來越感覺到他內心深處有一簇火在熊熊燃燒，他是個能做大事的人，往往能在關鍵場合起到舉重若輕的作用。他看著啟明星忽明忽暗，忽然站起身，做了幾個擴胸運動和壓腿動作，很好，韌帶拉開了，他決定好好幹一番。

他接受了小鳳仙純真的愛，他們走在一起，被人誇作是天造地設的一對。很奇怪，與之相呼應的是女師傅也莫名其妙地消失了，有人猜測是廠長找她談過話，給了她一筆錢，介紹到一個很遠的廠子幹活了。也有人說她發了一種癲癇病，到江陰市橋塊頭的精神病醫院去了。不知道，誰搞得清呢？更何況那時我在南京，以上種種也僅是道聽途說和我的胡亂猜測而已。

獻初──請允許我這樣親暱地稱呼他。連名帶姓，或者加上一個生硬的頭銜官職，都會矯飾得讓我作嘔，會直接削弱我對他的虔敬。

儘管他把我遺忘過若干年，這又有什麼呢？人的生命是一段段情感的河流，有時是暗礁，有時是怒濤，有時是平靜如鏡，有時是淺淺細流，它推動著我們或這或那的旅程。獻初在婚後二年，就爬上了主抓生產副廠長的位置。沒有人有非議，好像這個位置非他莫屬。他有技術，有管理才能，又是廠長的乘龍快婿，這些因素都決定了他的特殊地位。他入了企業六成股。幾年後，企業改制，整個榮達電器廠轉型完全成了私營企業，而獻初合併了其他幾家小廠，成立了興化公司。小鳳仙的爸爸也心滿意足仙逝了。

女師傅到底何去何從了呢？就像她這段沒有來由的不倫之戀一樣，她的失蹤彷彿是一股颶風的來臨把她帶到了一個不為人知的地方。有時，看見獻初精疲力盡陷在座椅中打鼾時，我想他很有可能是被帶到多年以前的場景：女師傅的乳房很豐滿，乳頭上翹，她的柔情雜亂無章，又噴湧而出。因此，他在睡夢中不經意地喊出了她的名字：芝蘭。近乎耳語式的呼喊，間隔半年會發生一兩次——我惆悵地想，少年時的經歷會影響人的一生，更何況是翻雲覆雨的男女之事？她雖然離開他多年，但仍在精神、意念上操控著他。

在和小鳳仙關係的處理中，他好像不自覺換了一種角色，她是嬰兒，是他的寧馨兒，她咯咯咯笑著爬在他肚皮上長滿毛髮的敏感地帶。他的男根徹底成熟了，葳蕤，有力，具有擎天地的威猛感。

也許，你要笑我下賤了，我居然樂此不疲地去坦述他的性事！我懷疑過自己是否患了什麼心理疾病，竟榮辱不驚到如此地步。是的，我內心的罐子裏好像有一把嘩啦作響的鑰匙，等著被取出來開啟那個秘密。我和他袒露著身體，互相依偎在一起，夜晚的微風有種醉意，我的手指被他咬在口中，我談論起小鳳仙像隨手拿起一個蘋果一樣輕鬆，空氣中充滿了清逸飄香的醇味。

「再咬一口。」我說。

「咬蘋果還是咬乳頭？」

在床上，他有流氓一般的痞氣，壞得讓人牙根癢癢。但他並沒有真咬，而是側坐起身，裸著身子，端來一杯溫熱的咖啡。他喜歡製造情調，這很合我的胃口。

實不相瞞，我躺在獻初枕邊的時候，我經常會懷想起他的母親支柏靈。她像一部舊式黑白電影的女主人公，清秀、聰穎，又命運多舛，但唯一不變的是對情感的執著。據說，老太太每天早晨把髮髻梳得潔淨清亮，然後點一支檀香，心靜氣閑地練會兒書法。修鐘錶的早已看不清手中的元器件了，他會牽上一條狗，繞著小城溜上個大半圈。他們不像年輕人一樣愛絮叨了，難得說點話，但眼神交流是溫和默契的。

老太太偶爾會打電話到辦公室，聽到我的聲音，她略略遲鈍了一下，吞吐著問：「是周羽吧？」我莫名巧妙地緊張起來，或許我和老太太腦海同時閃現過一個面孔──那個和獻初好的如膠似漆女師傅的面孔。我乾澀著喉嚨說：「是，支阿姨，我是周羽。」

老太太問：「你父母都還好嗎？鎮南的古樟樹還健壯嗎？」

我說：「都好。」

老太太並不提及獻初，也不問我的事，我們好像站在河的兩岸，各自拎著漂洗的衣服。河很長，我手中的衣裳無意識地一件又一件滑落，它們從上游漂到中游。老太太咳嗽了聲，她大概發覺了我的恍惚，故意來提醒著的。從那咳嗽聲裏我也竟體悟到她對兒子的用心與散淡。

「小羽。」老太太換了種稱呼，接著說，「獻初是個很自我的人，你得有耐心。」

我張口結舌，我沒想到七旬老太竟然對我和獻初之間的關係瞭解得如此細細微微。「支──支阿姨。」我囁嚅著，胸口只覺有酸楚溫潤的潮水在湧動，我能說什麼呢？

根大

　　再過十天就是除夕了。大寒時節，陰冷得要命。青菜捲上了一層厚厚的霜，廚房裏的肉湯凍結，浮起一層油膩噁心的白色。我沒有什麼食欲。我看見小菊像麻雀一樣歡欣地來回跳躍。她在她窄小的房間進進出出。那裏暖意融融，我厚著臉皮一天要去磨蹭好幾回。我們蜷縮在電取暖器跟前，聊天、嗑瓜子、打瞌睡或者哄孩子玩。天氣預報說，今天晚上就要下大雪了。小菊也不準備回家過年了，車票太貴，又很難買到，帶著個吃奶的孩子上路更是不方便。算了——算了！小菊無奈地嘆息，說：「公公婆婆成天叨念著小囡不知長得什麼樣，今年算是沒有福氣看到了。」

　　我卻暗自開心。雪下吧，下吧，下得越大越好。屋外茫茫一片，白色淹沒了村莊和河流。我願意待在方寸天地，和小菊身上的奶香呆在一起，靜靜地度過年末最後的時光。很奇怪，空氣裏飄著柚子味。我甚至忘記我還有一對令人厭煩的兒女和老太婆。我對著小菊笑，她也笑了笑，這突如其來的毫不含糊的笑容，使她露出了粉紅的牙床。

　　小鳳仙入土也有一段時間。猜測、流言再多又怎樣呢？現在凡事都講究證據。小鳳仙到河邊洗菜的時間，正是馬獻初上省裏參加什麼人民代表大會的關鍵幾天，他出差三天後，小鳳仙才心血來潮想到要為兒子包餛飩吃，於是提起菜籃子來到那條該死的河流。我們都不必太追究了，追究了又怎樣呢？快過年了，我們都指望著鎮上領導給每個滿六十歲的老人發過節費和補貼金，這些，都是要馬獻初簽字審批後才能下發呢！

　　如今那條河結了厚厚一層冰，但還是能看見湖面下的菜葉、膠鞋和亂七八糟的東西。有些人不敢再從那經過，寧願繞長長的路。我

不怕，我反剪著雙手，走走，看看，我好像聽見小鳳仙在唱錫劇《珍珠塔》裏的片段：「表弟呀，我把點心交給你，還望你一路之上要當心……」

院子浸入月色中，南面的石灰牆面閃著幽靈般的蒼白。嗙咚嗙咚，我聽見雪地上的腳步聲。一會兒低微，一會兒薰醉，像是患犬熱病的狗在哀號，喘息不止。婆子在喊：「根大！根大！」我迎上去，卻是老太婆緊緊拉扯著神志不清的周炎，她拚足了老命，看到我，雙淚熱流，渾身散架了，一鬆手——周炎撲通倒在雪地上，他臉色絳紫，可怕的表情和神態把我嚇得小便也快失禁了。

原來，王莉和他吵得翻天覆地。她尖利的指甲掐進他的皮膚裏，剜去了他一小塊肉。她逼問我的老太婆，叫她下跪，要她交待所隱瞞的一切。老太婆戰戰兢兢，看見周炎死灰一樣的臉色，終究沒說。王莉像發了瘋的母獅，去掐他脖子，她踮著腳尖不好用力，虎著臉拉開抽屜取出一把剪刀，蹭蹭蹭剪開了周炎的褲子，剪刀寒光閃閃，天哪——老太婆撲上去，死死抱住王莉的腳，喊叫道：「周炎，快跑！」

再不跑得話，這喪心病狂的女人真要把周炎的雞巴給剪掉了！

我想不通的是，周炎既然有膽量去嫖雞，還把雞帶回了家，為什麼沒有勇氣去反抗王莉？他又成了軟柿子，任憑這女人欺辱他和他的老娘。他已經沒有一點男人的血性了，或許雞巴真的被王莉唔擦一聲剪掉，他也只是捂著血淋淋的身體去醫院，接近麻木。哎！真是羞恥到家了！

接下來的幾天，周炎把自己灌得醉醺醺的，他不言語，目光散淡，接近呆滯，舌頭粗大，走路歪歪斜斜，我真怕他走兩步樓梯會突然一下子栽下來，會一命嗚呼。他相當於半個廢人，看不出喜怒哀樂，他把手機也扔了，他不需要跟人交流，他根本不關心他和王莉之

間會怎麼樣，離婚──還是別的說法？他也不考慮自己的兒子。我們周家的根，我卻是不忍心白白被那女人搶了去，我暗示過他，無論如何，要把小孩的撫養權爭奪到手。他只要碰上我的目光，看到我的嘴唇抖動，就哈欠連天，眼屎一坨一坨從眼角掛下來。

小菊透過門縫，明朗朗地衝我偷笑，就像一束陽光亮了整個山谷。她是個很識趣的人，一見我老太婆回來，就主動把取暖器還給我，以免有什麼之嫌。我咳了一下，她又迅速把門關上。她大概也覺察出我的家事很齷齪，是沒有臉面吐露的一種。她的男人出去得更勤快了，越到年關，越是有意外地收穫，他們小倆口的生活每天處在希望和等待之中，這種狀態，真不錯！真得讓周炎好好學學──明天到底該怎樣繼續？

你問我周羽？這丫頭，消沉了一段時間，又恢復正常了。她並不知道周炎回家的事，是我故意瞞著她的，我怕她笑話。

我努力把窗玻璃擦乾淨，可上頭有一堆鳥屎，它們什麼時候拉上去的，拉得這麼密集？我整個身子探出去擦。小菊喊：「當心！」我嚇了一跳，才意識到自己差點從二樓摔下來。我的心噗噗噗急跳，我不知道自己怎麼了？為什麼這樣大意？

下午，周炎又讓自己喝得分不清東南西北。他把腳高高蹺在八仙桌上，然後扯著嗓子，對著掛曆上一個女人吼：「神氣什麼？他媽的逼，我操你！」他把酒潑上去，掛曆上的女人濕淋淋的還在笑。我捂著胸口，到衛生間解手，抹一抹臉，也濕濕的，我也不去多加勸解，順其自然吧，多少年來，我們渴求他沿著一個個目標奮進，他到底實現了什麼？他──快樂過嗎？

我聽見抽水馬桶的水流聲，它激起的水花濺到我的屁股上。有種寒意，但也很刺激。地面上有一道細細的塵霧，我看見蜘蛛網。我好久沒有給這個屋子開窗了。

再回到客廳，餐桌上狼藉一片。周炎不知去向。我走到小菊的門前，摩挲著門把手，我的手冰涼，黏濕一片。我轉著門把手。鎖舌挪動了，但門沒有開。反鎖了。我聽見粗重的喘氣聲和男女身體的碰撞聲。我頹然低下頭，默默走開。小菊和她丈夫好那口子事，他們竟很自在地在大白天做！

我回到衛生間，蹲上去。我佝僂著身子，摸一下自己的皮膚，鬆弛而溫熱的。我掐了掐肌肉，還有痛感。我聽見有人慘叫一聲，然後撞擊著門，他好像一把撐開鎖，碰翻了桌椅，迅急奔跑。

我拎著褲子急急忙忙趕出。

小菊袒胸露乳——她的小白兔翹起耳朵，在屈辱而憤怒地掙扎。她「噗」地從嘴裏吐出來一團黑紅軟性的東西，我嚇得差點暈過去，那是一截血淋淋的舌頭。她咿呀揮舞著手臂，她的褲子還沒有完全拉上。她失去了常態，驚懼著睜大雙眼，朝我撲來……

周羽

二十年前，我是在心力交瘁地情境下，和小姐妹搭上了去南京的火車。我在火車上站了足足六個小時，直至腳跟腫脹成個大饅頭。那窄小的空間裏布滿了從人口腔中發出的惡臭味。我的腦袋撞在金屬製成的門框上，我沒有覺得痛。樹木疾風般向後退，如同我的生活在一層層被剝落和遺忘。我伸長了腿。我們在鼓樓這個城市中心地帶落腳。每天，不同地域的人穿梭而過，他們挎著人造革皮包，露出骯髒的面容。音樂暴響，霓虹燈的光影落在街面水凹處。污水濺到我和我姐妹衣著單薄的身體上。不瞞你說，我憑藉著姣好的姿容，當過飯店服務員、美容院的按摩女和售樓小姐。一茬一茬的人，一撥一撥的

事。後來，混得實在有些麻木了，我們姐妹幾個就返鄉隨便找了個男人，狠狠心把自己嫁了出去。

我的前夫，是個老實忠厚的供銷員，半年他也沒有推銷出去一輛赤兔馬摩托車，男怕入錯行，他緊繃的厚嘴唇一看就不是跑供銷的料。他對生活原有一點點的熱情也消磨掉了，他開始往麻將桌邊靠，和三五個婆娘晝夜砌長城。其實，這些對我來說都無所謂。我從來就沒有認為我是和他捆綁在一起長久過日子的人，我們各自漿洗自己的衣裳，各自保管自己的錢物。吃飯也是湊合著，他媽媽做好飯菜，我們也就順勢捧上一碗將肚子填飽。我們之間幾乎沒有言語，至於夫妻間的性事，我們像履行公務一樣，一個月才做上一次。我總有種預感——早晚有一天我會和他分開。

人的生命大概總會被一種氣息籠罩。是的，我相當警覺，我始終在尋找獻初的氣息，椲木香和煙絲臭混雜的味道，它潛伏在我的內心深處，因此聞什麼都不對味。直到那一天，我到南京出席商貿洽談會時，我在會議的現場竟神思恍惚，我嗅到了久違的召喚已久的氣息——我的鄰座是興化公司總經理馬獻初。

他身體圓渾，方闊臉膛，絡腮鬍子刮得乾乾淨淨，雪白襯衫熨燙得看不出一點皺褶。

他像是早就明瞭會議的安排，平靜溫和地和我打招呼。我壓抑住狂躁的奔流不息的情感，在會議本上胡亂畫圈。我習慣性地吸鼻子，除了椲木香氣息，他的身上還添了種秋天草木收割後的味道，那是經太陽烘烤後從草根裏泛出來的成熟味。

我們很自然地睡在一張床上，如同多年以前他捋下我的裙子，我們都有一種失而復得的酣暢感。在熟悉的河流裏航行，生命的歡悅像潮水，一浪緊接一浪……我想我可能前世裏欠著他的，在被他丟失數年之後我居然沒有一點責備和怨恨之意，我吻著他的眉毛、眼睛、下

巴，像是回到了令人沉醉的少女時代，我知道我很下賤，但我仍為自己暫得的幸福而激動得雙肩發抖。

他邀請我加入他的公司，我說：「你不怕今後別人懷疑咱倆的關係嗎？」他嗡聲嗡氣哼哼了兩聲，不名所以。我也不追問下去，其實我和他的性格中某方面是相似的，越是有悖情理的事越是要去嘗試。我二話沒說，一個星期之後，就到他的公司報到了，職務是總經理助理。

然而，誰能想到，有些事情就是在不經意之間變得模糊不清。

自從小鳳仙死後，獻初變化很大，他的動作日漸簡潔緊湊，言語一日日刪減，他很少和別人交流，包括我。我也總沉緬於往事，把日子像麵條一樣不停地揉搓，然後做好了陣勢，把一個個細枝末節放大開來描述。以至於一個沉悶的午後，我竟回想起一年前支老太太的那次電話：

「獻初是個很自我的人，你得有耐心。」

這句話長時間盤旋在我的腦海裏，我驚跳起來：老太太難道早就明瞭我和獻初的私通？她最清楚我和獻初是情意相投的一對？小鳳仙這個情感的局外人是否早晚有一天會清退出場？

這樣的揣測很是嚇人，我從真皮沙發上「呼」地一下騰躍而起。——我實在不願胡亂推想下去，我看見公司裏的員工在門口進進出出，如成千上百隻招了頭的蒼蠅。老太太什麼都知道，她洞若觀火，明辨秋毫。那麼十幾年前女師傅和他兒子之間的浪蕩性事自然也逃不過她的眼睛了。

一道月光經窗簾縫隙射進房內，彷彿聚光燈一般，不偏不倚地照在我的身上。我無法入睡，我對寂靜黑暗的房間宣布，無論如何，我要去尋找獻初的女師傅——芝蘭，無論她活著還是死去，我非常有必要去解開我窺探多年的一個謎團。我相信到那時所有反覆追問的問題都會迎刃而解。

我只能秘密行事。我的第一直覺是江陰市橋塊頭的精神病醫院，十幾年的光陰，可能早已物事人非了，我們能慨嘆什麼呢？果然不出我所料，江陰市橋塊頭的神經病醫院早在五年前拆遷了，所有病員都分流到無錫、蘇州、南京等一些大型的精神病醫院。我託了很多人，七拐八彎，多方打探，好不容易才得到一條模糊信息：南京市青龍山精神病醫院有一女病人，名叫趙風薩，患癲癇病和精神分裂症，江陰人。

當天，我就坐上了開往南京的動車，飛速行駛著的動車和我迫切心情十分吻合。顧不上瀏覽南京的街景，我風風火火奔到青龍山精神病醫院。接待我的是一個矮個子男人，過早謝頂，架一副眼鏡。他慢條斯理詢問我和病人的關係，我說她是我母親的小姐妹，是我的母親委託我來看望的。我的言下之意是我對她並不熟識和瞭解，我只是盡力完成母親交待的事情罷了。我隨著矮個子男人在幽深的長廊中穿梭時，我有一絲擔心，趙風薩是否就是趙芝蘭？即使是，我還能認出她來嗎？自始至終，我並沒有真正和她打過照面。

走廊曲折，時不時有一兩個頭從門縫中探出來，衝著我齜牙咧嘴地笑，我還沒見著她，就被我父親一個電話攪繞得心煩意亂。他的舌頭也變大了，說出來的話含混不清，他說：「周羽……快……快……你弟弟出事了……你無論如何，──一定……一定要幫他呀！」

根大

周炎真是個賊胚！他闖大禍了！他居然趁我上衛生間的空檔，溜到小菊的房間把小菊給強暴了！他是被他婆娘折磨得精神錯亂了，整天泡在酒裏，看見女人就想亂搞。但小菊是她亂搞的人嗎？聽到小菊淒厲的慘叫，我的心也像被刀戳了千百個洞。

那半截黑紅的舌頭十分噁心地躺在八仙桌上——這殺千刀，真的要千刀萬剮！小菊的男人也回來了，他舉了把菜刀要跟周炎拚命。周炎早就逃得不知影蹤，但逃了和尚逃得了廟嗎？小菊男人砍了我家的八仙桌、電視機……能砍的都砍了。出了一番惡氣後，他很鎮靜地拿了塊尿布包好半截舌頭，揚言他要告到派出所，讓周炎坐幾年的牢房！還要讓我們周家進行一定的經濟賠償！

　　我訕訕地走到小菊旁，我想和往常一樣去拍她的肩，安慰她一番。哪料到她一見我走近就神情驚嚇，可憐的女人，她還在恐懼之中，雙手揮舞著，好像仍進行著肉搏戰。

　　我家被鎮上的人圍得水洩不通。他們張頭探腦，嘆息錯過了一場好戲。哎！我真不知道往哪擱我這張老臉。老太婆雙膝跪地，跪在小菊倆口子面前，一個勁地求不是，她鼻涕眼淚一串又一串，說：「姑娘，我知道，我知道他是畜牲……可什麼事情都好商量，我們都老了……經不起打擊了，千萬別讓他去坐牢了！倒不如讓我死死忒算哉！」

　　小菊男人身邊圍了群江西老表，他們不知道從哪個洞穴中冒出來，一個個膀闊腰圓，面露凶相。他們用江西話交流了一番，然後小菊的男人拔上鞋跟，走到我面前，伸出兩個手指頭——二萬？我想二萬就二萬吧，我根大也認命了。

　　誰知，他的臉沉了一下，像一根老絲瓜從藤下拽下來的感覺——「二十萬！」他說：「二十萬！他媽的，我老婆就這樣給你兒子瞎操的？你們不是有錢嗎？二十萬買幾年牢房算得了什麼？」

　　我倒吸了一口冷氣。我全部家當合起來，也沒有二十萬，他們是訛上了我老頭子。根大啊根大，我是前世做了什麼孽，這輩子要做牛做馬，替子女還債？女兒被人睡，走到哪都是難聽的話。現在兒子睡了別人，卻要把一個家都搭上去？

　　我忽然嚎啕起來，心肺彷彿被扔進了攪拌機中一樣難受。

老太婆見我哭，索性一屁股坐在地上，扯開了嗓子哭。

小菊家的娃醒了，也嘩啦啦哭起來，到處找小菊要奶吃。

小菊的男人沒了主意，但還是握緊了半截舌頭，一跺腳，蹭蹭蹭上路了。那群江西人也轟出去，嚷嚷著說：「去公安局！人證物證都在，怕它什麼？」

我四肢發抖，一點力氣也沒有。我根本阻攔不住他們，我只能絕望得再次嚎哭起來。

還是老李拎得清，他湊到我耳根邊，說：「根大，別哭了。哭頂啥用呢？你趕緊聯繫周羽，讓她想想辦法吧，找找馬獻初，這件事情說不定能擺平的。」

就這樣，我撥通了我女兒周羽的手機。她的聲音很模糊，像是飄在山谷裏，不斷有回音傳來。我一百個不願意提馬獻初的名字，但為了這沒出息的兒子我只能拉下老臉。

哎！就讓她笑話吧！讓她幸災樂禍把！她終於可以反過來譏笑我當年的態度了！我抹了抹眼圈邊不斷溢出來的淚水，感覺自己像堆爛泥要和水糊在一起了。

約摸過了十分鐘，周羽回話了，她的聲音還是那麼尖利，她說：「爹，你現在最要緊的是把周炎給找回來，別讓他再在外面闖禍了，公安局那頭，獻初已經打過招呼，不會有大問題的。」

我伸了伸累酸的腰，哆哆嗦嗦地問：「女兒，真不會有事？」

「不會。」周羽壓低了嗓門，「市公安局的一把手和獻初是黨校同學。」

我懸著的心稍稍放了下來。官場上的事我搞不清楚，但馬獻初的能耐我還是相信的，去年省長到咱江陰市考察鄉鎮企業，前前後後都是由馬獻初在忙乎。記者現場採訪時，盡看到他那張方闊大臉在電視屏幕上晃蕩。

可我到哪裏找周炎呢？天很快就黑下來，像一塊大黑幕布拉得嚴嚴實實，西北風刮得人臉上直生疼。我套上了那頂黑不溜秋的帽子，拿上電筒，攙扶著老太婆，一步一搖出門。還有三天就是除夕了，家家戶戶都是喜氣一團，誰像我家這麼倒霉運啊？

一路上，老太婆還在抽抽噎噎，她埋怨自己燒錯了香，惹惱了菩薩，才會遭遇一連串的霉運。我繫好衣領，急匆匆往日月坡走，老太婆的話提醒了我──周炎很有可能就逃到了那個臭烘烘的山洞。

山上茅草乾枯，踩上去窸窸窣窣直響。我並不擔心有蛇蟲的出入，它們早已冬眠，我害怕的是我和老太婆很可能會撲個空。不一會兒，天上還下起了雪，落在我脖子裏，是鑽心的冷。

等到我和老太婆氣喘吁吁爬到前山山洞時，整座山亮堂起來了，因為雪的反照，日月坡空漠地靜坐著，像頭斷了前肢又不失威武的獅子。我將眼睛擦了又擦，果真，周炎蜷縮著，蹲在山洞裏不停地打顫。

我覺得彷彿時光在倒流，而且充滿了諷刺性。

周炎面色慘白，毫無血色。他一看見他娘，就哇嗚抱住了老太婆直楞楞地哭開了。「哭哭哭！」我來火了，「狗戳！你屙了屎還要我們替你擦屁股，你以為你年紀還小呢？」

周炎瞪著我，比劃著手勢，咿呀叫喚，像怪獸發出的吼叫。我這才意識到他的半截舌頭沒了，被小菊咬掉了。老太婆呼天搶地，罵小菊狠毒。我望著一片一片飄路到松樹上的雪花，心想它真是它可憐又無依。不知道小菊受到這次驚嚇後是否還能活潑起來？她還會和我一起擠在取暖器旁，把她兒子的尿布烘熱，然後有一句沒一句地同我拉家常？

整座山顯得安靜極了，它應該聽得見我內心的哭泣聲。我的眼神無法停留到周炎臉上，只有一瞅見他，我渾身熱血似乎都要噴湧出來。

周炎嚎叫了片刻，頭歪在一邊，暈過去了。因為失血和寒冷，他瘦弱的身軀再也支撐不住了。可憐我和老太婆輪流背著他，他死沉死沉的，像一條滑膩的海豚，不時從我的肩膀上掉落。山路很滑，我險些自己也跌倒。我背得熱淚流滿了我的老臉。

　　我聽見日月坡的心臟律動聲，剛開始失序亂跳，後來，慢慢的，「撲通，撲通」有規律起來。我每走一步，都好像踩在了它的點子上。我的腳步加快了，老太婆說：「先送他到醫院裏去。」我說：「好。」就這樣我不知疲倦地走啊走啊，可能我的靈魂也隨著日月坡的心臟聲在逐漸飄移。

　　忘了告訴你，日月坡心臟的位置大概就是在前山凹洞處。

周羽

　　那個女人，倚著窗戶，面色麥黃，疲憊中透著憂傷。她的嘴角微微下垂，但看上去她年輕時候豐腴過，美麗過。她習慣性地摸頸前，那裏乾癟癟的，空無一物。她的手遲疑了一下，又去拽自己的耳朵。

　　矮個子男人說：「她就是趙風薩，病史很長了。她的直系親屬好像都過世了，只有一個遠房親戚定期來付醫藥費。」

　　我咳嗽了一聲，女人回過頭來，她眉眼細微，一片迷濛。

　　不用再猜測了！——趙風薩就是趙芝蘭，我的直覺是那樣準確無誤地告訴我。看著她乾癟的乳房貼著上胸，我心裏蓄滿了悲哀，唇角抖了幾下，竟然有想哭的衝動。矮個子男人很敏感，他試探性地問我：「你——還好吧？」

　　「沒事。」我克制住情緒。矮個子男人繞到走廊裏，給我沖了一杯茶，他說：「你想和她說話嗎？她清醒的時候還是很和氣的。」

我搖了搖頭，病房裏有種奇怪的味道，像某種動物的尿騷臭。趙芝蘭的手枯瘦，真難以想像，當年她是那麼肥美，像秋天裏成熟的柿子，輕輕用手一碰，就能彈破，能淌出水汁來。現在呢，她被風乾成一片葉子，憔悴又孤獨。

　　矮個子男人屁股扭得很快，他是一個愛獻殷勤的男人，他好像一下子放下了警戒心，要下決心向我全盤托出。他很曖昧地說：「你知道嗎？她的精神病完全是因為一個男人而起的。」

　　矮個子男人的嘴唇很厚，上下翻滾的時候唾沫不時從兩邊擠出。我已不顧嫌惡之心，豎起了耳朵聽好他吞吐出來的每一個字。

　　「她的丈夫多年臥病在床，他是個陽痿。你知道，紅顏薄命，這對她來說就是最大的打擊了。據說她年輕時很風騷，她的胸脯很大，很能引誘人。她對男人還挺挑三揀四，三十多歲的她看中了一個唇鬚還沒長濃密的小赤佬，嘿嘿，很標準的老牛吃嫩草。他們好得很過分，他們在車間裏睡覺，在河邊橋洞裏睡覺，也在她家窄床上睡覺。隔壁房間，她男人在發出病痛的呻吟，她是根本聽不見了。不久，她的丈夫過世，這意味著她的枷鎖也從此徹底被解除了，她把小赤佬當成心肝寶貝服侍著，就像媽摟著兒子，陪他睡覺，餵他奶喝——小赤佬卻是從狗屎運轉成了桃花運，他被一戶人家的千金看中，人家有錢有勢。小姑娘哭著喊著要跟他好，那怎麼辦呢？做父親的總要依女兒。那小子也是勢利眼、牆頭草，立刻和小姑娘熱絡去了。她曉得後，肺都要氣炸了，她知道她的人生將一無所有了。她上街買了一瓶硫酸，怒氣衝衝守在女孩家門口。黑夜中，她看見女孩嬌嫩的臉蛋像剛成熟的紅蘋果一樣泛著清香，她嫉妒得雙肩發抖，她還沒來得及擰開硫酸瓶瓶蓋，就被小赤佬一腳踹倒在地。」

　　「就這樣。」矮個子男人攤開手掌，他像講述《山海經》裏艷俗的故事一樣選擇了幾個最能激發人想像力的畫面。隨後，他又補充了

幾句：「進精神病院不久，她就被確認為精神分裂症。她常有一種幻覺，說有妖女，穿紅戴綠，又青面獠牙，要來索她的命。恐懼之中，她就摳牆壁上的石灰粉，拚命往嘴巴裏塞……」

我來到旅館房間，在浴缸裏放滿了水，我脫光身子，慢慢沉入水底。窗外刮起了雪，我躺在浴缸裏，也能清晰看見雪花一簇簇在空中打漩、飛舞。我感覺得出我的心臟一天都很冷，如今它在滾熱的水中捂燙後不斷腫脹，我的臉色一定很難看。

我在浴缸裏緩緩伸直身子，就像解開繩扣一樣徐徐舒展全身的每一個關節。不錯，這是我的身體。皮膚還算得上細嫩、光潔。若干年前，趙芝蘭也是這樣，自戀著每一寸肌膚，她把它當作生命的全部資本盡情給與並享受，若干年後，誰還會想到她竟然在南京青龍山精神病院終老一生呢？

他的聲音——幾小時前我還打電話給他，為了周炎的事——他的聲音像從風箱裏吹出來的，回答卻很乾脆、簡潔：「沒有問題，公安局邢局是我黨校同學，你讓周炎暫時避一避風頭。」

隨後他攔斷了電話。「嘟——嘟——」，他也不會問我身置何方，如果知道他肯定會驚跳起來……

我從浴缸裏爬起，在浴鏡前楞楞地站上了幾分鐘，我看見鏡中女人的乳房微垂，面色絳紫，一臉的惶惑與悲情。我知道，這夜我很難入睡。

果然，凌晨三點，我還未閉眼。我的腦袋太累了，然而又無法安然睡去。折騰到四點，我才迷迷糊糊闔上眼，不久又被馬路上的汽車聲吵醒了。我索性起身穿戴好，拎了些水果，買了兩條金南京香煙，直往青龍山精神病醫院。

我的香煙是給矮個子男人的，他的牙齦黃漬漬一片，一看就是個煙鬼。這煙，算是賄賂他，讓他日後能多照顧些趙芝蘭。矮個子男人

姓孫，眼睛偏尖，他大老遠就衝我笑，他可能覺得是一個曖昧的男女故事拉近了我和他之間的距離，他黏稠的手掌接過香煙的時候還故意在我的手上摩挲了片刻。我抱著雙肩晃了晃。

他說：「你來！」

他歪著腦袋拐進資料室，然後捧了一個札記本出來，告訴我這是上個月來外來人員探望病員的記錄簿，或許我能找到一些我想要的東西。

矮個子男人已覺察出我對趙芝蘭隱私的極度關注？我雙手接過時，他又趁勢摸了我的腰和胸。

果然，十二月十五日。有人探望過她，署名是林飛山，簽名字跡歪歪扭扭──我立即聯想到了小鳳仙送我的十字繡圖──上有「年年有魚」四個字，一樣的筆風。我急忙追問：「你還記得那人的模樣嗎？是不是圓臉蛋很富態的一個女人？」

可惜，矮個子孫醫生用窺看幻境般的眼神看著我，說：「那天我恰好輪休，是另外醫生接待的。」

我把食指尖輕輕按在太陽穴上，眩暈感慢慢向我襲來──我已經確認那來人就是小鳳仙了，「飛山」從字形上看，各取了「鳳仙」字的一半。而且從時間上推算，小鳳不幸溺水也恰是在她探望趙芝蘭一個星期以後的事情。

這麼說，小鳳仙死前，完全洞悉了她丈夫的為人，她發現一個掩蓋近十幾年的秘密，所有的春花秋月，所有的濃情蜜意，都在瞬間被血肉模糊的現實撕扯開。她是一個單純的小女人，她理不清時間丟給她這麼錯亂的一筆糊塗帳，於是，她……

不可否認，小鳳仙過世前，肯定和馬獻初爭吵過。但只是屬於暗戰一類，不動干戈。小鳳仙溺水而亡，是意外，是自殺，還是他殺……我的眼前閃過五彩斑斕的花衣，它們好像唐代的霓裳，絢麗奪目，又虛幻無邊……

根大

雨夾雪，一連好幾天了。

陰冷的寒氣直竄我的心窩，睡夢裏我還在擔心派出所的人闖進我屋子，亮出拘捕證，說判周炎十年有期徒刑。十年！那他這輩子算是完了，一事無成的窩囊廢，最後還落了個強姦罪的罵名⋯⋯

我腦袋昏昏沉沉，順手一抹臉，全是淚漬。周炎上醫院消毒過後，完全蔫掉了。他不說話，呆滯的眼神瞅著我，兩個膀子鬆鬆垮垮。他算是徹底散架了。

他媳婦王莉也聯繫不到，算了，讓她知道這回事，還不把天都給拆了？看來離婚也是鐵定的事了，早早晚晚——只是苦了我的孫子，我根大是做了什麼孽，要讓第三代人跟著受罪？

周炎暫時安頓在我妹子家，由我妹子照顧。家醜不可外揚，我算是豁出去了。我哪敢再把他往家裏接呀？小菊男人的菜刀還提在手上，氣勢洶洶倚在門口，就是專門等候著他。

我從門縫偷眼瞧小菊，她平靜了一些，不像前幾天驚恐了，但臉龐看上去明顯瘦削了一圈，脖子下方還有血痕——不知道是周炎這殺千刀抓出來的，還是她男人夜晚又下了重手。昨夜我聽見他們房間折騰的聲響，她男人在吼：「你還神氣什麼，被別的野男人操過了⋯⋯」

小菊嗚嗚的哭聲傳到樓上，我心如刀絞，哪裏還再睡得著？推開窗戶，戶外野茫茫一片，隱隱約約之間我好像又看見那座山。它沉默著，一聲不吭。那天，我把周炎背到醫院的力氣全靠它支撐來的，「撲通、撲通」，那是它心臟的跳動聲，它好像在說：「根大啊，你要堅持住！這算什麼？人生你還什麼沒有見識過？」

小菊男人出去了，他去找他一夥的江西老表。我腆著胸脯，楞楞地走到小菊房間口，喊了兩聲：「小菊！小菊！」

　　小菊沒有應我。她乾坐在房間的藤椅上發呆，我只好收住腳頭，嘆了口氣。

　　中午時分，我還沒捧上飯碗喝口熱湯，就瞅見院子裏進來兩位戴大蓋帽穿公安制服的人。我心裏「咯噔」了一下，完了！他們終於找上門來了。兩位派出所裏的人出示了證件，問我是不是房東周根大，我耷拉著頭點了一下。他們厲聲呵斥我，說：「他們沒有辦理暫住證，你怎麼能把房子租給這些流動人口呢？這會嚴重影響社會治安，現在命令他們馬上搬離，你作為租戶沒有及時向我們派出所彙報，罰款二百元。」

　　小菊男人恰巧回來，碰見派出所的人，以為是前幾天報案的事終於有了個說法，興奮得摩拳擦掌。哪知兩位公安鐵板著臉，要求他們一家三口馬上捲鋪蓋走人，他傻眼了，隨後，他跳起來，手指戳到公安的鼻子前，張口就罵：「你們全瞎眼了？他兒子強姦了我老婆，你們沒個說法，反要把我們攆走，你們公安是吃屎還是吃飯的？」

　　公安甩出了電警棍，小菊男人不敢再強嘴了。我哆哆嗦嗦交上二百元，他們真要頂真起強姦的事情，我該怎麼說啊？也怪，好像他們耳朵裏根本沒聽進強姦一詞，或者對這件事無動於衷。我低著腦袋想了想，也許一個蘿蔔一個坑，他們所要執行的公務就是把這些非法居住的外來流動人口攆走。其他的事情，天塌下來也跟他們無關。

　　小菊男人罵罵咧咧，但於事無補。兩位公安一屁股坐在我家客廳裏，不走了，他們要親眼看見小菊他們收拾鋪蓋走人才算罷休。

　　「阿彌陀佛！」老太婆已經在廚房灶頭上了一把香，「菩薩保佑！老祖宗保佑！把這些瘟神攆走，我們周家就可以太平了。」

小菊的小毛頭似乎也應驗到自己要遭苦受了，哇哇哇扯開嗓子哭個沒完了。天寒地凍，這小毛頭睡哪去呢？吃什麼呢？小菊過了幾天地獄般的日子，估計奶水也沒什麼了。我鬱沉著臉，心裏有說不出的難受。

　　小菊嗚咽著去河邊收拾她的破爛貨。她就像一片柳絮，輕軟單薄得一下子要化在天地間。我反身上樓，腳步有千斤重，原先那麼開朗活潑的女人，現在竟落到這樣的困境。唉，半個月前我們還窩在一起嗑瓜子、聊天、逗小毛頭玩，她就像打嗝的母雞不停地笑，一笑我就忘記了自己的煩心事。還有她粉紅的牙床，她身上那股濃郁的奶香，都讓我的心臟有種甜蜜的腫脹感。如今，千萬根針尖在扎我的心臟，我渾身癱軟在椅背上，橫過來豎過去想，做人怎麼能這麼絕情呢？得講良心啊！我掏出抽屜鑰匙，猶豫了半晌，最終還是抖抖地捏出了一張一萬元的存摺。

　　「小菊，小菊！」我像個賊窸窸窣窣繞到河岸邊，我多希望小菊能大聲應我，笑吟吟地看著我，然後用往日的調皮勁嘲笑我說：「根大，又怎麼了？」

　　小菊轉過身，眼睛噙滿了淚水，而眉毛鎖在一起，明顯充滿了怨恨。我尷尬地不知如何開口，是啊，我根大是養了隻白眼狼，可是小菊，你知道我心裏有多難過啊？我嘴巴拉了幾下，卻說不出話，我把滾燙的存摺塞到她手心，拍了拍她瘦弱的肩胛骨，說了兩個字：「收好。」

　　說完，我拔腿就跑。雪花又滲雜在雨絲中飄灑下來，落到我脖子裏，就像小菊的淚水怎麼也淌不完。下午三點，那原本窄小的房間頓時顯得空蕩蕩的，人去樓空，我坐在貼著狗皮膏藥的藤椅上，像一個抽掉靈魂的邋遢鬼。我聞到藤椅上小菊的奶香味，禁不住又哭了起來。

老太婆說「你哭什麼呢？你真是阿木林，你該高興才對，周羽剛才來電話問過了，問他們走了沒有，這都是獻初安排好的。明朝就是小年夜了，你去把周炎接回家，不管怎樣，他總是你的兒子。」

雪越下越大，不一會兒，就把道路和麥田覆蓋成了茫茫一大片。我叫了輛出租車，車輪飛快向前碾的時候，泥漿把雪白的道路濺得到處都是污點。司機問我去什麼地方，我昏頭昏腦，竟說去日月坡。車子開到山前，我傻眼了，左右兩方都是死路，司機開始罵娘了。我慌忙掏出香煙想努力解圍，偏偏車子的輪胎陷入了泥坑中。

我只能變成一個悶葫蘆，眼前的日月坡山依舊像頭威嚴的獅子，臥在荒荒的雪地中，它一聲不吭，但會冷不防仰起頭大吼幾聲，把所有人的靈魂震醒。

周羽

現實和往事終於交叉重疊在一起了。

我掩住雙臉，感覺自己是個拙劣的敘述者，這些過於故事性和技巧性的情節像一根攀附在千年老樹身上的藤蔓不停地繞啊繞啊，最終把我繞暈了。我所探究的一切是否有一個更合理的解釋？

我躺在床上等著。時鐘嘀嗒嘀嗒地走著，時間在流逝，沒有人進來。我想至少應該和獻初再做愛一場。整整半年，我們沒有碰觸對方的身體。那是荒疏功課的感覺。人一荒疏，就少了氣場，就會有惰性。然後，什麼愛啊欲啊都會煙消雲散。

看看戶外吧！小鳳仙的墳塚已青草依依，她在水泥碑上笑，一如生前笑得富足而單純，彷彿她是舒適地蜷伏在一個洞穴裏，感受著和風細雨，而沒有絲毫憂傷。

獻初的事業又呈大發展趨勢，年初興化公司成為小鎮唯一一家上市公司，他又馬不停蹄投資三百萬，買下了日月坡山前二百畝地，準備發展綠色產業。獻初像上了發條的機械鍾，一到點就叮鈴鈴震個不停，誰也別想讓他安頓下來。他行色匆匆，話語寥寥，但精力充沛。我知道，他將所有深埋著的痛苦、悲傷、欲望和夢想都傾注到了創造財富這件具體事情上去了。

　　我卻開始力不從心了。

　　我連擦拭玻璃杯這些簡單的活兒也做不好。真的，當玻璃瓶渣「哐啷」碎了一地時，我頹然空握著手，我發現時光之鏡也在輕輕被一種不可名狀的力量敲碎。可不是嗎？眼袋、褐斑、魚尾紋這些該死的東西都在黑夜中悄悄爬上我的臉龐，我聞到塵土的氣息——我的皮膚也成了篩子，把那一陣陣塵屑篩出，只剩血液和骨頭。

　　趙芝蘭的秘密也在潰爛！在我和矮個子孫醫生有了一場肉體歡愛之後，她的形象猶如油畫中的女人漸漸褪色。我仍不時陷入恍惚之中，究竟是秘密作祟讓我和猥瑣的矮個子男子交媾了一次，還是這個無聊庸俗的小男人讓秘密在平淡的時辰中發出詭異光芒？

　　明年，我就滿四十周歲了。面對這豆腐渣年齡，我還能企盼什麼奇蹟發生呢？

2010年5月8日定稿

去做最幸福的人

去做最幸福的人

1

沒有風。沒有任何一絲詭異的氣息。陽光正好。樹木的光影也很俊朗。耿土元穿著拖鞋，光著腳趾頭，坐在竹椅上微瞇著眼。蟬在鳴叫。一聲一聲，間隔的時間不長不短。當一切靜止的味道都將被機械的蟬聲牽拉到另一個世界時，耿土元突然睜開了眼睛，他看見死亡正在穿街而過。

蘭娣不進食已經三天了。她枯望著牆頂，臉像一張灰鉛色的卡紙。

耿土元心裏亂得很，他明白，就在這兩天了。他每一分每一秒鐘都在擔心，上河岸洗個菜，也是手忙腳亂的，青菜梆子飄得一河灘，他沒頭沒腦跑回來，像只無頭蒼蠅，又不知道往哪個方向飛。

大姨子是個嘴唇皮特別厚的女人，她住了三天，也有點不耐煩了。大家都在等那個關鍵的時刻，但越是等，就越心焦。它卻偏偏不降臨，好像近在眼前，又似乎遙遙無期。大姨子說：「我家的老呂胃不好，這幾天沒有人給他做熱湯熱飯，老毛病肯定又犯了。」她轉過屁股，又咕嚕了一句「小孫子丟給親家母，時間忒長要軋矛盾了。」

耿土元擤了一手鼻涕，揩在鞋跟上，自言自語，「我又沒請你們待在這兒，要走走好了！」兩個舅子在廚房喧嘩著，他們在討論喪飯如何安排，因為來的大多是蘭娣面上的親戚，兩個舅子一致認為菜、酒水、香煙都不能太寒腳。

耿土元被他們吵得暈頭轉向，毛毛躁躁，真想把他們全部攆走，然後，獨自陪蘭娣，靜靜過上一兩天。他突然站起來，翻箱倒櫃，找照片。抽屜裏很亂，藥片、風油精、扇子、短褲，亂七八糟堆在一起。蘭娣在床上整整躺了兩年，他也跟著忙亂了兩年，服侍她吃喝拉撒，其他的事只能拋在腦後了。

　　耿土元的意志很堅決，那張照片，他一定要找到，哪怕掘地三尺也要找到！照片是蘭娣三十五歲時拍的，她梳著油光光的粗辮子，眼睛笑得很花氣，和身上的夾花棉襖很相配。耿土元只要一看見那照片，內心就情不自禁暖了一下。

　　果然，在抽屜的底層，他翻到了，黃漬漬的，已經染有黴斑，蘭娣笑得還是那樣花俏，跟現在一比，是天上地下。耿土元歪過頭，打量床上的蘭娣，她被毛病蠶食得只剩一張皮了，她看見他在翻照片，眼睛眨了兩下。耿土元帶點麻木，帶點傷情，用徵求的口吻問：「老太婆，就拿這張照片好不好？」

　　蘭娣沒說話。耿土元自說自話：「那就定了，去放大，掛在堂前，人人都看見你，漂漂亮亮的樣子，多好啊！」

　　大女兒耿娟踏進房間，耿土元就這樣吩咐了。耿娟說：「不行，這種場合要正面照。」耿土元悲戚起來，耿娟想了想說：「不要緊，我給你單獨放大好了。」耿土元聽見蘭娣在咳嗽，其實她已經咳不動了，牽一髮而動全身，面部的皺褶堆積在一起，痛苦至極。耿土元很想知道她在想什麼，一個人面對自己的死亡，是不是覺得一切都是空的？還是充滿著無限的痛苦心酸？

　　耿土元湊近她嘴巴，她呼出的口氣充滿了污濁味，她張闔了幾下，還是什麼也沒說。

　　小女兒耿華又回上海去了，老闆在催業務單子，她臨走時，說：「媽有什麼事千萬記得打我電話。」

你媽還能有什麼事？不就是等個死嗎？耿土元衝她翻了幾個白眼，氣得七竅生煙，這個耿華，從小就自私，供她吃飯、讀書，現在，拍拍翅膀，飛得無影無蹤！親娘馬上要閉眼了，她還只顧忙自己的事情，錢是賺不完的，可娘只有一個⋯⋯

耿土元心很寒，現在蘭娣還沒死，在這個世界上，好歹他和她還是捆綁在一起，有形無形，他還看得見她，跟她說兩句話，她也會眨眨眼睛，表示她聽著呢。一旦她真不見了，那落下的只有無邊的黑暗與虛空了，他該怎麼辦？

果然，過了三天，蘭娣落氣了。耿華連夜打地從上海趕回來，拖長聲調，喊了十幾遍媽。人都死了，還有什麼用呢？耿土元真想痛痛快快數落她一番，什麼時候變得這麼虛偽？不該走的時候走，現在哭得上氣不接下氣，頂個屁用！

喪飯、後事因為有備而來，辦理得妥妥貼貼，耿娟是個操持場面的能手，安排井井有條。耿土元神情木木的，沒有大慟大哀了。骨灰盒是女婿捧在手上，耿土元又不好帶白帽子，只繫了條白腰帶，與一般吊唁的親戚並沒什麼兩樣。

風一吹，白腰帶飄起來，總掛到臉上，像老太婆的手，虛虛弱弱地摸他一下。

2

曲終，人散。空落落的房間，只剩了耿土元孤身一個老頭子。

樓上熱鬧得很。蘭娣活著時，他們就把樓上三個房間租給了幾戶打工的外地人，一個月三四百元收入，也好抵點藥費。那些男男女女，倒是快活，大聲說笑，炒菜做飯，煙薰火燎，還唱歌，夜裏還折騰，而且折騰得很強勁。耿土元住在他們樓下，聽得一清二楚。

耿土元剛滿六十，身坯卻結實得仍像頭牛，村裏的小伙子跟他扳手勁，沒有一個賽過他的。遠遠看去，他皮膚黝黑，身材魁梧，頭髮只有三分之一見白，走起路來腳步擲地有聲。沒有人相信他已經跨入六十歲的行列了。

　　所以一聽到樓上的風吹草動，耿土元的神經就莫名其妙緊張起來。年輕時，他很歡喜那種事，還差點犯錯誤。蘭娣病倒後，他忙著照顧，煎藥、燒飯、倒馬桶、洗衣服，夜裏分床而臥，倒也漸漸淡了。可淡了不等於完全消失了。尤其是這夜深人靜時，他看著照片上蘭娣花氣的眼睛，心裏像鑽進了一條毛毛蟲，難受極了。

　　關於耿土元的養老問題，幾個至親和女兒鄭重其事討論過。耿土元只恨養了兩個女兒，都是潑出去的水。耿娟和公婆住在一起，耿土元如果住過去，肯定後患無窮。耿華在大上海，白天把他老頭子孤零零一個關在鴿籠裏，不憋死才怪呢！所以一談論到這事，他雙手搖得比撥浪鼓還要緊。

　　他打算留在家裏，前提是兩個女兒幫他把養老金交好。有了養老金，就像城裏的退休工人一樣，走到哪裏都不怕，這就叫，銅鈿眼裏出政權，胸脯也可以挺得特別起。哪像有些老人，辛苦了一輩子，結果被子女油水逼乾，反過來看子女眼色，哎呀呀，那滋味，跟街上的叫花子差不多。

　　現在，他耿土元每月有固定收入買買香煙、吃吃老酒，吃穿不愁，倒有點像活神仙了。他有一幫老哥們，赤卵弟兄，五六十年的交情，一起開船、開拖拉機、賭博、嫖女人、蓋房，喝酒，要有多開心就有多開心！這次蘭娣入葬，老弟兄們都來出喪葬費了，比幾個親戚出得還多，他們拍他的肩，表情含混複雜，有的替老耿難過，也有的說老耿終於脫離苦海了，是啊！那兩年的日子，回頭望望，真叫苦啊！

那夜，耿土元和老弟兄們喝得酩酊大醉，一腳高一腳低，回家。他死命地拍門，口裏大聲喊著蘭娣的名字，蘭娣！蘭娣！恍惚中，蘭娣笑盈盈的，開門，接應他，泡茶，讓他醒酒，他手勁大得很，一下把蘭娣咯吱捏在自己臂彎裏，手腳沒有輕重，蘭娣疼得噓聲一片，但溫柔極了，服侍他洗頭洗腳，直到他安然睡在床上。

夜色重，寒氣逼人，耿土元喉嚨口燒焦一般炙熱。他「咚咚咚」狠命擂著，蘭娣沒有來開門。他重重一拳下去，門被他敲出了一個窟窿，手也扎傷了，血滲出來，疼痛讓他一下子清醒了。黑漆漆的房間，並沒有人上來問聲寒暖，蘭娣的遺照，甜蜜地，花氣地，立在牆壁上笑著。耿土元一屁股坐在地上，哀哀地嚎哭起來。

中午，耿土元一人喝悶酒的時候，住在樓上的小蕭過來坐了片刻。小蕭是湖南人，三十五六歲，長腳，嘴唇上參差不齊留著幾根髭鬍。小蕭拍拍老耿的肩，意味深長地感慨，說著說著，他把一個女人模糊的形象推到了耿土元眼前。

耿土元起初並不在意，白酒火辣辣的，一口一口竄入他胸腔，燃燒他的大腦，把孤獨的滋味狠狠灑到他心田，昨夜的淒涼感又襲上心頭，他抓起酒瓶，拚命給自己灌酒。

「那女人，跟我是老鄉，嫁了兩個老公，都不如意。湖南又是窮地方，她不願意回去，只想在江蘇好好找個老實的男人過日子。」

小蕭似乎有備而來，步步為營，小蕭說：「可能年紀輕了點，才四十三歲，但女人的看相總顯老的，皮色倒雪白，在紡織廠上夜班。」

女人，皮膚雪白，才四十三歲。幾個詞語，像一簇火花，劈劈啪啪在耿土元的腦海裏閃現。他暈暈然，沒有一口答應，也沒有徹底回絕。

小蕭又真心實意地補充，說：「人總要為自己考慮，你看看你兩個女兒，繞著自己男人轉，誰會想到你這個老頭子？」

耿土元眼角處沁出了兩坨眼屎，他不想被小蕭徹底看穿心思，他含糊其辭，說：「有機會就看一下。」

小蕭拍拍屁股，走了。耿土元感覺憋得厲害，揪了張報紙，從後門出去，到茅坑拉屎。蘭娣走了，他也乾脆得很，不用刷馬桶了，他大男人一個，解決起來總是方便的。太陽毒辣辣的，他攤開報紙，迷茫一片看起來。遠處，小媳婦王淑嬌拎著馬桶過來，看他翹著屁股蹲在茅坑上，害羞得一個急轉身，躲在樹林裏避讓。

耿土元也注意到了王淑嬌，突然，喉嚨口發出了幾聲乾乾的笑。那四十三的女人，皮膚雪白，很強烈地跳進了他的意識裏，鮮活起來，生動起來，喚醒了他男人的某種欲望。他望著火球一樣的太陽，很暢快地，將報紙揉成一團，擦淨屁股，虎虎生風，去找小蕭了。

3

這次見面，安排得很私密。在一家小飯館裏，花色窗簾拉得嚴嚴實實，兩隻蒼蠅嗡嗡嗡嗡繞著菜碟不停地兜圈子。女人，坐在耿土元的對面。皮膚是白，但屬於蒼白，沒有血色的白。人，瘦，顯得一雙眼睛很大。到底是做辛苦活的，又不懂得保養，女人臉上的皺紋細細密密一層，和耿土元坐在一起，並不顯得突兀。

女人名字叫李桂芹。

耿土元手指頭嘟嘟嘟敲著桌子，完全是無意識地。他居然操起了普通話，很彆扭，但勉勉強強，基本上雙方能聽懂。小蕭是個滑頭，說出去買包煙，一個小時也不見回來，看來是故意將空間騰了出來。

一開始，耿土元挺尷尬，蘭娣才死了二個月，他就偷偷出來看女人。於情於理，都說不過去。而且從年齡結構上看，他當她的父親也

差不多。大女兒耿娟比這個李桂芹只小七歲，被她知道了，不曉得會鬧成個啥樣？

耿土元小心翼翼地問：「你以後想長期留在江蘇啦？」

李桂芹並不避諱，攤開兩隻手，一五一十，將自己的婚姻史全都告訴了耿土元。她的普通話夾著濃重的湖南口音，牙齒蠟黃，口齒裏還有股大蒜味道。她像是在訴說別人的夢，恍惚而不真實，面色裏流淌著傷感。

耿土元聽得很吃力，他支起耳朵架子，全神貫注，生怕一不小心就錯漏了許多重要信息。

李桂芹第一個男人，是小客棧老闆。小倆口在湖南山坳裏開出第一家客棧，南來北往，客人像山前小溪裏流淌的水，源源不斷。於是男人自作主張，請了個小服務員，說做些漿洗縫補鋪床之類的活。李桂芹就不大樂意，這些活她都能包攬下來，何必再出份工資養活一個人呢？她看小服務員眉眼細細的，一說話兩個酒窩就往外漩，把客人勾得一愣一愣。她下意識裏，就有種防賊的感覺，但還是沒防住，自己男人也被這小婊子弄得神魂顛倒。小婊子比她小十歲，粉嫩掐尖的當兒，男人看著哈拉子就往外淌，更別說跟她做那種事了。

李桂芹第二個男人——耿土元欠了欠身子，示意李桂芹稍微停頓一下，他喉嚨口焦毛得很，需要抽根煙。順便他換了個姿勢。他聽得有點驚心動魄，這小女人，經歷不淺。

李桂芹抿住了嘴，不說話了，像在賣關子。耿土元抽起煙來像開拖拉機，雲朝霧繞。他低下聲催促道，「說呢！」他對眼前這個女人充滿了好奇。

她像蚊子一樣問：「你覺得小蕭怎樣？」

耿土元壓根兒沒思考，回答：「不錯，是個熱心人。」

李桂芹苦笑，說：「他是我第二個男人。」

耿土元只覺腦子裏有一綑麻繩，打了無數個結，亂得很。他看見李桂芹將手掌翻過來，眼神盯著掌心密密麻麻數不清的紋路，憂傷而無奈，然後，繼續訴說。

　　李桂芹說：「我有什麼辦法呢？一個人拖著十來歲的小孩，總要過日子。小蕭雖然窮，卻人好，脾氣好，經常到我家來安慰我。我比他年紀大，他並不嫌棄。我們領了證，也想養個小孩，可偏偏我的子宮出了問題。」

　　耿土元還沒轉過彎，如同拖拉機在山岔口，一時不知道往哪個方向拐，剎車手忙腳亂踩下去，噗哃一聲，連人帶車翻了過去。

　　李桂芹的眼淚出來了，一汪，很清澈，滴滴答答，掉在菜碟裏。她說：「我給他養不了小孩，待在一起也沒意思了。我也搞不清楚，我上輩子是作了什麼孽，什麼都讓我一個人扛？」

　　她抽抽噎噎，鼻涕也跟著湧出來，趴在桌上，肩膀起伏著，滿腹的辛酸厚厚一層，鋪天蓋地向耿土元壓過來。耿土元是喜歡心疼女人的角色，他那隻手，懸在半空，猶豫掙扎了半晌，不知道該不該搭上去勸慰她一下。她還在哭，蒼白的臉埋在手掌裏，顯得很小。耿土元下定決心，放下去了。他碰著她瘦弱的肩胛骨，她的皮膚很燙，胳膊上細薄的一層肉下垂著，他順勢摸下去，感覺到了女性特有的柔軟。

　　他感覺自己褲襠裏的東西起了一點反應，把自己嚇了一跳，手趕緊縮回來。有點不像話，第一次跟陌生女人見面，就冒失成這個樣子。但這個女人，似乎是有意要委身於他，並不計較，開門見山說：「現在，我也沒有其他想法，只想找一個男人，真正對我好，再不要東奔西跑，安安穩穩留在江蘇過日子。」

　　李桂芹到水龍頭邊洗淨了臉，再坐下時，兩人的思路都很清晰，彷彿榫頭穩穩落在木凳的隙縫裏。他們都有了撥雲見日的欣喜。尤其是耿土元，很痛快，他開了一瓶泗洪特釀，有滋有味喝起來。有了女

人，就有了生活的味道，哪像前一陣子？喝得都是悶酒，又苦又辣，喝到最後只想大哭一場。

喝著，喝著，耿土元思維活躍起來。他跟李桂芹大講毛澤東、周恩來、蔣介石、杜月笙。對於這些人物，他如數家珍。大人物的名字在他嘴巴裏跳來跳去，他也變得恢宏大氣了，有著一揮手而江山改的豪邁。李桂芹轉身成了虔誠的聽眾，不停為他斟酒、夾菜。她的手也會偶爾不小心落在耿土元的手心裏，他用力捏一下，她就笑一下。

夏風很爽，一吹，將兩人的迷惘頃刻間吹得乾乾淨淨。

4

小飛蟲很多，盤旋在燈泡下，嚶嚶嗡嗡，像在商量什麼事情。耿土元私藏了內心的秘密，冒著腰，從柴垛旁擦過。他家樓上照舊鬧熱得很，誰把音響開得很大，一個男人嗲聲嗲氣在唱著《愛拚才會贏》。小蕭已洗完澡，趴在陽臺上乘涼，後背上流淌著水珠。他看見耿土元，硬生生一個招呼打上去「老耿！」耿土元躲閃不及，支吾應了聲，掏了根煙出來，他有點彆扭，更有點神氣，他媽的，原本你的女人要被我享用了！

踏進家門，蘭娣在牆上，笑瞇瞇看著老耿。他打了個寒顫，忽然有了對她不起的歉意。蘭娣一直是善解人意的，她會理解他耿土元內心的荒涼。這一點他深信不疑，蘭娣是好人，最大的優點就是心善，肯理解和相信別人。

二十年前，他鑽到隔壁人家的柴草垛裏，透過一個小小的窗口，張望著。裏面是一個女人的背影，全裸著，在嘩嘩嘩地洗澡。

有人在喊，也有人抄著農具劈面趕到他家。蘭娣的臉瞬時像秋風中的落葉，不斷下懸、下懸。她尷尬地給他開門，又似乎無法責備，

她默默地用手捂自己的臉。他從前屋竄到後屋，實在無路可逃了，他側身跳進了屋後的一條小河，死活不肯上岸。蘭娣對來人一遍一遍地解釋：你們看錯眼了。

半夜，他濕淋淋地水裏鑽出，一上岸，就被蘭娣厚厚的棉衣裹住了。他喉嚨口嗚咽一聲，急促逃竄回家，熱水澡也準備好了，跟往日一樣。他捂在熱呼呼的被子裏，百感交集。蘭娣把自己剝得乾乾淨淨，全面攤開，熱淚俱下，問：「我比別的女人少什麼？你到現在還沒看夠？」

他說不出，他向蘭娣發誓，眼睛再往那些地方斜，就把眼睛戳瞎。

現在，情形更不一樣了。他不是個忘恩負義的人，他牽記著蘭娣，但蘭娣在冥界，他一個人孤單心慌得不曉得生活的滋味了。他再要個女人，是天經地義的事，蘭娣想來是不會動氣的。

小蕭笑得十分奧妙，站在耿土元對面，他像統率全局的將軍，笑容裏露著幾分狡猾和流氣。耿土元突然發現他其實是個很難對付的人，他是他的房客，他又主動將前妻介紹給老耿，他葫蘆裏賣的到底是春藥還是迷魂藥？

小蕭壓低聲音說：「她不錯的……」

小蕭又很通人情世故，他告誡耿土元，「現在，你還不能跟她接觸太緊密，你老婆還沒過三個月的祭日呢！」

耿土元想起他上個月的房租還沒給，就故意咳嗽，放大音量問：「你打算什麼時候交房租呢？」

好像這句話傷了和氣，小蕭臉上有點掛不住，悻悻地，說：「月底廠裏發工資給你就是了，急什麼急，都老常客了！」

耿土元漫不經心遞給他煙，掏掏耳朵，轉身侍弄院子前種的一排大蒜。大蒜長得粗粗壯壯，跟他一樣，亟待著春風細雨的滋潤。

住在前宅的秦二妹端了一碗玉米，遞過來給耿土元吃。耿土元象徵性地拿了一個。秦二妹胖胖的，跑急了就直喘粗氣，自從蘭娣死

後，她來得很勤，隔壁鄉鄰，相互照應，也很正常。秦二妹是王淑嬌的婆婆，前兩天王淑嬌搓麻將，輸了錢，又和男人吵架，順便把婆婆罵得狗血噴頭。

秦二妹心裏憋屈，差點在耿土元前落眼淚，她用衣角揩揩臉，一屁股坐在板凳上，說：「老頭子死了那麼多年，我一人吃心吃苦，把他拖養大，哪想到討個媳婦能拆天！早曉得，我隨便找個老頭子嫁了，也好有人幫我說說話！」

耿土元眼梢揚起來，他不知道秦二妹說這話是有心還是無意。秦二妹胸前鼓鼓囊囊一大塊，可惜，像捆在粽葉裏的肉粽子，白花花，肥得激不起他任何一絲其他想法。他將玉米粗枝大葉啃了倆口，就丟在垃圾桶裏。

耿土元斜睨著，立在牆角，細想，這天上不可能掉餡餅下來的，秦二妹這樣哭哭啼啼，自有她的小算盤！

誰說不是呢？秦二妹兒子沒有好行當，摩托車修了半年就關鋪子了。王淑嬌也不是省油的燈，是個喜歡吃吃喝喝搓搓麻將的女人，不到半年，就把家裏的積蓄啃光了。

秦二妹當然感覺到了耿土元的異樣，她只是裝作沒看見。她還在抹著眼淚，突然，她瞟到耿土元的汗衫上一個大洞，她堅決地說：「老耿，你把衣服脫下來！」

老耿嚇一跳，心想，這老太婆瘋了，我脫了難道她也跟著脫下來？這像什麼話了！

老耿十分堅決地擺擺手。老耿的小腿肚上甩滿了泥點子，那是因為剛剛和李桂芹分手後，他心情特別爽快，沿著小路疾步前行，蹭蹭蹭，如同關羽單刀赴會，高亢、鏗鏘，充滿了節奏感。

秦二妹的手指頭在耿土元眼前晃了兩下，她身上散發著一股雞屎的味道，她提醒他說：「老耿，你的魂飛了。」

耿土元回過神來，索然無味，他伸了個懶腰，睏意頓然爬上他頭髮尖。

<h1 style="text-align:center">5</h1>

在小蕭的指引下，深夜十二點，耿土元等在了元浩紡織廠的廠門口。女工像潮水湧出來，唯獨不見李桂芹，耿土元縮在角落處，又不好名目張膽等，那味道像做賊骨頭，很不暢。到後來，女工稀冷冷幾個，全是不認識的面孔，耿土元滿腔的熱情也被這夜色一點一點撤滅。他轉身想走的時候，只聽一聲「呀」，李桂芹從天而降，立在他視野中央。

李桂芹一笑，耿土元定心了。他推著一輛老式長征自行車，穩穩當當騎上去，然後示意李桂芹跳上來乘後座，她自然是明白人，悄無聲息，像葉子一樣落下來，耿土元只感覺女人的一雙手環著他闊實的後背，他飛速踩踏著，一不小心，脫鏈了。

他停下來，篤篤定定裝鏈條。他希望時間拉得越長越好。

李桂芹和另外二個女工合住在十平方米左右的房間裏，耿土元不便進去，就在門外匆匆告別。臨走時，耿土元的喉結起伏了幾下，其實，他整晚都在掙扎，想親她一口，但六十歲的老頭，總不能像小伙子一樣孟浪，他噴噴嘴，為自己的陰謀未能得逞而感到遺憾。但他已經考慮好了下一步，下一步——去買一輛電動車，這樣接送她來去自如；——再問耿華討個二手手機，給李桂芹，聯繫就方便了；——最後一步，乾脆讓李桂芹搬到自家，睡到他家的雕花片子床上，服服帖帖，他想怎麼折騰就怎麼折騰。像樓上的那些外地人。想到這裏，耿土元全身湧過一種久違的情欲。麻麻酥酥。

耿土元躺在涼席上，吊扇吱扭吱扭轉著，他兩眼隨著吊扇一起旋轉，久久不能入睡。他已經想得很充沛了，李桂芹在兩次婚姻中飽受

失敗和辛酸，是個可憐柔弱的女人，現在，他要張開他有力的翅膀，來呵護她體恤她，讓她曉得，原來這世上，還有──愛！讓她切切實實感受到，跟了他耿土元，有房住、有吃有喝、有男人疼，幸福的日曆將一頁一頁翻開。而他，也將重溫生活應該有的激情，他才六十歲，健壯，有力，有幻想，也有性的衝動與功能。

過兩天，就是蘭娣三個月的祭日。大姨子、秦二妹圍坐在一起，左右手上下翻動，不停地折疊錫箔元寶。她們嘴上也不閑著，唧唧咕咕，神色曖昧。耿土元渾身不自在。

秦二妹眼睛瞇笑成一條縫。她倆何時成了一條戰壕裏的人？姐姐妹妹叫得那麼親熱！元寶在她們手上變成了一艘艘歡快的小舟，她們也成了掌舵的人，自在、輕盈，而主動。她們壓根兒忘記了憂傷，忘記了祭祀這種特殊的氣氛。

耿土元看出點眉目來了，他氣呼呼地向前進香，手一重，香折斷了，蘭娣的照片就在他鼻尖底下。他對蘭娣說，：「呸！她秦二妹也想做白日夢，來替代你蘭娣的位置，哼，不先撒泡尿照照鏡子！」

蘭娣以前也評說過秦二妹的胖，那胖是胖得有點離譜，屁股像銅盆，兩隻大奶子，一走路就左右晃動，胸脯上的贅肉厚厚沓沓，橫躺下來可以變成麻將桌，讓四雙手上下翻動砌長城是綽綽有餘。

耿土元在嫌棄秦二妹的當兒，自然聯想到了李桂芹。俗話說，貨比三家。女人與女人之間是有區別的，雖說上了年紀，但女人的韻味卻不能失。二十年前那次，他不經意從柴垛旁穿過，恰巧從一塊玻璃裏瞄見女人洗澡的背影，女人的身材好得像水波，一漾一漾，蟄得他睜不開眼睛。他的心，跳到嗓子口，腳步不由自主往前移，想湊近點看個仔細，卻不曉得踩到了放在露天的洋面盤，「哐噹」一聲，女人驚呼起來。他就莫名其妙被人一路追趕。

一直心有餘悸，但只要回想那個細節，他就神思恍惚。那個女人，並不是本村的媳婦，可能是誰家的親戚，恰巧那夜在耿家村住了下來。他有點念念不忘，私下裏一個人睜著眼睛望著天花板瞎想。

　　門虛掩著，蠟燭火一躍一躍，祭臺上了放滿了全雞全鴨。耿土元想，蘭娣面對這些全葷宴，要打噁心了。大姨子突然提出來，說過兩天要去替蘭娣關亡，說東橋頭瞎眼巧婆，簡直就是活神仙，已亡人在陰間的經歷和感觸，她全曉得。據說她做法的時候，披頭散髮，口吐白沫，三五分鐘後，已亡人的靈魂就在她身上附體，那說話的腔調、眉眼裏傳達的味道、動作，簡直是一模一樣，讓你不信也得信！

　　哼！耿土元聽到那兒，忍不知從鼻子裏噴了一捧灰出來，嚼舌頭！他最不看慣的就是這些老太婆聚在一起裝神弄鬼。人死都死了，還什麼陰間地獄？大姨子壓低嗓門，故作神秘，說：「已亡人當然最牽記的是未亡人！」

　　很明顯，這個未亡人就是耿土元，大姨子說著把眼神彈過來。耿土元沒理會，但受了點驚嚇，萬一這個關亡真有點靈驗，那她們不都全曉得李桂芹啦？曉得這個離過兩次婚的外地女人，在短短的一個月，在他耿土元心裏深深扎下了根？

　　耿土元心緒煩躁，悶頭走到院前樹蔭底下抽煙。房客下班回來，自行車叮鈴鈴撳得他更加心煩意亂。耿土元擺擺手，像揮隻蒼蠅一樣，內心充滿了憂傷和無奈。

6

　　清晨，麻雀在枝上鬧騰的時候，耿娟風風火火來敲父親的門。

　　咚咚咚，敲得很急，很重。但耿土元沒有馬上起身，他懶洋洋的，靠著床吸了根煙。敲門聲更重了，好像帶著怨氣。他聽得出。還

是不想起身。過了很長時間，他才搖晃著身子出來開門，頭髮蓬亂，眼睫毛上沾滿了眼屎。他見耿娟虎著臉，也明白了幾分。他並不說話，再躺到床上，靠著枕頭，又彈出一根香煙，自顧自抽起來。

房間裏有股霉味，被頭褥子橫七豎八，桌子上殘留著隔夜飯菜，好像已經餿了，幾隻蒼蠅盤旋著。空氣很渾濁，耿娟打開窗，到了嘴邊的話嚥了回去。

耿娟確實生氣，剛才敲了半天門，老頭子也不理睬，她還以為他和那個女人鬼混在一起，一夜都沒回呢！

昨天夜裏搓麻將，王淑嬌牌德不好，明明一隻東風扔出去了，眼看耿娟要推牌喊「和」的時候，又出爾反爾，要撈進來。耿娟按了下太陽穴，慢條斯理地說：「哪能見異思遷呢？」

成語用得很文縐縐，牌局上說兩句也很正常。偏偏王淑嬌咬住了這句話，不放，她噗嗤笑出聲來，說：「耿娟，這四個字應該說你父親才對，老婆才死了一個月，就和別的女人勾搭上了，半夜三更等在人家廠門外，做護花使者呢！」

王淑嬌說得有理有據，不像在開玩笑。跟耿娟要好的小姐妹，也曖昧地附和，「看不出，原來你父親風流得很呢！」耿娟臉上紅一陣，白一陣，她把眼前的牌狠狠一推，調轉屁股，氣鼓鼓走了。

好像大家都知道這件事情！只有她蒙在鼓裏。

其實耿娟一直很擔心這老頭子，他固執、任性，做什麼事像個小孩子，根本不用腦子思考，也不為小輩考慮。她當然也明白父親在那種事情上的癖好，因此手中老像拴著根繩子，時不時提醒母親繫緊他。現在好了，母親死了，他無拘無束，比出籠的鳥還要快活。

耿娟橫豎想好了，要劈頭蓋臉罵父親一通，母親屍骨未寒，他怎麼能這樣胡來！可是，當她看見耿土元十分頹廢枯坐在床沿上抽煙的架勢時，她的心軟了。

她挽起袖管，開始拾掇房間，忙乎了一個小時，整個兒亮堂起來。耿土元默默地看著女兒，他們的視線裏有種對抗和承受，像拉鋸戰一樣，迂迴曲折，不分勝負。

　　「耿華有電話嗎？」她問。

　　「沒有。」

　　「冰箱裏還有肉嗎？」

　　「沒有。」

　　「你要不要到姑姑家住一陣？昨晚她還打電話問起你。」

　　耿土元定了定神，吐出最後一口煙，他把頭埋在交叉的胳膊裏，啞著喉嚨說：「不去。她有她該忙的事，我去了，反而成多餘的人。」

　　多餘的人。耿娟楞了一下，什麼時候，父親變得這麼敏感？她看見幾片樹葉飄落在窗臺上，一隻麻雀停歇在那裏，東啄啄西跳跳。在大自然裏，什麼都不會顯得多餘，好像與生俱來就是這樣一幅情景，和諧，富有生機。人呢？人怎麼會這樣悲哀？會嫌自己是個多餘的人？

　　耿娟不說話了。

　　關於那件事，誰都沒有提起。

　　耿娟抬腳出家門的時候，天色陰沉沉的，要快要下雨了，她一路小跑，邊跑邊深深嘆了口氣，父親的日子還長著呢！他的確需要一個女人來打理，可關鍵是，要尋找一個合適的女人，怎麼能隨心所欲地拉一個外地女人呢？這是件大事情，萬萬不可草率行事呀！

　　她決定給耿華打個電話。

7

　　耿娟並不提那個女人，是不是表示她默認了呢？

耿土元賴在床上，反覆揣摩了很久。她不可能不知道。村上很多人已經明著開他的玩笑，他裝傻。他擔心的是，怎樣過女兒這一關？得講究些策略，要迂回曲折。他一向覺得自己笨嘴拙舌的人，可剛才，他隱約感覺到，耿娟在讓步。是的，她在讓步。

　　想到這裏，耿土元從床上一躍而起。

　　他將自行車踩踏得更加有節奏感了。鏘鏘鏘鏘，在一番旋律鋪墊下，他竟然朗聲唱起了蔣大為的代表作，「在那桃花盛開的地方，有我美麗的家鄉……」，他的嗓音沙啞乾枯，但這並不影響他對生活的憧憬。小河水嘩啦啦流著，鴨子成雙結對嬉戲著，耿土元興沖沖的，籠頭一個拐彎，直向李桂芹宿舍方向駛去。

　　恰巧是休息日，另外兩個女工外出了，只剩李桂芹。她洗刷著一堆衣服鞋子。一雙男人球鞋，四十三碼，寬寬闊闊，耿土元看著狐疑，她自豪地解釋：「我兒子的。」

　　「兒子在一家企業打工，好歹也是坐在辦公室裏，打打電腦。」她還在絮叨，耿土元看著她的嘴唇，覺得很像雨後的桃花，嬌嫩而濕潤。他情不自禁，站起來，來摸她的嘴唇。

　　她垂下眼皮，並沒有躲避。相反，她做出了回應，嘴唇在他手上來回搓著──甚至可以說是在親吻。她的臉一直漲得通紅。

　　耿土元身體裏那條充滿欲望的蛇終於爬出來了。他急轉身，一把抱住了她。於是，在那張狹窄的單人床上，他完成了念想很久的事。

　　很爽。似乎有幾年的光景沒有這樣爽過了。耿土元賴著，都不想起床穿褲衩。李桂芹麻利地梳洗乾淨後，給他端茶倒水。他容光煥發起來，好像剛剛服了一顆仙丹。窗外，有幾片淡淡的白雲，若有似無，一點一點向前移動，如果不仔細看，一點瞧不出它在南移。耿土元覺得，他好像還是那個二十年前有著一身蠻力的小伙子，挑起河泥健步如飛，肱二頭肌一屈一屈，在日光下冒出的一滴滴汗珠很像柴油。

不過，耿土元對剛才的事還有一些不盡興之意，他感覺太快了！快得不可思議！就像一列火車嗚嗚穿過一個黑漆漆的山洞，還沒有完全體驗，火車頭已經又顯露在白花花的天光之下。

　　耿土元喝了一口李桂芹給他泡的濃茶，腳趾頭動了動。

　　他問：「你就心甘情願跟我老頭子了？」

　　李桂芹不正面回答，問：「你哪兒老了？」

　　耿土元聽了這話很舒服，愈發覺得雄赳赳氣昂昂了。他內心噴出了一股綿柔之情，他想他是真的喜歡這個李桂芹了，做家務麻利、乾淨，說話體貼，也不多餘，更重要的是，她把他人生的激情煥發出來了。每一片樹葉，每一朵雲彩，落在他眼裏，是多麼富有新鮮色彩啊！

　　他湊在她耳朵旁說悄悄話，意思是，再熬二個月，索性讓她搬到他那邊去住，彼此也有個照應。

　　哪想到她嘴一撇，說：「我不去，名不正言不順。」

　　這一撇，帶著點骨氣和可愛，耿土元更加喜歡了，說：「好好，咱們去領結婚證！」

　　話一跳出口，耿土元自己也怦然心動了。彷彿經過漫漫長夜的煎熬後，人生的另一扇大門即將向他開啟。他一骨碌從床上爬起來，繼續抽煙，他要把家裏好好裝修一下，不僅要鋪瓷磚，安裝抽水馬桶，還要裝上空調，再弄個太陽能熱水器！像城裏人一樣，一冷一熱再也不用去怕它！他和李桂芹，也可以光著膀子，舒舒服服躺在在房間裏逍遙！

　　耿土元回到自家院子裏，看見租住他豬房的老丁一家人在吃西紅柿麵條。呼哧呼哧，吃得熱火朝天。

　　老耿有點慚愧，這房屋以前確實用來養豬的，牆上還存留著豬拱過的痕跡，仔細一嗅，還有股豬的尿騷味味隱隱飄來。但老丁非要租，房租費便宜，一個月才三十元，他把兩張木長凳一架，木板一搭、褥子一鋪，床就好了，一個家就像樣了，四口人都睡在那上面，橫七豎八。

小蕭赤著膊，跤著拖鞋，走過來，一路高聲大氣，說：「喲，老耿回來了！」耿土元只覺他身材單薄，肋骨一根一根，看得清清楚楚，不禁有種戰勝者的笑容浮上來。小蕭手裏捏著幾張爛灰灰的十元錢紙幣，遞給耿土元。

耿土元一數，「怎麼才六十元？」小蕭住的房間是樓上，通風，採光好，八十元一個月的房租還算便宜他了！

小蕭眼睛擠擠，好像有種難言之隱。他們一前一後，來到屋後邊，站到一棵樹底下，撒尿。耿土元瞟了一眼，小蕭那玩意兒，好像很不景氣，蔫唧唧的，射程一點也不遠。算啦！耿土元吐了口濃痰，對於本應屬於他的二十元錢沒有細加追討。

小蕭說：「一個女人為我懷孕了，再過二個月就要生孩子，我要回湖南去一趟。」耿土元聽著很新鮮，說：「小蕭，你總算有自己的種了。」

小蕭突然一個急轉彎，連褲襠上的拉鏈還沒拉好，哭喪著臉，說：「耿大哥，我開心是開心，可回去什麼都要開銷，廠子裏的錢才發那麼一點，我連坐火車的路費都掏不出來。」

「所以……」小蕭的話在喉嚨口哽了兩下，還是下決心說出口。「我想，問你耿大哥借點錢，三百元，行不行？」

耿土元沒有吱聲，內心卻波濤起伏，暗想，你小子是放小魚釣大魚呢！

小蕭繼續愁眉苦臉，嘆他的苦經，說著說著，他蹲下來，越發顯得瘦骨嶙峋，蜷縮在樹底下，如同秋天的一片葉子，土灰色，憔悴著。耿土元想，好歹，他和另外一個女人有了孩子，而且要回湖南，那就意味著和他前妻李桂芹不會再糾纏不清，倒也很爽氣。三百元錢算什麼？就算打水漂，也值得了。

想到這裏，他拍拍小蕭的肩說：「起來！男人做事情，要頂天立地，要扛得起放得下，那路費包在我身上了。」

8

　　天邊黑沉沉一片，彷彿鬱積了很多心事。空氣悶熱得很，蜻蜓飛得極低，在耿土元的胸脯上擦來擦去。 耿華來了個電話，說星期天她回家。上星期，耿土元開口向耿華討了隻二手手機，她也快人快語，已經通過郵政匯到老耿手上，現在正被李桂芹用著呢！

　　耿土元說：「沒啥事，你還是安心做好你的事，多賺錢，也好給你老爹彙點香煙錢。」耿華口齒伶俐，說一定要回來，要給娘上柱清香，磕個頭。耿土元也就不吱聲了。

　　陣雨還沒完全落下來，二輛摩托車呼嘯著，衝到耿土元的院子裏，是兩個舅子，後面載著厚嘴唇大姨。他們神情嚴肅，有點來勢洶洶的味道。耿土元木吶著，上前招呼，發煙，大舅子沒接，逕直向裏屋走去，立在蘭娣的遺照下。不消半分鐘，大姨子拉開響亮的嗓子，哭嚎起來，「我苦命的妹子啊……」

　　耿土元想，這幾天並不需要特別的祭拜，他們過來，事出有因。他靜靜地站著，默默看著牆上的蘭娣，心裏有點發虛。

　　果然，大舅子開門見山，一點也沒有謙敬的意思，他直呼耿土元的名字，說，「我二姐屍骨未寒，你倒逍遙快活，勾搭上了其他的女人。」

　　大姨子哭哭啼啼，鼻涕眼淚混雜在一起，說：「我妹子一輩子沒吃到你好飯，活著時，就受你的冤枉氣，你到處瞎搞，女人一個又一個，我妹子得子宮頸癌，大半是你作的孽！」

　　到處瞎搞女人？耿土元吃了一驚，天地良心！蘭娣活著時，他就她一個女人，因此他也常被那幫老弟兄們嘲笑說，有賊心沒賊膽！那次他偷看到洗澡的女人順溜滴滑的身體後，渴得一連幾夜都沒睡好，

但也僅僅是腦子裏胡思亂想罷了，還遭遇了一場驚嚇，裹在被子裏，渾身像打擺子一樣直發顫。

大姨子的厚嘴唇翻翹著，她還在控訴，「那天我們去關亡，蘭娣就抱著我，說，姐兒啊，我在陰曹地府，是萬箭穿心吶！那個賊女人，比我的女兒才大七歲吶，這不是攪得我家要亂倫嗎！她要騙光我家的錢，搶去我的房子，到時連我的女兒要給我燒碗羹飯都沒個地方了！」

耿土元嚇得驚退到牆角，半晌，說不出話來。平時，他最反對巫婆迷信一類的東西，現在，他暗自吃驚，她們憑藉什麼本事把世事洞察得這麼一清二楚？

屋外院子裏，不知什麼時候，竟站滿了人，張頭探腦，一個個伸長了脖子，連樓上租住的外地人也湧下來。一霎間，耿土元成了千夫可指的對象，唾沫星子如夏天的一場暴雨，劈劈啪啪不分青紅皂白劈面打來。

二個舅子很強悍地坐在八仙桌旁，臉色赤紫，倒顯得蘭娣的死因是個疑點了，他們砸鍋賣鐵，也要替他們死去的二姐追討個說法了。尤其是大舅子，一拳頭敲下去，震得桌上的瓷杯子跳了兩下。

大姨子還在哭，撕心裂肺，比出殯那天哭得還要厲害。

耿土元只覺眼皮重得很，如同孫悟空當年被如來佛壓在五行山下百般無奈。他活了六十歲的年紀，竟隨著大姨子的幾聲哭訴，所有的歷史全部改寫！他晃了晃沉重的腦袋，自問：我是隨便瞎操女人的人嗎？

我是隨便瞎操女人的人嗎？他自己也糊塗了。

大姨子已徹底否定了他是個人的想法，她說：「畜牲，當初我媽是瞎了眼，才把我妹兒嫁給你！」

屋子裏的氣氛緊張、高亢，大有琵琶聲越彈越高，趨向斷弦的味道。耿土元一句話也說不出。他悲憤地望著蘭娣的照片，他倒想讓蘭娣開開口，來證明一下他耿土元到底操過誰了！

可惜，蘭娣笑得很花氣，抿著嘴，故意不說。

幸虧耿娟趕到了，說盡好話，才讓幾個長輩暫時壓下心中的怒氣。

耿土元繞道隔河的自留地上，他看見青菜碧綠鮮嫩，韭菜旺盛蓬勃，他蹲下來，粗糙的手指摸在菜葉上，幾滴眼淚隨即滾落。蘭娣走了，沒有誰能證明他是怎樣的人了！這些蔬菜，吃了一茬又一茬，蘭娣有氣力時，是她在伺弄，蘭娣病了躺倒在床上後，換成他來澆水施肥了。它們看得清清楚楚，他耿土元有怎樣的一顆心，這顆心旁邊安置的又是怎樣一個膽？

月色也顯得有股清寒，河水在月光下一躍一躍，有種說不清道不明的迷蒙。許久，耿土元聽見女兒耿娟在喊他，那喊聲，一長一短，爸——爸！焦急而擔心。他委屈得像小孩子，一時間眼淚水窣窣落落。

房子很暗。黑魆魆的，踢翻了長凳，碰到了茶杯，只有一屋子人的氣息，人都走光了，但味道還在，耿土元的心緊縮了幾下，感到抽搐後的疼痛。他媽的，老子活了一把年紀，要他們來管？他們有什麼好老卵的？他突然有了種反擊的快感，把壓在舌頭底下的唾沫噴射出來，狠狠地吐在剛才二個舅子坐過的長凳上。

什麼鳥人？也配來說我？耿土元越想越生氣，想到剛才大舅子盛氣凌人、不可一勢的腔調，簡直把自己當成鐵面包公了！耿土元一腳踹過氣，把長凳踢得老遠。他算什麼好鳥呀！常年在外跑採購，一到一個地方就乾姐姐、乾妹妹認個沒完，還帶回家，一點也沒有羞恥感，大舅子老婆也是睜隻眼閉隻眼，能怎樣呢？得過且過。現在倒是他囂張了！這讓耿土元窩火得幾乎想把房子都掀了！

耿娟看他一眼，眼神銳利，他的話就止了。這個家，他只服耿娟。當初蘭娣查出得癌症毛病時，他嚇得六神無主，癱坐下來，眼巴巴瞅著耿娟。耿娟是小學老師，說話鏗鏘有力，做事有條不紊，耿土元依賴這個女兒，也似乎也有點懼怕她。

耿娟蹲坐在灶鍋前，燒熱水，柴火在灶膛劈啪劈啪地響，她還是不提那事。

她站起身揭開鍋蓋時，一縷頭髮從額角飄落下來，她的身體呈弧形狀，腰部發圓，也有中年發福的趨向了。

她只比李桂芹小七歲。耿土元忽然意識到事實中存在的尷尬了。但他很會自我消化，女兒是女兒，女人是女人，兩碼事，小鍋裏的水不會長腳跳到大鍋裏的。

耿娟沖好了洗澡水，耿土元暈暈沉沉，一腳踏進去洗澡，末了，才發現替換的短褲沒拿，又不好光著身子出來，他沙啞著嗓門，喊耿娟。耿娟推門，又不便正面遞給父親短褲，只見那短褲從上方盤旋而來，如同飛碟，可惜耿土元兩手沒有抓住，落空了，掉在澡盆裏，又成了濕漉漉的一條。

他發狠，恨那短褲居然也跟他作對，他一定要娶一個能親手遞給他短褲的女人！

9

小蕭還沒回湖南，不過快了。那頭的女人還有一個月就要臨盆，小蕭一想到他的親生骨肉快要從娘肚皮裏鑽出來，就忍不住要振臂高呼。喝酒！他提議喝酒，要痛痛快快、高高興興喝一場！沒想到，耿土元很爽氣地答應了，這就意味著皮夾子是他老耿來掏，恰巧，老丁做工回來，被老耿揪住了，三人轉身就往鎮裏的小飯館走。

幾杯酒下肚，耿土元心飄忽忽的，飯館裏老闆娘來敬酒時，故作風騷，一隻手十分綿軟地搭在他手背上，他噗噗噗緊跳了幾下。他倒想的不是老闆娘，而是李桂芹，他覺得，他對她忠貞起來了，外界環境越是凶險，他越要忠貞不渝，來捍衛他和她之間的感情——如果這也算的上是愛情。

他臉紅了，為自己的動情。

耿土元想，我是真心要和李桂芹過日子的，回去無論如何要打開天窗說亮話了。

鏘鏘鏘鏘！鏘鏘鏘！十一點鐘，門被撞開了，三個男人步履踉蹌，推推搡搡，滿臉酒氣。他們三人喝了五瓶泗洪特釀，居然一個也沒趴下，那味道，真叫爽啊！

一路上，耿土元唱京劇，「穿林海──過雪原──氣衝霄漢──哈──哈──哈──哈！」耿土元盡情地吸著松樹那令人陶醉的清香。人，應該是自由的！他有權選擇自己的生活。六十歲又怎麼了？也許對別人來說，六十早該知天命，得老老實實聽從命運的安排啦！他不是這樣認為的，他的新生活，才剛剛開始，沒有誰能夠粗暴地干涉！他是人，是個健康存在的男人！雖然不會像年輕人那樣激情，但起碼，他需要感情，需要溫度、需要氣息。否則，他就會像是蜘蛛網上了那蒼蠅的空殼，一碰就碎，比糠皮還輕，任何時刻都會隨風而去。

兩個女兒，正坐在客廳等他。耿華什麼時候回來的？他自然很高興，嘴唇牽了牽，但很快，他覺察到了她們臉上的不悅。耿娟眉毛擰成了疙瘩，一副清湯寡水的樣子。耿華拉了個鋼絲型頭髮，雙手交叉抱在胸前。

小蕭打了個飽嗝，上樓睡覺去了，老丁也屁股一轉，回他的住房了。耿土元喉嚨口似乎有火燒得焦毛味，他手腳用力劃了幾下，指指喉嚨，意思要喝水。耿娟想了想，遞給他一個大茶缸。

等他喝淨水，落座，談話開始了，氣氛有點沉悶。

耿娟開門見山，問：「你們是怎樣認識的？她怎樣的狀況？」

耿土元一五一十，沒有偷工減料，也沒有添油加醋，懷著對生活的熱愛，他敘述得很深情，當提到李桂芹這個名字時，他的嗓音帶著甜蜜的節奏感，李──桂──芹，舌尖抵著牙齒，輕快得很。

「就這樣。」耿土元攤開兩手，看著兩個女兒驚愕的表情時，他竟有種從生活底層中跳躍出來的快意。對，跳躍！就像魚兒掙扎著躍出水面時凌空的那個動作。

耿華推了推架在鼻梁上的眼鏡說：「她？四十幾歲的女人，離過兩次婚，心思密著呢！她會心甘情願跟你這個老頭子？鬼才相信！還不是看上你的房子和養老金？」

耿土元說：「這你就錯了，我們決定過了年就去領結婚證。」

耿娟站起來，倒了些水，慢條斯理說道：「爹，你找女人，我們並不反對，有個老來伴，你的生活也充實，我們做子女的也放心。問題是要找個知根知柢、年齡相仿的人。你看，我們對那個女人的背景一無所知，離過兩次婚，介紹人竟是她的前夫，還住在你家的樓上，這不讓人笑掉大牙嗎？到時他們神不知鬼不覺把你的東西席捲而空，你還不清楚呢！依我看──索性爽爽氣氣找個本地阿姨，有個照顧，能過日子，不就行了！」

耿華尖著嗓門，附和著：「是啊，就像隔壁秦二妹，就挺不錯的！」

她？秦二妹？耿土元習慣性地從鼻子噴出了一捧灰，渾身的雞屎味，讓他和這樣的老太婆過日子，生活中還有什麼情趣？

耿土元乾笑著，問耿華：「你開什麼玩笑呢？那老太婆尖酸又刻薄，處處打著小算盤，她進門，才是一場禍害！」

耿娟又給耿土元列舉了另外幾個人選，杏花村，蓮望村，夏家橋，趙石基，方圓十里四五個村喪偶的老太婆名字全都報上來。耿土元側著身，一邊用棉籤掏著耳屎，然後，將耳屎吹得遠遠的，慢吞吞說：「這些人我一個都不中意。」

耿娟惱火了，聲音提高了八度，很不客氣地質問起來：「你就中意李桂芹嗎？你搞過她了？這樣一根筋！」

耿土元的腳趾頭往後縮了一下。

耿娟忽然也被自己的問話驚嚇住了。萬一父親真的碰了那女人，她以此為把柄來要脅，那事情還真沒完沒了！這些外地人，誰知道會鬧出怎樣的荒唐事！

　　耿娟狐疑的眼神再次落到耿土元臉上，耿土元沉默著。他的沉默就像一隻地鱉蟲，軟弱、自私、但又任性、偏執。當年是母親蘭娣屈忍著，為他遮住了種種難以啟齒的醜事。想不到，母親過世了，他脾性未改，依然胡鬧著，絲毫不為她們做女兒的考慮。

　　耿娟看看黃漬漬的牆，母親在笑，她卻想哭了，父親怎麼這麼快就把母親遺忘了呢？還盡給她出難題。

　　昨晚，她就受了一肚皮的冤枉氣，丈夫孫俊回來吃飯，虎著個臉，筷子扔到湯碗裏。他反問耿娟，「你父親到底什麼意思？我好歹也是個科長，走出去有頭有臉，現在要被他這種醜事恥笑？」

　　耿娟一口飯噎在喉嚨口，吞也不是，吐也不是，臉嗆成豬肝色。她沒想到，丈夫也被牽連到父親的風流韻事裏了。孫俊原本就對她娘家的人不冷不熱，現在更不用說了，眼梢提得老高，一臉的鄙視。

　　耿娟越想越傷心，嗚咽了幾聲，竟像開閘的水，一瀉千里，再也收不住了。

　　耿華說：「爸，做人不能太自私了，你該替我們想想，總不能——在我們臉上抹黑吧！」

　　抹黑？我在你們臉上抹黑？耿土元瞪大眼睛往外瞧，就像一隻尖嘴鳥被套在鳥袋裏。屋裏的窗子都關著，有一股許久未散的煙味。

　　耿華還沒消氣，又使勁甩出了幾張花花綠綠的碟片。耿土元一看，傻眼了，他向樓上小伙子借的毛片，藏在抽屜裏，怎麼被她倆搜到了？

　　毛片封面上的幾個女人，脫光了衣服，正衝他擠眉弄眼。

10

河面上籠著一層薄霧，耿土元深深吸了一口氣，十分酣暢。他騎著電動車，電動車如小驢子，有種歡快的勁兒，這輛車，花了他一千多元錢，他喜歡撐到最快的速度，疾馳，李桂芹就把他的腰抱得緊緊的，他是故意驚嚇她，又獨獨享受起他被驚嚇以後的可憐相。

其實，他對李桂芹最滿意的地方，就是她從來沒問他要過一分錢。錢這東西，誰不敏感？他也不是糊塗人。現在方圓十里，哪個不說李桂芹是衝著他這點錢，才和他老頭子過日腳？她的兒子，二十多歲，還未成家，要想在這江南一帶落戶，沒有房子等於是做夢！

在他眼裏，李桂芹樸素而優雅，她絕口不提錢字，好像手上有塊抹布，會把那種銅錢味道揩得乾乾淨淨。她越是這樣，他就越歡喜。她的樸素裏含著尊嚴，他要讓她把尊嚴長久地保存。他在枕頭上翻來覆去想，枕頭也被他頭髮擦出了一股油耗味，他聽見蛙聲高低錯亂，不知道在吵鬧些什麼，他想，這世界上的人都不知道我究竟要些什麼？蘭娣可能明白，但她走了。那麼，誰還有權利來支配我呢？我是我自己的。

蒿草叢中飛出許多蛾子，簇擁著，擠在他的眼前，晃個不停，他覺得這些蛾子像極了他身邊的人，指指戳戳，成天在胡說八道，他對他們充滿了嫌惡，呸！本地人，本地人！他才不要再找本地人當老婆呢！本地人心腸最惡，他們噴出來的口水都是有毒的。

女兒呢？那的的確確是潑出去的水，靠得著什麼呢？那夜，他喝多了酒，望著黑沉沉的天，悲從中來，撥耿娟手機，關機，肯定在麻將桌上，怕人打擾。撥耿華電話，盲音，根本就沒人接。他靠在楊樹根上，嘔吐了幾次，心想，我要是跌倒河裏淹死了，也沒人曉得，可

能要等到三天以後屍體浮起來才會被人發現。風，挺冷，刮在他脖子上，涼颼颼的。天上還殘留著幾顆星星，似乎也在哀嘆他的可憐，他想，人活著，真是孤獨啊！

最後，他是撥通了李桂芹的電話。李桂芹夜班回來，摸黑趕到他待著的楊樹根前，她瘦弱的肩胛骨撐起他闊實的後背，有點站立不穩。他伏在上面，開始嗚咽，他覺得自己活了一把年紀，到頭來卻像只沒人要的狗，蜷縮在荒野裏，而她是個好心人，收留了他，給他飯吃，餵他水喝。他雙手緊緊攬住了她的胳膊，生怕她一不留神，會突然丟下了他。

這些話，他懶得跟女兒講了，她們太忙，哪有閑工夫聽他扯這些。可能也不會相信。人又何嘗不是一隻狗呢？轉來轉去，無非想找一個溫暖的狗窩？

耿土元的電動車繞了一個多小時，才到李桂芹的宿舍，不過她人並不在，同屋的人說她去長途車站送人了。送人？耿土元第一個反應是她去送小蕭！醋意頓時像條蟲子爬到他眉心，吱嘎一聲，電動車向前竄出百米遠。

果然，兩個人在車站默立著，耿土元躲在牆角後，暗中觀察。李桂芹從隨身攜帶的布包裏掏出幾件嬰兒服和一雙虎頭鞋，遞給小蕭，說：「你要做父親了，我替你高興，沒啥送你，這些是我親手做的，想來你也不會嫌棄。」

小蕭斜立著，像株被風吹歪了的高粱，他抹了抹臉，臉有點紅，說：「老耿是個好人，你和他在一起，應該能享到福了。」

李桂芹看了他一眼，認認真真說，：「那我更要謝你了！」

小蕭有絲慌亂，連聲說：「同鄉，同鄉，那麼客氣幹嘛！」

耿土元腳底有點發軟，心想，我的媽呀！幸虧沒說夫妻，如果說了夫妻，他耿土元又算哪根蔥呢？

李桂芹又掏出兩條煙給小蕭，說：「這煙麻煩你給我父親，只是——你千萬別跟他提老耿的年齡，老耿是大我很多，但人好，我就貪他這點。人活著，怎樣才能算滿足呢？」

耿土元平時有點耳背，偏偏李桂芹這幾句話滴水不漏淌進他耳朵裏，聽得他鼻子有點酸酸的。

11

天色完全黑了，鴨子還在池塘裏，呱呱呱歡暢著。

耿娟給丈夫放好洗澡水，拿好浴衣，一回頭，孫俊的手機響了。孫俊說：「所裏有活動，我出去一下。」

耿娟點點頭，近乎麻木，她知道活動內容，現在小鎮上娛樂業發達的很，男人一律往 KTV 走，飆歌、美酒、小姐，把她們的丈夫搞得暈暈呼呼。她也好像默認了，他往歌廳跑，她就往麻將桌前靠。說到底，人總有一樣東西在支撐填補著生活。輸輸贏贏，打久了，並不覺得心驚肉跳。有人說，打麻將相當於坐禪，練到最後榮辱不驚，春風秋月等閒度。

時間，真是最好的魔法師，它撫平了人間的憂傷，也淡忘了曾經發生的一切。這一點，耿娟是最有體會的，當時母親落氣時，她眼睜睜看著父親耿土元向後倒去，那種悲傷，怎麼可能是裝出來的呢？幾十年的夫妻情，十指連心。現在呢？她最怕人家問起她父親。他倒像周伯通，越老越沒記性，越老越糊塗得出了格。

孫俊似乎也因為這件事，看輕了她幾分，說話時鼻子裏噴氣，說：「感情？感情值幾鈿？」中午，酒桌上恰好說到耿土元，有人就指著孫俊的鼻尖說：「你老丈人挺趕時尚，也屬新新人類，真是舊的不去新的哪來？難怪你……」孫俊惱火了，站起來，二話沒說，一杯啤酒迎面潑過去，把說話的那人潑得一楞一楞，幸虧旁邊的人反應快，勸住了。

孫俊是心高氣傲的人，哪受得了一幫鳥人作踐自己，因此把火全撒在了耿娟身上。耿娟想，眼不見為淨，索性像耿華一樣，在上海不聞不問倒也罷了，但她偏偏挨著耿家村住著，方圓十里，哪個不是熟面孔？誰家出了點桃色事件，還不像猴子出把戲一樣，要被閑人看個究竟。

　　上樑不正下樑歪。父親再胡鬧下去，孫俊也就更有資本嘲笑她、羞辱她，然後，光明正大去泡小蜜。那她的家庭豈不是也毀了？

　　樹葉一片一片，開始飄落，落到河裏，落到去耿家村的路上。這些葉子黃黃綠綠，根本禁不起一夜風的猛吹。耿娟一起床就感覺頭昏噁心，昨夜麻將搓到凌晨二點才收工，講好十二點結束的，王淑嬌不肯，她輸得多，一心想翻本，其他人也只好陪下去。耿娟有點心神不定，邊搓邊猜，她和孫俊會誰先到家呢？結果，還是她先到家了。黑漆漆的房間，摸著門把鎖，心也有點寒。孫俊手機關機。最近他的活動越來越頻繁，小小一個科長，哪有那麼多應酬？前一陣子，耿娟還旁敲側擊，企圖用溫柔的言語來跟孫俊溝通一下。夫妻之間，溝通最重要了，如果兩人僅僅是睡在一張床上，吃在一個鍋裏，彼此不聞不問，那跟一般人相處又有什麼區別呢？

　　可惜，孫俊只安靜了一個晚上，他們的身體暖在一起，像兩隻氫氣球。兩人都明顯發福了，人到中年，沒有了衝勁，只是能歇就歇，何必去拚命呢？孫俊懶洋洋地撫摸著耿娟的胸脯，也沒有做那種事的念頭。結果，屁股對屁股，睡著了。第二第三天，孫俊生活一切照舊，說與不說，好像一個樣，耿娟立在枝頭下，苦苦的，澀澀的，老公畢竟不是學生，可以一把耳朵揪住，讓他好好反省反省。

　　耿娟憋住了，不想讓自己嘆氣，女人多嘆氣，皺紋也會多生幾條。她踩在樹葉上，聽見窸窸窣窣的響聲，這聲音細密的很，但讓人警覺，耿娟停下來，彎腰撿起一片，掉了兩滴眼淚。耿娟想母親活

著的時候，她要忙裏抽空，硬是擠出時間，回家給母親擦身，梳頭，餵飯。那時真叫累啊！夜晚兩條腿擱在被褥上，都能感覺出骨頭裏發出的嗡嗡嗡的聲音。父親在廚房裏煎藥，中藥的味道溢出來，聞到最後也習慣了，覺得中藥裏有股淡淡的香味。母親看著她，吃力地微笑著，笑容裏帶著滿足。耿娟並不指責妹妹耿華，她是長女，多服侍一下雙親也心甘情願。所以，那時的日子雖累，卻很充實。

　　現在呢？母親走了，連同她的生活也空虛了。怎麼會這樣？耿娟吸了下鼻子，覺得有點不可思議，耿華忙著賺錢，父親迷戀上了外地女人，孫俊熱衷於喝酒唱歌，她卻犯上了麻將癮。這，很不好，她也知道，但身不由己，她能怎樣呢？難道把自己關在屋裏成天胡思亂想？

12

　　江南的秋天和夏天連接得那麼緊密，就在一片模糊不清的季節裏，耿土元穿上了長袖線衣。線衣是李桂芹一針一針織出來的，也不知道她什麼時候織出來的。她下班回到宿舍，她還有一大堆活兒，伏著背，鎖著眉，在二十支燈泡下一針上一針下做外貿加工活，一直要做到深夜十二點。耿土元替她算過了，一個袖口加工才三毛錢，一晚上撐死了加工二十個袖口，才六元錢，何苦來哉！

　　她不是這樣算的，眼神總是笑瞇瞇，說：「聚少成多嘛！」

　　房東來收一個季度的房費了，算一算，也要四百五，等於她每個晚上的辛苦活全白做了。耿土元抓住了機會，拚命游說她住到他家去，何必花這個冤枉錢呢？他家的房子空著也是空著，為什麼不利用起來呢？二來也省得他每晚摸黑趕路，到底年底大了，有時一腳跨過去，真怕踩到河泥塘裏，從此再也爬不上來了。

李桂芹猶豫了一陣，她那時的表情，特別像春天到處飛舞的柳絮，有點悵然若失。耿土元喚了她好幾聲，她才慢悠悠調轉過頭，說：「好吧。」

　　就在那天晚上，耿土元見到了她兒子，挺正氣的一個小伙子，眉清目秀，一米八的個頭，他喊耿土元伯伯，耿土元胸口被堵了一下，黯然神傷，心想，我要是也有一個身強力壯的兒子，就不會這樣孤單了！

　　小伙子叫陳立，中專畢業，在一家鄉鎮企業辦公室管理電腦。

　　別看陳立鬍鬚還沒長硬，做起事來卻老成持重，有板有眼，他發了根煙給耿土元，下意識帶著耿土元來到巷子口，開始了男人之間的對話。

　　陳立說：「我媽這半輩子過得太辛苦了！現在，我尊重她的選擇，她待人善良，也希望對方能誠心誠意對她。」

　　耿土元連連點頭，說：「那是，那是。」

　　陳立又說：「這次，你請她住到你家去，她考慮了好久，她也不想被人看作是隨隨便便的人。」

　　耿土元也是個聰明人，哪會等到陳立點穿呢，他迫不及待接口說下去：「你放心，過年我就將你媽戶口遷過來。」

　　李桂芹搬到耿家村，也算是喬遷之喜，陳立掏出一百元錢，要熱鬧一下。他們來到小飯館，老闆娘倚在門口，胸脯挺得像剛出籠的饅頭，散發著陣陣熱氣。陳立用手機打了電話，不一樣兒，過來一個男人，五十開外，暴牙，酒糟鼻，皮帶歪歪斜斜束在毛衣外頭，一雙皮鞋沾滿了泥巴，襪子各不一樣。

　　李桂芹並不驚訝，站起身，提壺倒茶。

　　陳立的普通話說得比李桂芹標準多了，他做了個手勢，介紹道：「我父親，陳國強。」

耿土元的大腦瞬間出現了短路現象，他呆呆立了片刻，陳立的父親？那也就是李桂芹第一個前夫了？怎麼這些前夫都生活在她的周圍呢？好像關係也都還不錯，彼此之間並不像苦大仇深的樣子。

四個人坐下來吃飯，一人一位。風騷的老闆娘還不忘記來敬敬酒，這讓耿土元有了一種外援的力量。因為陳立開口一個爸，閉口一個媽，顯然他們是一家子，他耿土元攔在中間整個一傻冒。耿土元筷子嘩啦滑到地上，老闆娘幫他撿起來，撿得時候暗中擰了一下他的大腿，然後撩起衣裙擦了一下筷子，遞給耿土元。

耿土元驚醒了，他調整呼吸，喝酒！他要喝倒陳國強，喝翻陳國強！這叫氣勢上壓人！他給陳國強斟上滿滿一碗黃酒，說：「乾杯！」陳國強酒糟鼻上幾根外翹的鼻毛動了動，他面露難色，說：「隨意吧！」

「男人怎麼能隨意呢？」耿土元沙啞著喉嚨說。

李桂芹順勢做到耿土元邊上，攙住他的碗，說：「你也不要乾，你以為你是小伙子，身體要緊。」

陳立趕緊打圓場，說：「對，對，身體要緊，喝得痛快就行，都不要強求。」

氣氛緩和下來，李桂芹也不坐回去了，她就待在耿土元身邊，夾菜、添酒，有時手還要搭在耿土元肩上，搖兩下，耿土元覺得她是故意做給陳國強看的。看來，當年山村裏的客棧小老闆，生活得也並不如意啊！他跟小服務員結婚後生了兩個娃，日子就開始走下坡路，不得已也到江蘇來打工。他們那個村上的人幾乎都出來了，窩在山村幹嘛？等著喝西北風？水往低處走，人往高處流，在江蘇賺上一年，回老家至少可以花上三年！

喝酒喝到正事上了。陳國強也擺出了男人味道，借著酒膽，粗聲大氣，說：「老耿，我陳國強福氣沒你好，硬是讓桂芹從我身邊跑

了，現在我把她交到你手上，你——今年底——一定要和她去領結婚證！不能糊里糊塗！」

陳國強叉著腰，十分粗壯，似乎他代表著正義，說起話來也是那麼義正詞嚴。李桂芹低眉順眼。眼前的狀況，很讓耿土元感慨，女人的命運啊，正如一片葉子，在湍急的水流裏飄來飄去，卻不知道歸宿到底在哪兒！

耿土元把陳國強的酒氣當成了豪氣，只覺熱血沸騰，他也拍胸脯，口齒含糊，說：「放心！我耿土元答應的事決不會當屁一樣空放！」

回去的路上，李桂芹有些吞吞吐吐，哽了半天還是說出來了，她說：「老耿，今天喝酒，你千萬別以為陳國強是我叫過來的，是陳立。到底是骨肉親，這娃惦記著父親也很正常，做人吶，哪能都那麼絕情呢？過去他是太狠心了，但人的心到底不是石頭做的，它也會一點點一點點發生變化。」

耿土元若有所思，伸出手臂將李桂芹挽得更緊了。路過耿娟的房子，耿土元抬頭看了看，耿娟的屋裏亮著燈，人影印在窗簾上有點發虛。耿土元看著女兒的身影，竟覺一會兒寒，一會兒暖。他的眉毛耷拉下來，顯得心事重重，腳步也飄忽不定了。

13

離耿家村不遠的夏家橋竟發生了一件凶殺案！貴陽人租住本地人房子，兩家的小孩發生了爭執，貴陽人竟活活將東家小孩悶死，甩在糞坑裏。

這血腥事件太殘酷了！它讓耿家村的老百姓也坐臥不寧，議論紛紛。跟這幫外地人有什麼道理可言？他們根本就是法盲，愚昧無知到了極點！村民們開始猶豫了，考慮要不要再將房子租給他們。

臨晨四點多，耿娟還沒睡著。失眠，像一隻可惡的怪獸追咬著她，嚇得她渾身冒虛汗。原因很多，關鍵還是那件凶殺案，她聽得毛骨悚然——她的生活中也被很多不相識的人介入，他們像空氣中的塵埃，無聲無息，但有極強的爆發力，一不小心，就會把她的世界破壞得不堪設想。

　　她越想越怕，「咚」的一聲從床上跳起。不行！她得去找父親，她不能眼睜睜看著父親荒唐下去！

　　推開耿土元的房門時，她並沒有料到房間裏正發生著故事。她一腳踏進去，就驚呼著退了出來，臉紅得像熟柿子。耿娟逃出耿家村，狂亂的心跳才漸漸地平穩了一點。她覺得她對事態的變化越來把握不住了，好像誰都很快慰，他們風流快活，逍遙自在。唯獨她，驚懼，傷感，而憤怒著。

　　整整半個月，父女倆沒有對話。

　　耿娟吃不香、睡不穩，天天做惡夢。

　　耿娟不停地打寒顫，她兒子上初中，上學放學都是一個人騎車，如果耿土元有什麼事處理不當，那報應不都在她兒子身上？她驚嚇得臉色蒼白，大口喘氣。看來，父親與那女人是糾纏不清了，她真不願回想那畫面。但人就是怪，越想逃避，它就越像條蛇要往你的心上鑽，而且要咬個大大的窟窿，讓你哭，讓你難受！那天，推門進去，父親裸著上身，女人留給她的也是光溜溜的背影，然後是刺眼的白。耿娟匆忙收回自己的眼睛，轉眼又瞥到地上凌亂的衣服，她的心被重重刺痛！

　　瘋了。真是瘋了！

　　耿娟去河灘邊洗衣服，秦二妹蹲在她邊上擇菜。

　　秦二妹故意將嗓門壓得很低很低，耿娟最討厭這樣的做法了，故作神秘，她很不想搭理。但秦二妹硬要湊過來，還湊到她的耳根邊，一字一頓地說：「你阿曉得，你父親和那女人的前兩個男人都吃過飯

喝過酒，親熱得很哪！小心，他們一幫人就是一個團夥，你父親是耍不過他們的，到時，吃虧受害的是你們小輩啊！」

耿娟沾了一手肥皂泡，泡泡在陽光下閃耀著七彩的光芒，她吹了一吹，說，「當心，今晚有暴雨，記得要把門窗關好。」

果然，晚上的暴雨劈頭蓋臉打下來，一下就是三個小時，耿家村小池塘裏的水漲起來，飄滿了枯枝爛葉。閃電轟隆一響，恰恰把耿娟家的電視機給打壞了。一縷白煙，「嗞」得溢滿了房間，焦糊味衝進了耿娟的鼻孔。她神經質地尖叫起來。

徵兆！不吉之兆！她忽然對此深信不疑。

早晨，她快快趕到父親庭院，那女人蹲在牆角刷牙，一嘴的泡沫，她知道耿娟的身份，慌忙立起來想招呼。耿娟勉強笑了一下，就躄進房屋。耿土元還沒起床，靠在床欄上抽煙，房間裏煙霧騰騰。耿娟反手把門上了鎖，她說：「爹，你就準備和她過日子了？」

耿土元眼睛鮮亮亮。這幾天他也在反覆考慮，怎樣和耿娟把話題挑明呢？他明白女兒的擔心，問題的根源是女兒還不清楚李桂芹是怎樣一個人。所以，他要竭盡全力把李桂芹的好處說出來。

他並不性急，慢悠悠抽著煙，這幾個月他的感觸太深了！李桂芹的脾性跟蘭娣一樣溫柔，沒有火氣，做什麼事都是為別人考慮，自己吃點虧都不要緊，這樣的女人，就是水，滑滑嫩嫩，他和她在一起，也年輕了一大截。李桂芹的雙手是閑不住的，把廚房收拾得一塵不染，臥室裏更有股溫暖的滋味，他耿土元老了，最渴望的就是這家的氣息。夜晚，李桂芹溫一壺黃酒，他喝一口酒，看一眼在旁做加工活的李桂芹，心裏就暖一下，他真想跟耿娟耿華說，女兒啊！李桂芹說不定就是你媽安排她到我身邊來的，你們可千萬不要怠慢她啊！

耿土元打定了主意，這年一過，他要陪她去趟湖南，回來就領證結婚。

現在耿娟就在眼前，問的正是他所想的，他不緊不慢，讓心裏話一句句流淌出來，說到深情處，眼淚也掉下來。

耿娟不說話，牙齒咬得緊緊的。

許久，她說：「你幹嘛一定要領證呢？這樣湊合著過過，不就得了？」

耿土元瞪大了眼睛，說：「那不是非法同居？虧你還是個老師，一點法律意識都沒有！」

耿娟生氣了，冷笑說：「你有法律意識？你有沒有想過婚姻法裏的具體內容！」

耿土元張嘴結舌，一下子楞住了，這些細節他到沒有考慮過，看看耿娟那副自命清高的樣子，他就來氣，剛才一番情真意切的話非但打動不了她，還拿什麼法律條文來唬他，哼！有什麼了不起的，明天他就到鎮上律師事務所去打探個清楚。

末了，耿娟蠻橫地追添了一句，「不經過我和耿華同意，你和她結婚，休想！」

「你！」耿土元氣得把手邊的茶杯扔出去，「哐啷」一聲，驚嚇到了門外的李桂芹。她來敲門，耿娟不容分說，推開她，風一樣疾步往回走。耿娟的眼裏蓄滿了淚水，她也想哭！狠狠哭一場！

14

耿土元雙目緊閉，這是夜間最黑暗的時刻，他猛抽一口煙，吸進了秋蟬衰弱的鳴叫聲。

不經過我和耿華同意，你和她結婚，休想！

反了還不成？誰是父親？誰是女兒？她有什麼資格說這種話？哼，說到底，現在結婚程序方便的很，兩個人的身份證往婚姻登記所的桌子上一放，誰能阻攔？

那摔破的茶杯又被李桂芹撿起來，用強力透明膠黏好，放在桌子上，他看著就扎眼，耿娟啊耿娟，你設身處地為我孤老頭子考慮了嗎？人活著，總要活得舒心坦然啊！

李桂芹在被窩裏動了動。她並沒有睡著，可也不說話。耿土元手伸進來，窸窸窣窣，碰到了她的乳房。軟軟滑滑。他並不打算摸下去，給她掖好被角。

「我女兒是刀子嘴豆腐心，你別動氣。」他猶豫了再三，還是說了這句話。

「嗯。」

「我倆自己的事，誰能阻止呢？真是笑話，要看她們臉色了！」耿土元憤憤地嘟囔了二句。

「嗯。」

她還是這麼一個字。

耿土元發慌了，他不知道「嗯」是什麼意思。他睡了她也近有兩個月，穿過她沉默的後背，他彷彿看見了小蕭、陳立、陳國強三雙眼睛，它們虎虎地盯住他，分明在告誡他什麼……

耿土元毛毛躁躁，一夜睡得很不是滋味。清早他睜開眼睛時，李桂芹已上早班去了，鍋裏留著熱粥，咕嚕咕嚕還在泛泡泡。他吃了一碗，反背著兩手踱到耿家村的拐彎口時，發現許多村民圍聚在一起，談得熱火朝天、唾沫橫飛。有人激動得手腳都揮舞起來，也有的人在樹底下暗自發呆。

耿土元心一緊，不知道是禍還是福，伸長脖子去問個明白。

一打聽，他的心也高漲起來——因修建高速公路，整個耿家村拆遷。拆遷的原則是按照面積多少提供相應的公寓房。高速公路在這一帶呈弧度行，穿越整個耿家村，其他相鄰的村莊並不妨礙。也就是說，他三間二層舊樓房，可以換上大小兩套公寓房。

拆遷工作半年以後要強制執行，紅頭文件已下到鎮裏，看來這件事不容更改。這樣重要的事怎不讓耿家村沸騰呢？

喜悅，像山澗流淌的春水，把他的心緩過來了。耿土元坐在牆根的板凳下，樂滋滋盤算起來。陽光灑著芝麻的香味，為他打開了幸福之門。

他想好了──大的一套，他和李桂芹、陳立住。一家人，熱熱鬧鬧，多好！陳立是個不錯的小伙子，他打心眼裏喜歡。陳立也該到談婚論嫁的年齡了，將來結婚，就給他騰個新房出來，養個胖孫子，那就更有家的味道了！他耿土元再也不要忍受孤獨的滋味，一個人只和自己的影子說話，活著也好像是多餘的了。當然，小的那套房子給耿娟和耿華，怎麼分配？由她們姐妹倆自己說了算。

他給自己沏了壺茶，好像在招待客人。好，就當個客人，有客人來訪：新的基點，新的起點。

他端起茶，慢悠悠地呷上一口。

15

一隻小黃狗，整天被拴在耿娟院子裏的鐵椿上，發出單調而枯燥的旺旺聲，聽得她心煩意亂。她嫌棄狗，想扔掉算了。可孫俊死活不同意，說狗能帶來財運。這不，他屁癲癲從摩托車上翻身下來，告訴她耿家村即將拆遷的好消息。

好消息？耿娟倒吸了一口冷氣。她對昨天碰到的那個女人佩服得五體投地，她可真有預見性啊！早就預料到江蘇的農村會發生翻天覆地的變化，所以三五一夥，合計著找上她父親的家門。

偏偏她父親又是個頭腦發熱、喜歡心血來潮的人，中了邪還沒有知覺，一定要見了黃河才算心死呢！

聽完耿娟的抱怨，孫俊神情也陰鬱起來，他並沒有上前抱住疲憊不堪的耿娟，給她安慰，只是冷冷地譏誚，「哼，不趕走那女人，事情有的折騰了。」

他搖了搖身子，像鐘擺一樣來回掛了兩下，又跨上摩托車，留下一股刺鼻的尾氣。

耿娟空落落地趺坐在藤椅上。大腦轉得很是暈沉，她堅強了幾十年，忽然發現自己脆弱不堪，連一片樹葉也不如。她顧慮太多，彷彿大都為別人活著——母親、父親、丈夫、小孩，一個一個，排著隊，結果他們並不領情，走的走了，背叛的背叛，前方是渺茫的荒原。這一場辛苦到底為誰忙？她哀哀地苦笑，像衰敗的喇叭花，收攏了曾有的顏色和形狀。

不行，說到底她也得為自己爭取一份利益！當年蓋那三間樓房，她才十七歲，假小子一樣，在烈日下，隨著母親搬磚頭挑黃沙，眼看著汗珠一滴滴往下淌，濕透了她的內衣。現在，她怎麼能隨隨便便把這份家業拱手送給那外地女人？聽憑她坐享其成？她耿娟又怎對得起母親在天之靈呢？

16

耿土元動了動手臂，忽然醒了。醒來之後，才發現李桂芹並不在自己身邊，今晚她上夜班，還沒有回家。耿土元聽見樓下有聲音，有五六個人在粗聲大氣直嚷嚷，口音都很熟悉。他卻並不感到親切，整個身子如一張弓緊繃起來，借著黑暗中微弱的光線一步一步下了樓梯。

客廳裏點著蠟燭，上著三支清香，蘭娣照片下供奉著幾盆水果。耿娟面色枯黃，二個多星期不見，她竟然瘦了很多！耿華什麼時候也

趕回來了？她一臉焦慮地盯著耿娟，問，「姐，你乳房上的腫塊發現有多久了？」

還有四個人，一字排開，臉都繃得緊緊的，像四大金剛，個個怒氣衝天。那是他女婿孫俊、大姨、和兩舅子。耿土元下意識去掏煙，但棉毛衫上並無口袋，他的手落空了，就像他的意識，一片尷尬，一頭霧水。

那天是蘭娣的生日，他卻忘得一乾二淨！他忙著和李桂芹在床上折騰，折騰夠了，就憧憬眼前的幸福生活。

他很是羞愧，眼神怯怯得瞥過去，方寸也亂了，他搞不清出了什麼問題，特別是看見耿娟的臉黑瘦得脫了個人形，他慌亂中隱藏著驚懼。

「那腫塊是惡性還是良性，要到後天才能知道。」孫俊憂心忡忡回答。

耿娟的淚水嘩啦留下來，終於忍不住，哭出聲來，說：「媽！你在天之靈，一定要保佑我！」

耿土元腦袋嗡了一下，明白過來。他神色倉皇起來，好像耿娟的毛病與他有直接的關係。果然，大姨子開口了，搖頭晃腦說：「妹夫，你做事不能太隨心所欲，一定要為親人考慮！你細想想，為啥耿娟這麼快就得病，而且也是婦科病，你的罪孽不輕啊！」

耿華的聲音還是那麼尖利、短促，說：「爸，沒啥好猶豫！明天你就請她出門！」

她？──她特指誰？還用再指名道姓嗎？很顯然這一屋子人都是衝著她而來的啊！

大姨子說：「瞎眼巧婆已經說了，說她的身上有股邪氣，邪裏帶著惡字，她走到哪裏，就會把霉運、厄運帶到誰家！你還吃得消嗎？」

耿土元眼前有些發黑，他慢慢向門口摸去，看見幾顆殘星，快了，再過二小時，她就要下夜班回來，而晨曦也將從天邊漸漸閃現。

天亮得太快、太猛，耿土元一時有點手足無措，同時一顆心也莫名其妙彈跳起來。昨晚，面對一屋子的人，他似是而非點著頭，這頭可不是好點的，它意味著承諾，要去兌現，要打開天窗說亮話，把李桂芹請走。他當然心疼女兒，他剛剛失去老婆，怎能眼睜睜看著女兒再染上什麼惡疾？三柱清香，心誠則靈，他哆哆嗦嗦，給蘭娣磕了三個響頭。他再到廚房劈柴點火生爐子，準備燒熱水，轉身發現一屋子的人散了，都沒留一句話，他的淚水湧上來，來回打轉。

　　李桂芹回來，他沒吭聲，他是個嘴笨的人，三言而語，他說不清楚，只等隔個時辰再提起，於是慌慌忙忙拉上被角睡去了。一夜睡得很累，夢中亂七八糟的人向他發脾氣，卻看不出清面孔。

　　醒來，發現李桂芹又不見了，可能又去忙田間農活了。

　　老習慣，他依靠著窗欄，不想起床，把被子拍好，點根煙，腦子還是暈沉的。把電視打開，早新聞，報導著一場詐騙案，主角是個女人，在監獄裏蓬亂著頭髮，黑瘦的臉埋在手掌心，很不願意被鏡頭拍攝。耿土元突然坐直了身子，思維中兩個點很蹊蹺地連在一起，——他懷疑起來，昨晚的一幕，極有可能是經過精心設計的！目的是什麼？跟這宗詐騙案一樣，錢！——他的兩套公寓房！

　　這樣的分析似乎又太過武斷，萬一不是這樣呢？他怎能去懷疑他嫡親兩個女兒呢？尤其是耿娟，她疾病纏身，萬一查出來真是可怕的消息，她怎麼面對生活呢？耿土元掐了把自己大腿，覺得這樣的胡思亂想有點過分。

　　快過十一點了，李桂芹還沒有回來。他忽然覺得胸口很悶，他體內一種器官像是毀了，他第一次有了老的感覺，沒有一點力氣，沒有一絲希望，飄飄蕩蕩，恍恍惚惚。很多東西在毀滅，他又很不忍心，撲上去，心在痛。是的，很有可能，他的心臟出問題了。

他有氣無力，撳遙控器。沒有一個節目能中他的意，所有的人，都裝模作樣說著什麼。他算是看透了。

再換一個頻道，點歌台，有個披著長頭髮的歌手唱得聲嘶力竭，似乎要把心都摳出來。那首歌歌名叫《私奔》，很曖昧的一個詞語，字體大大的，跳躍在屏幕上。

他忽然來了興致，帶上老花眼鏡，看屏幕上滾動而出的歌詞：

> 把青春獻給身後那座輝煌的都市，
> 為了這個美夢我們付出這代價，
> 把愛情留給給我身邊最真心的姑娘，
> 你陪我歌唱陪我流浪陪我兩敗俱傷。
> 一直到現在，才突然明白，
> 我夢寐以求是真愛和自由。
> 想帶上你私奔，奔上最遙遠純真。
> 想帶上你私奔，去做最幸福的人。

因為耳背，他不斷將遙控器音量向上摁，音樂震耳欲聾，把進門的李桂芹嚇了一跳，她叫了一聲耿土元的名字，他沒應。她再叫一聲，他還是沒聽見，她忍不住衝到他耳根邊，大聲叫喚，「耿——土——元！」

耿土元回過頭來，臉龐上亮晶晶的一行熱淚，他唏噓一聲，動情得問：「桂芹，今晚我也帶你私奔，走得遠遠的，到一個誰也找不到我們的地方，去做頂幸福的人，你看怎樣？」

李桂芹聽得莫名其妙，「噗嗤」笑出聲來，不緊不慢說了三個字：「神經病！」

2008年8月21日完稿

南方有佳人

南方有佳人

1

母親火急火燎，屁股一轉，回過頭跟鎮上的幾個幹部談花木價錢。

小玉很討厭她的做作，明明三十元一盆含笑花，她非要說成八十元。母親兩手搭在肥碩的屁股上，唾液像一層白白的肥皂沫蕩漾在嘴角，小玉覺得很噁心，也為母親的毫無知覺而自卑。那個穿著黑色體恤的小伙子一手拎著暖水瓶，給領導泡茶，一邊在嘴角暗暗牽出一絲笑容，他定是在譏笑母親的粗俗。

小玉上去拉母親的手，母親的手關節粗壯突出，母親問：「你幹嘛？」小玉說：「我尿憋。」母親擦了擦嘴角的唾沫，大概也覺得有點疲勞了，她很不心甘地帶女兒出門。找廁所的路上，她還在嘮叨，指責小玉尿得不是時候。

小玉很生氣。她實在不想丟人現眼了。老街上人來客去，幾乎都是熟人。母親的穿著有些奇怪，玫瑰紅的上衣，鼓脹的乳房晃蕩著，下身卻穿著黑色鏤空襪子，走起路來大大咧咧，外八字厲害得很。

小玉甩開母親，憋紅了臉，一口氣衝到家中，轉身就躺在床上，仍舊生著悶氣。

過了半天，她才聽到母親推門的聲音。母親手心裏抓著手機，一路走著說著，她笑得花枝亂顫，聲音曖昧而混濁。小玉仰起頭，母親的臉上塗著厚厚一層白粉，但汗漬很明顯，沿著鬢角淌出印跡。母親一屁股坐在沙發上，兩隻高跟鞋脫得東倒西歪。母親說：「做生意啊真叫吃力，小玉，你可要好好讀書，別跟我一樣遭這份罪。」

夜幕低垂，白熾燈雪亮，小玉不忍心多看母親一眼，她打扮得不倫不類，尤其是兩隻耳環，顫顫巍巍，一說話就晃蕩，一晃蕩就扎小玉的心。母親以前不是這樣的，樸實裏有絲倔強，當她發現自己的丈夫和別的女人有染後，堅決要求離婚。那時的母親，齊耳短髮，眼睛透明清亮，她做事說話都顯得利索而乾淨，絕不拖泥帶水。十年，她沒有再嫁，但長期不在家，培植花木是小玉外公家經濟的主要來源，母親是外公的唯一一個女兒，也只有靠她去衝鋒陷陣了。母親做事是不含糊的，丁是丁，卯是卯，劃分得很清楚。這兩年不知道怎麼回事，開始洋起來了，去卷大波浪，買尖頭高跟鞋，尤其是那條低腰牛仔褲，把她腰間一圈贅肉暴露無餘。

　　母親的手機二十四小時開著。夜間，屏幕一亮一亮的，短信聲音像蝲蝲叫，隔一會就響起。母親的手指並不纖細，有些地方還皸裂開來，纏了風濕膏藥布，可是她在手機鍵盤上的活動稱得上健步如飛。母親去洗澡了，手機短信頻頻而來，小玉隨手翻看了一下，噁心地如喉嚨口塞了團蒼蠅屎。她猜想那人肯定是面目猙獰的，他裸著下身，低聲對母親說：「我要幹你。」

　　小玉驚慌地把手機扔了。她四下尋找母親，母親在浴室裏。水聲嘩啦嘩啦，蓋住了小玉狂躁的心跳聲。玻璃門上水氣朦朧，隱約透出母親肥碩、走形的軀體。

　　小玉的心很亂，母親也成了亂搞的人。跟父親相比，她更有過之而無不及。而且，這樣一把年紀顛搖，實在讓人無法接受。剛離婚的那幾年，有很多人踏破門檻來說媒，母親一臉莊重，抱住小玉說：「男人——我都不相信了，我只有這個丫頭，我想給她一個安穩、乾淨的環境。」母親的短髮拂在小玉臉上，如同楊柳，吹蕩著春天柔美的氣息。小玉也緊緊反身回抱母親，母女倆像停棲在岸邊的白鷺鳥，恍惚裏帶著絲憂傷。

2

　　小玉胡亂塞了幾口飯，洗了把臉，換了條黑白圓點套裙。她趁母親還在廚房裏轉悠的時候，就輕巧地跳出家門口。她已經想好了，她要單獨去找鎮上的幾個幹部，用她的自尊，把母親丟人現眼的細節扳回來。

　　鎮上辦公室的門虛掩著，只有那個黑色體恤的小伙子在。就是他，譏笑著母親的粗俗！小玉鼓足了勇氣，一開口就像機關槍，說：「那含笑花三十元一盆，就這個價格，你們要還是不要，都不會變了。」

　　小玉說得有點激動，胸脯起伏著，她認為自己是個誠實的人，誠實的價格應該把那種虛偽掃光。小伙子笑了，其實他也沒多大，最多二十七八歲的樣子，他給小玉倒了杯水，跟領導打了個電話，不一會兒，二十盆花木生意定下來了。

　　小玉興奮得開始急促不安了，她理理頭髮，拉拉袖口。小伙子問她在哪裏讀書，愛好什麼，喜歡聽誰的歌。小玉也不拘束，拉拉雜雜講了一堆，她發現這個大男孩的臉長得很像扮演楊過的古天樂，帥氣英俊。小玉和他有一搭沒一搭，竟一直聊了一個多小時。小玉怕母親不識時務，會殺過來，匆忙起身告辭。小伙子站起來，說他叫鄧明，同時把手機號給了小玉，說有事跟他聯繫好了。他伸出手，小玉窘了一下，第一次禮節性地和別人握了下手。鄧明的手掌很堅定，把小玉的手指頭稍稍緊握了下，小玉的心在她黑白圓點套裙裏慌亂地跳著。

　　母親氣急敗壞，對小玉的自作主張非常火冒，她拿出計算器，嗒塔塔撤給小玉看，說：「這些花木最起碼還價要到六十元一盆，這樣就可以賺七八百元，你倒好，順水人情，做得輕輕巧巧……」

母親狐疑地目光落在小玉白皙的臉上，她是敏感的，她大約也記起了辦公室裏有個模樣長得挺出眾的小伙子，她「噓」地一聲，意味深長笑了，湊近小玉，說：「哎呀，我家的小玉也自己想法了，也好，也好，找個好女婿，有個好靠山，倒是最實在，女人，要憑自己的本事去混，那真叫吃力啊！」

　　小玉臉皮薄，經不起母親訕笑，臉上紅一陣白一陣。母親在她雪白粉嫩的臉蛋上捏了一把，笑著罵：「死妮子！」母親的動作輕佻、粗魯，讓小玉覺得她很像老鴇。小玉皺眉，鞋跟一拔，跑到村外的榆錢樹下，看河裏的鴨子撲騰。

　　河水清清亮亮。小玉回想鄧明的手白皙、修長，倒像彈鋼琴的手，她忍不住有種喜歡。說實話，小玉是個挑剔細節的人，她見不得別人跟她說話時嘴唇上還沾有米粒，她也無法容忍對方的手指甲藏滿污垢還不停在她眼前揮舞。最近幾個月，她老是莫名其妙失眠，她特別害怕宿舍裏女孩子們談些雞零狗碎的事情。她們眼神有些毒，也有些毛，尤其是咬著耳朵說悄悄話的時候，小玉就覺得自己像片葉子，在她們不明所以的目光裏無力地飄啊，轉啊，然後，整個世界就開始崩塌。

　　小玉知道，這樣下去，她會得神經病。她不要做神經病！誰會要一個神經病女人？整天黑著眼圈，頭重腳輕，面色黃漬漬。

　　她已經想到被人要了。這有什麼可恥呢？

　　宿舍裏的女孩可能都有這樣的想法了。對面床鋪的胡晶晶十五歲就被人那個了，據說是鎮上修摩托車三十幾歲的老男人下手的。胡晶晶並不覺得懊惱，她把老男人送她的蕾絲花邊吊帶裙常年掛在宿舍蚊帳中。胡晶晶很能暢想，她躺在竹蔑席子上娓娓訴說著老男人待她的百般好處，說到得意的時候，還撩起了她的上衣，天哪！她的乳房就像兩枚四月的果實，沉甸甸，泛著光澤。

小玉的心緊縮了一下，她想到自己的乳房——可憐地瑟縮在胸罩裏，幾乎沒有。

她的隱秘的心事，她只跟她的同桌趙鳳講。她倆是模具班唯一的兩個女生，小玉原以為她們能像姐妹一樣去共同迎接生活中的風雨，可是不久，她發現趙鳳是個表裏很不一的人。她會當著小玉的面噓寒問暖，暗地裏卻出賣了小玉無數回。

譬如說，小玉可憐的小乳房，小玉父母離異的細節，小玉想被人要的心態，有時會像一股燠熱的風很奇怪地刮在宿舍的上空。女孩子們三五成群哄笑著，一碰上小玉的目光，就突然間停止了。小玉睡上鋪，她抓住冰冷的不鏽鋼床架，一步一步向上爬的時候，感到了孤獨而絕望。她望著天花板，那裏白色一片，偶爾會看到一隻蜘蛛，伸出怪異的細足慢慢向前爬著。她不害怕，她倒希望蜘蛛繼續往前爬，爬到趙鳳的內褲裏，讓她尖叫。

小玉跟班主任講，她不想再寄宿，要改為走讀生。費了很大周折，班主任才勉強答應。

3

小玉的眼睛清如水。

小玉的頭彎在公交車玻璃窗上。從那她看見自己的眼睛，像黑水丸，在白瓷盤裏一晃一晃的。旁邊有一輛中巴車拚命地按著喇叭。小玉探過頭，吵什麼吵啊！中巴車一扭，直往前竄。小玉發現車廂後部貼著一個美女隆胸的廣告。她有點慌張，下意識想多看兩眼。中巴車卻放了些黑煙，一下子跑得沒了個影兒。

窗外下起了雨，雨水像蚯蚓一樣在車窗上彎彎扭扭爬開了。小玉托著腮幫子，漫天亂想開去。其實她一點都不喜歡自己的專業，都怪

那個同村的老師，把模具專業說得天花亂墜。他說：「蘇州現在中外合資企業多得很，就是缺少專業型的人才。到畢業時，他們要打著燈籠才能找這方面的人才呢！更何況小玉是個模樣長得俏的女生，不知道要怎樣搶手呢！」

母親並無多少主見，她對當今社會發展一向缺少預見性。她汗唧唧捏著一把鈔票——入學贊助費要交一萬八，側過頭，象徵性地問了一下小玉：「定啦？就這個專業！」小玉還在發呆，渾濁的氣流，嘈雜的人群，讓她感覺是在一條輪船的甲板被人推搡著，她木然點點頭。母親伸出手，很快，就成交了。

小玉又回想起早上在學校的一幕。專業課上她拿起銼刀，齒輪飛快地轉速著，像她的頭髮在空中被猛烈地吹刮著。趙鳳說：「你還在做什麼白日夢啊，當心你的手指頭！」

趙鳳將她推了一下。她們前後繞出工場，陽臺的兩側趴滿了男生，黑壓壓的一片。小玉看見，忙收斂住自己的手腳，小心翼翼低眉走過。他們已經開始躁動不安了，噓了好幾聲，問小玉要去哪裏？要不要什麼特別的服務？

趙鳳撇著嘴巴，大大咧咧，男人婆一樣訓斥他們。趙鳳把小玉的手拉過來，一把攬住，氣鼓鼓地跑了起來，害得小玉還差點拌了一跤。趙鳳說：「小玉，你是不是心裏特爽？」

小玉說：「哪裏呀！這群男生討厭死了！」趙鳳撒開小玉的手，說：「哼，我明明聽見你嘴角輕笑了聲，你就喜歡被人吹著捧著，跟你母親一個樣！」

小玉最恨趙鳳提到她母親了，現在趙鳳還把她和她母親放在一起評價，她一下子來了火氣，說：「我母親怎麼了？用得著你來品頭論足！」她扭頭往操場邊走，恰巧一陣風刮來，香樟樹上的葉子嘩啦嘩啦飄了下來。

窗玻璃上雨點匯成一道道的長條，膨脹起來，於是出現了很多處突起，它們又飛速地摔碎、破裂，向四面八方飛濺。小玉還在生氣，生趙鳳的氣。她想趙鳳的心理太不正常了，以己度人！

　　小玉看不順眼趙鳳並非沒有緣由，同舍的女孩都在嫌棄她，大概是因為趙鳳面相有點惡，一粒黑肉痣不偏不倚生在嘴角下方。可能更關鍵的是，她居然不愛洗澡！天氣那麼熱，她頂多在宿舍打兩盆水，往身上胡亂潑幾下，搞得盥洗室經常水漫金山。大家好像都聞到了趙鳳身上發出的餿味，那是放了幾年爛鹹菜的味道。因此沒有誰願意和她扎堆。小玉是個心善的孩子，並不太嫌棄。可偏偏趙鳳是個嘴快的人，她可能是無心，也可能是故意，趁小玉不在宿舍的時候，將小玉當作一本書，一頁一頁翻給別人看。

　　雨勢漸漸小了下來。小玉也到站了，她踮起腳尖像隻白鷺輕手輕腳地行走。

　　推開家門，小玉眉頭不自覺擰了起來。屋子裏有一種東西被燒焦了的糊味，刺鼻而渾濁。三個女人在麻將桌上鬧聲大叫，笑起來像蘆葦蕩邊野鴨子發出的嘎嘎聲。母親的邊上有個男人，小玉從來沒有見過，金魚水泡眼，鑲個鷹鈎鼻，看起人來目光冷清，有種陰森森的感覺。母親的一隻牌舉到半空，這才發現倚在牆壁上的小玉，她訕訕地搭腔，並隨手抽了張壹佰圓的票子，遞給小玉示意她隨便去買點吃的。

　　小玉裹了條毛巾被。她睡不著。麻將的洗牌聲時斷時續，那幾個女人的聲音沙啞、粗鄙，總是在洗牌時興奮得忽上忽下。女人是不是到了四十歲這個年紀都會變得臃腫、粗俗、隨便？小玉覺得很恐怖。

　　至於那個男人——小玉想著有點懼色，母親當時囉嗦了一句，要小玉喊他伯伯，小玉只是用餘光瞥了過去，並不叫。他也沒有用期待的眼光迎接小玉，只抽他的煙，手指蠟黃。小玉把臉埋在枕頭上，惶惑而緊張——他是那個發短信的男人嗎？「我要幹你。」他跟母親說。

他裸著下身，面部窄小無肉，母親卻在咯吱咯吱笑，渾身的肥肉在顫動。天哪，小玉的喉嚨口被一口濃痰堵住了，她拚命地咳嗽起來，臉漲得通紅。以前只要她想引起母親注意，就會拚命咳嗽、喘氣，虛張聲勢，不消片刻，母親就會奔過來把她摟在懷裏，喚她心肝寶貝。

可是今晚這招不靈，母親壓根兒聽不見小玉的哭泣聲。母親面頰發燙，雙手不停地往自己胸前捋鈔票。她的左腿，也順勢搭著男人的右腿，一顛一顛，如同行駛在汪洋裏的一條船，失去了方向。

4

早上，小玉到衛生間刷牙時聞到一股尿騷味，她往抽水馬桶上一瞧，發現蓋板上有幾處尿漬，黃豆大小，深深淺淺，很扎眼。小玉火氣大了，尖聲喊起了母親的名字──張亞芬！張亞芬！

母親在房間裏並無反應。小玉有點失控，她猛地抓起蓮蓬頭，將水流擰到最大，嘩嘩嘩對著馬桶沖──她發現一雙男式黑襪蜷作一團，堂而皇之躺在她家的浴室角落裏！

小玉不敢再叫張亞芬的名字了。她楞楞地走出來，衝母親的房門發了很長時間呆。

她的眼睛彷彿穿過那堵暗紅色的房門，直掃母親孤寂了近十年的床鋪。她似乎看到了男人和她的母親以一種十分奇怪的姿勢赤身交纏在一起，像兩條蟒蛇，伸出細長、尖銳的蛇信子，一伸一縮。

這兩條蟒蛇的形象盤踞在小玉腦海裏，害得她一整天暈沉沉的。趙鳳不停地用胳膊肘推她，提醒老師目光正盯著她呢！小玉打了個哈欠，鎖住嘴巴，並不落多少言語。課間，趙鳳遞給她一隻削好的蘋果，她好像已經忘記了昨日的不快，輕聲低語著，她說：「小玉，我昨天上網認識了兩個帥哥。」

小玉並沒有聽進去。她還在想那個面部窄小無肉的男人，她想，要是她今天放學回去，他還在她家呆著的話，她就和張亞芬脫離母女關係，她說得到做得到！天哪，他晃晃悠悠從母親房間爬出來，掏出噁心的東西對著她家的馬桶亂射一泡，她從此怎麼坐上去大小解？那窄小無肉的男人尿完後說不定咂咂嘴，再次趴到母親肥碩的屁股上。小玉慌亂的心驚飛出來，她差點發出尖叫聲，被趙鳳一把手摀住了嘴。

　　趙鳳說：「小玉，你有點不對頭。你想男人啦？」

　　小玉對趙鳳老氣橫秋的話置之不理。趙鳳也不惱，她說：「他們在視頻上給我看了樣子，那真叫神氣！他們也提出要看我長得什麼樣，我就蔫了。小玉，你說，我去把這個黑肉痣弄掉，怎麼樣？」

　　小玉嘻嘻笑了下，說：「當然好了。」她隨便接了句，對待趙鳳不用太當真。

　　小玉把專業書從第一頁翻到最後一頁，那些機械圖像一張張怪異的面孔對著她擠眉弄眼。她不知道從何處下手畫圖。她無聊地翻著手機上的號碼簿，忽然看到鄧明兩個字。那雙白皙的手好像搭在她的肩膀上，她甚至嗅到了他身上的蘋果香味——課堂裏小玉她坐立不安，額頭沁出細密的汗，她猶豫了片刻，最終給鄧明發了條短信：你好嗎？小玉。

　　很快，鄧明回覆了。鄧明說：「挺忙，周末有空我跟你聯繫。」

　　小玉因為懷揣了一個甜蜜的心事，心情略略放鬆了些。傍晚，她穿過母親種植的花木棚，那裏的竹葉修長如劍，周圍環繞著幾盆銀杏、矮梅、小榕樹。她用力嗅了嗅，摘了片銀杏的葉子。屋子裏靜悄悄的，母親的手提包、化妝盒扔在桌子上，還有幾張爛灰灰的鈔票。衛生間裏滾筒洗衣機正「哼啦、哼啦」機械式地轉動著。小玉抬頭看了下客廳裏的掛鐘，準六點。她想母親會怎麼跟她解釋呢？

小玉一言不發，什麼表情也沒有，推門進了母親的臥室。裏面整理得很乾淨，一點皺褶也沒有，似乎根本沒有發生過什麼風暴。小玉譏誚地笑下聲，裝吧！看你裝到什麼時候！母親剛洗過澡，頭髮亂蓬蓬地，她頸部邊的肉好像又肥了一圈，她轉過頭，看見小玉，張開雙臂要把小玉摟在懷裏，小玉悶聲後退了，她凌厲的眼光直射母親。

　　母親變臉了，說：「小孩子家，別來干涉大人的事。好好讀你的書。也快期中考試了吧！」

　　小玉最瞧不起母親以勢欺人、把自己當作小孩罵的那一套，她忽然亢奮起來，拉長了語調，學著港片中小混混的模樣，惡毒得吐出幾個字：「惡人先告狀，那人把你搞了，你舒服透了！」

　　母親一怔，軀幹晃了晃，她最終沒能忍住竄上心頭的火，跨前一步，揚起了巴掌，對著小玉粉嫩的臉拍上去，她可能是氣暈了，一掌下去也沒個分量。「啪」的一聲，五個指頭印清清楚楚顯現在小玉臉上，小玉只覺辣花花的一陣疼痛。

　　小玉沒哭。小玉捂著腫脹的臉，奔到樓上收拾她的衣服。這個家，她無法再待下去了──那個男人的影子無處不在，他噴出的煙、他射出的尿漬，他陰森森的眼神，還有他粗俗、但直指核心的短信，都從房間的各個角落滲透出來。而且，小玉感到他正一步步緊逼小玉，他蠟黃的手指挑開她的胸衣，去摩挲她那對小得可憐的乳房。小玉脹紅了臉，汗涔涔。她的內褲竟也在緊張的關頭濕了，她更加面紅耳赤。她聽見母親在拚命敲她的房門，這種緊張感愈加增添了她反抗的力度。天哪，那個男人伸出他毛糙的舌頭，舔她的臉，拱她的胸脯，她要失聲尖叫了！

　　小玉「彭」果斷地拉開門，衝出去，像隻驚懼的鳥兒，撲楞楞飛出去很遠很遠……

5

　　小玉貼著趙鳳的後背，勉強睡了一夜。宿舍的床鋪小，趙鳳又不善整理，書本、餅乾筒、內褲、襪子都堆放在床角，顯得零亂而逼仄。趙鳳把那些東西往牆邊胡亂推了兩下，說：「睡吧！」小玉腆著臉，很有寄人籬下的感覺，她小心翼翼鑽進被窩，她聞到趙鳳身上散發著桐油味。趙鳳的手在窸窸窣窣地動。她翻過身，她的胸脯可真像覆蓋著白雪的富士山，渾圓、飽滿，怪不得她要拚命往裏束。小玉緊急閉眼，假裝睡著了，偏偏趙鳳去撩她的眼皮，她的嘴裏有一股韭菜味——她不喜歡晚間刷牙。她說：「小玉，我明天要請假一天，班主任問起來，就說我痛經，上婦科去看病了！」

　　小玉點點頭，裝作很睏的樣子，她翻身過去，嘴邊哂了聲，似乎一下子沉沉進入了夢鄉。可是，她怎麼睡得著呢？她並不喜歡趙鳳，甚至可以說，她鄙視嫌惡趙鳳，可現在她蜷曲在她的床褥上，卑微地應承著她的話，嗅著她身上怪異的味道。

　　哎！小玉嘆了口氣，她想她又能怎樣呢？她也似乎只能和趙鳳相依為命了。如果再到班主任那兒要求改為住宿生，天知道班主任會怎樣批評她，會說她任性、愛耍小脾氣，原則性差，也有可能會轉過身說她神經病。算了，多一事不如少一事。小玉斂聲屏氣，走廊的燈透過門上的格子折射進來，模模糊糊一團，落在牆上像一個飄忽不定的影子。小玉緊張地將腿向前伸了伸，她碰到趙鳳的屁股，大而圓，彈性十足。小玉慌張地將伸出去的腳縮回來，混混沌沌間，將就了一宿。

　　隔壁教室的男老師慷慨激昂，他的聲音像從紙卷成的喇叭筒狀中發出來的，帶著粗礪的毛感，他在分析電流、電阻。小玉怎麼會被他的聲音牽著走？給小玉班級上課的是一位年輕的女老師，她滿臉燥

熱，正可憐巴巴讀著英語單詞，沒有人應和她，她也語焉不詳，純粹自說自話。沒有趙鳳在場，小玉更覺孤單。

趙鳳捂著嘴巴，貓著腰，爬到床鋪上。小玉想明天就是週末了，她懶懶地梳著長髮，不知道如何應付。回家？還是留在停水停電的宿舍？夜色很濃，戶外的風很大，刮著樹枝呼呼作響。趙鳳手指在小玉眼前晃了兩下，她竟然把下巴上的黑肉痣剮除了！小玉驚愕著，問：「疼嗎？」趙鳳只是瞇著眼睛嘻笑了聲，說：「疼也是短短的一剎那，然後是一股煙，一捧灰，就再也沒有踪影了。」

小玉這才明白趙鳳是去醫院用激光去痣的，她看趙鳳麻利地脫掉裙子，露出乳罩，那兩條赤紫色的痕跡跳出來，小玉有一種被螫了眼的感覺，慌忙避開。趙鳳卻壓在她耳根邊說：「小玉，那個美容院生意不要太好啊！隊伍排得老長，一個一個，等得真叫人心焦。」趙鳳湊得更近了，彷彿要把那一股鹹菜味、桐油味全都吹到小玉的嘴巴裏，她神秘兮兮地說：「那家的隆胸術是最有名的，韓國引進的，小玉，我覺得你該去嘗試一下。」小玉的臉沉下來，她說：「睡覺。我要睡覺。」

結果第二天放學的時候，母親張亞芬來了。她灰頭土臉，老遠就在宿舍門口張望。等小玉近了，她怯怯地央求小玉回家，小玉面色寡然，但仍乖覺地跟著走了。母女倆像湖中飄蕩著的浮漂，輕輕點點，一路無聲。小玉心想，倒也奇怪了！平日裏儘是她的大嗓門，今天卻不落一句話。

到了家門，母親黯淡地說：「小玉，你不要笑話，那人是做公墓生意的。一年要跟我做幾萬塊的花木生意。現在的世道，生意難啊，誰不希望有個長久的客戶呢！」

小玉不說話。

母親嘆了口氣，又說：「這種話不該跟你講，你還小。可是你也不能怨我啊！」

小玉還是不說話。

母親揉了揉發紅的眼圈，繼續說：「那天我不該動手的，生你養你到這麼大，我哪捨得伸出指頭來動你。」

小玉回頭仔細打量了母親，好像並不認識眼前這個女人。偏西的一縷陽光恰巧落進來，灑在小玉臉上。她吸了下鼻子，說：「其實我什麼也沒有看見，也沒聽見。」說完，她故作成熟、若無其事回到自己的房間。

6

因為和小玉攤了底牌，母親倒也豁出去了，明目張膽行事，根本不考慮需要遮掩什麼。夜裏九點鐘，男人的麵包車噗噗噗停在院子裏。隨後，男人夾著小坤包，甩著汽車鑰匙，穿過廳堂，二三步貓進母親的房間。

小玉躲在陽臺的窗簾後面，她的嗅覺靈敏異常——陰濕得使人感覺很不舒服的氣息，正在漸漸瀰漫開來。她的腹部微微有些痙攣的痛感。她想，母親正在打開她的子宮，迎接一種來自墓地的氣息，還有——可怕的屍味。她緊張得迅速撤離陽臺，因為有風刮來，她痙攣的痛感愈加劇烈。她的額頭滲出細密的汗滴。她彷彿看到母親膨大的子宮變成了一個破舊衰敗的布麻袋，鬆弛而耷拉著，最後變成了墓地上高高飄揚的幡旗。這樣的想像，實在有點殘酷，但小玉已完全不能自控，劇痛感越來越強烈，她清楚意識到，她的經血一大團一大團脫落、奮勇衝出子宮，順著秘密隧道噴薄而出。她已經感到臀部的灼燙感。很可能——內褲濕了，說不定外褲也是殷紅一片。

小玉咬著牙齒，忍痛走向衛生間的時候，她聽見了母親的呻吟，低低弱弱，但冷不防抓狂似地暴喊一聲。小玉手中的衛生巾滑到地

上，她的眼睛裏蓄滿了淚水。可怕的外力以強暴的態度再次襲擊她的幻覺：那男人在舔她的小乳頭，而她玫瑰色的小乳頭很奇怪地堅挺起來，他不說話，只用墓地上特有的陰濕催化著她，他的口腔裏噴出腐爛、混濁的潰瘍氣息。他不說話。他始終不說話，他不叫她甜心，也不喚她寶貝，他只把他粗糙的大手掌翻轉過來，非常功利性地，向前將小玉的內褲使勁一扯。

經血滴滴答答，淌在馬桶翻蓋上，忧目驚懼中混雜著驚艷和時間的推拉感。小玉頹然地收拾著殘局，似乎一場戰爭剛剛結束，淚漬還留在她清秀的臉頰上。她受辱了。她欲哭無淚。她趴到梳妝檯前，用清水一點一點收拾自己。

「那個房間動與靜，應該與我無關。」小玉對自己說。

第二天早晨，她還蜷縮在被窩昏昏沉沉的時候，手機響了。她盼望許久鄧明的電話。這個時候來，她反而有些懶懶的，她的喉嚨有些乾，說不出話來。鄧明約她晚上一起吃飯。

思來想去，她還是去了，稍稍化了些淡妝，來瀰補臉色的蒼白。她的心惴惴的——如果這也稱得上是約會，但這個約會來的很不是時候。她感覺下部仍是月湧大江流，她選擇一條黑色長褲，把自己包得緊緊的。

一桌子社會上的男男女女。客套、應酬。小玉想自己混雜在其間本身就是個錯誤。鄧明看她怯怯的，純靜中有點孤鬱，不似先前活潑，也留了個心眼，處處照顧她，夾菜、盛湯，生怕冷落了小玉。

小玉抿了幾口葡萄酒，臉紅撲撲起來，整個身體開始放鬆。這個熱鬧的場面，她說不上喜歡，也說不上不喜歡。她只是很舒服坐在鄧明邊上，像停留在一個溫暖的小港灣裏自然而貼切。她又習慣性地吸鼻子，清新的蘋果味道，隱隱約約從鄧明身上散發開來。她幾乎是迷戀似地，瞅著他那雙修長白皙的手——它的每個關節都呈一種完美的姿態，流暢、溫潤，帶著暖意和靈氣。

她也瞅見了鄧明手機上兒子可愛的大頭貼。這又有什麼關係呢？小玉並不奢望什麼，月亮很白，風很輕，她聽見蟲子的吟唱，像她心裏孤獨了多年的小羊開始咩咩叫喚。

7

　　小玉怕撞見公墓男人，三天兩頭留宿在趙鳳床上。趙鳳近來行蹤不定，有時深夜十二點翻圍牆進來，有時乾脆徹夜不歸。

　　小玉心理大約有點數，趙鳳是跟網上的兩帥哥去約會了。從虛幻的網絡到現實世界邁進總需要一點勇氣的。小玉曾擔心趙鳳會被別人騙，趙鳳咧開了嘴直笑，一副匪夷所思的模樣，說：「誰能騙得了我？只有本小姐騙人家，哪有我被人家哄騙，又不是三歲小孩。」趙鳳手捧鮮花，將玫瑰伸到小玉鼻子底下，說：「你聞聞聞，多香啊！我現在算是明白了，活著一定要盡情享受陽光、雨露和鮮花般的美好！」小玉向後退了一步，她受不了玫瑰花叢中刺鼻的香水味道。看看趙鳳，像個激情洋溢的詩人，神采奕奕。小玉想，也許吧！但願她碰著的也是鄧明之類的人物。

　　反過來，趙鳳卻是對小玉有點隱隱的擔心，她把小玉仔仔細細打量了好幾回，還張開手臂抱了她一圈，然後，她一臉凝重地說：「小玉，你倒要好好考慮，去做一下。」「做什麼？」小玉很天真地問。

　　「你的胸啊！那麼平，整個兒就是發育不良。告訴你，男人沒有一個不喜歡它的。」趙鳳壞壞地笑，還不忘奚落一句：「你看你，還像六年級的學生，哪有一點女人的魅力？」

　　小玉被趙鳳嗆得啞口無言，心情一下子沮喪起來。那天，唱歌的時候，鄧明也輕輕抱了她一下，就像蜻蜓點水一樣，漾起了水面一小圈漣漪。小玉窘著臉，但品嚐到了蘋果肉中脆爽的甜味。鄧明並沒有

喝多，他可能還像第一次見面——禮節性地輕擁了他一下，來表達出他對這個妹妹的喜歡。那個擁抱安全而有質感，也是小玉第一次接受異性的擁抱，她貪戀著那蘋果的香味，只嫌時間太過於短暫。

現在，小玉憫憫然，也許男人都是一個樣的，喜歡豐乳肥臀的女人，可惜，這兩樣，她什麼都沾不到邊。

小玉斜躺著，兩腿搭在不鏽鋼的床欄上，她懶得脫鞋子。趙鳳並不計較她的床鋪有多亂、多髒。她只在乎把外在的自己收拾得漂漂亮亮，光鮮奪目。小玉算是看透了她這套鬼把戲。

眼前的趙鳳波浪形捲髮，濃妝，戴銀色環形大耳環，低胸裙子，乳溝若隱若現。「要死了！你就這樣去上課？」小玉很是驚詫。

趙鳳肩膀聳了聳，討好式地浮現出一個笑容：「小玉，你得幫我請假，說我外婆病故了，我回去奔喪。要整整三天。」

小玉哈哈笑出聲來，外婆病故？整三天？她的胃口越來越大了！睜眼說瞎話，她一點也不害臊！這有什麼關係呢？反正小玉睡著她的床，一個人舒舒服服睡三天，她覺得很實惠。

小玉也跟她曖昧起來：「他要帶著你遠遊嗎？」小玉吃不准是用「他」還是「他們」。趙鳳沒有明確表態過，她閃爍其詞的話語讓宿舍人猜疑過很長日子，可她就是不正面交代，——或許她就喜歡這種雲遮霧繞的狀態，讓她們永遠猜不透。

「猜！去猜吧！」瞧！趙鳳還是落了這樣一句高深莫測的話給小玉，順便還問小玉借了只乳白色背包，說是要和服飾搭配。

小玉撇撇嘴，心想：猜？誰會去猜？你以為人人稀罕你的破事啊！

8

天還沒亮明白。

淡淡的晨霧像小玉的心事繚繞不去，才早上五點鐘，小玉就睡不著覺了。外公在院子裏打水，水桶晃蕩，在井邊發出碰撞的響聲，小玉聽得一清二楚。滿院的花木挺直了身子，在咕咚咕咚吸收天地精華。

　　昨晚母親坐過的痕跡還在——沙發上深陷下去的一個坑。小玉也懶得去撫平，就像她懶得去打理她們這種尷尬而緊張的母女關係。母親搓著手，看上去悵然若失，臉部表情接近木訥。她想了想，然後從褲兜裏掏出一沓錢，整整二千元，這是小玉一個月的生活費，可母親多給了八張。她想用錢來拉攏母女之間的距離嗎？小玉譏誚地將嘴角揚了下，順勢接過，這一疊紙幣簇新，手指一撩，還發出嘩啦啦的聲音。

　　小玉笑盈盈地說：「很爽。」

　　母親怔立著，眼前女兒複雜的性情讓她有點招架不住了。她嘴唇蠕動了幾下，還是把話推了出去。她問：「小玉，你是在跟鎮上的鄧明軋朋友？他可是結了婚的男人，你一點也沒有社會經驗，不要被他騙得暈頭轉向。」

　　小玉奇怪地掃了母親兩眼，憤憤地，牙齒縫裏擠出幾個字：「你跟蹤我？」

　　母親頓時慌了手腳，急忙辯解說：「你瞎想了，我哪有時間來料理你？就是那夜，鄧明開車送你回來，你老李伯伯看見他的車牌，就知道你在和他交往。小伙子人是不錯，又有前途，可惜，這樣優秀的男人早早就被人挑去了！」

　　你老李伯伯？母親的話九曲三彎，小玉忍不住冷笑了聲，哼，你老李伯伯？我哪來的伯伯？——是那個做公墓生意的男人嗎？

　　小玉渾身起了層雞皮疙瘩，有種莫名的驚懼感。她彷彿看見他快意地從母親的身體上晃蕩下來，然後，裸著下身，從窗簾的縫隙裏偷看窗外的一切。小玉那夜的臉是酡紅的，像一張灑了玫瑰色的金箔。

臨別前鄧明又輕握了一下她的手，溫柔中使了點小小的勁，似乎帶著點猜不透的暗示。

小玉怨恨地想：全被他看去了！這個變態陰森的老男人！

夜幕降臨，蛐蛐躲在院子石頭縫裏鳴叫的時候，小玉就伺機潛伏在陽臺的角落裏。她一整天都在胡思亂想。他的面目，模糊中又獰厲了幾分，金魚水泡眼，鷹鈎鼻，看起人來目光冷清。自從在麻將桌打過照面後，小玉就沒有再正面撞見他。可誰又能說他不存在這個家中呢？他抽煙用的打火機扔在飯桌上，他的黑色襪子又裹成粽子一樣縮在洗衣機旁。

最要命的是，那尿漬，黃呱呱一團，說不出的骯髒，但它讓小玉在怯立中心跳急劇加快——這是他的體液！體液！小玉只要一瞧見，便頭暈目眩，彷彿他一下子走了進來，粗暴地按住小玉，就在這逼仄的衛生間裏。洗衣機還在哼啦哼啦不停地轉動，他繼承著以往的動作，狠命一拉，就扯開小玉的內褲。他到底要幹什麼呢？小玉大約能猜出幾分了，她渾身的毛孔緊縮。該死的，她又嗅到了陰濕的味道，黏稠的，從她下體汨汨而出。它怎麼和他身上的屍氣不謀而合？墓地上的夜風悚然，刮得紙花、冥幣漫天飛舞，他就反剪著雙手，繞著墓地而走，他在選擇一塊最理想的地皮給需要的人。他摀住小玉的嘴巴，說「噓──」，意味深長。他的雙手像老虎鉗一樣，將小玉叉開雙腿，綁定在浴缸裏。

小玉想，要死了！他要掏出他噁心的東西了！她可憐得兩頰脹成緋紅，像落日躍下地平線的一刹，帶著一種羞澀和殉道式的美。她身體前後左右扭動，這種劇烈的喘息越加催化了事態的發展，他湊上身來，生硬、粗魯、果斷、堅決。那尿漬成弧線狀徑直進入她的秘密叢林，猖狂而蠻橫！小玉被灼傷了，嘴裏盛滿了眼淚和鼻涕，濕呼呼地，像一鍋粥揉雜在一起。

母親在敲門，她拎著一大筐衣服，她有洗不完的衣服。她看見小玉出來時，像發了燒一樣的虛弱。她問小玉：「你怎麼了？」

小玉支支吾吾，急匆匆離開，她根本解釋不出什麼。她歪歪斜斜向前走，轉身躺在自己的床上，漫天的雲彩在頭頂飄過，像綠野仙踪裏的世界神秘、瑰麗。

她哼哼唧唧了幾聲，她知道，自己可能生病了，一種難以啟齒的病。

9

這時候的季節，總是交接得很快，夏天的裙子還沒穿夠，秋風就起了。滿樹金黃的銀杏葉鋪下來，成了明晃晃的一條路，踩著，心有一點輕輕地抖動。

趙鳳三天兩頭問小玉借錢，先是五塊，十塊，後來口子開得越來越大，五十塊，一百塊。舌頭一滾，借錢的話就冒出來，她也不覺得難堪。

小玉問：「你不向你父母要嗎？你要了這麼多錢幹什麼呢？」

趙鳳氣咻咻得說：「我父母整天在太湖裏忙著捕魚，二三個月回家一次，我哪碰得上他們？」

小玉覺得她不應該這樣羞惱，但還是耐下性子，她有點小心翼翼，旁敲側擊：「你跟你們的帥哥在一起，他們不掏錢嗎？」

果真，趙鳳被噎了下。她皺皺眉，說：「他們經濟也不寬裕，我們的消費基本上屬 AA 制。」

「他們是做什麼行業的？」

趙鳳並不交代。

小玉又問：「你貪圖他們什麼呢？長得帥？他們搞過你嗎？你的胸脯那麼大，他們肯定眼饞得不得了，你給他們舔過嗎？算了，你不

回答也可以，你讓我猜吧！對，猜！我猜，是肯定了，你瞧你屁股又大了一圈，趙鳳，你做那些事情舒服嗎？」

趙鳳突然咯咯咯像個老母雞捧住了腹部笑個不停，眼淚也從眼梢處不斷擠落下來。她拎住小玉的耳朵，親暱地笑罵說：「小玉，你是真想瘋了，想像力這麼豐富！小玉，你應該找個男人來發發嗲了。我們還讀什麼瞎書呢？——我恨不得現在就畢業，離開這煩人的學校。」

趙鳳抹著香氣，帶著小玉借給她的一百元走了。小玉說這是借給她的最後一筆錢了，除非她把前面的一千塊還上才能再開口。管它呢！船到橋頭自然直，天塌下來當被蓋，這是她趙鳳的口頭禪。

小玉心情黯淡下來，如同漸漸變黑的天空。黑夜。黑幕。黑魆魆的墓地。最近，她又開始失眠，宿舍也好，家裏的床也好，總是睡不著。胡晶晶她們唧唧咕咕，擠眉弄眼，她們以為小玉睡著了，就壓低嗓門說趙鳳——小玉有些恍惚，她並沒有完全進入睡眠狀態，思維總被她們細密的話語牽著走。奇怪的是，她好像看見趙鳳裸著身體，和公墓男人並排赤條條睡在一起，粗礪和細膩的皮膚都在冒煙，像兩團火，有一觸即發的勢頭。

小玉的拳頭緊握，她曉得自己不應該有那麼重的醋意。可是她無法抵抗自己的意識。

傍晚，公墓男人和母親倚在沙發上看電視時，小玉「嗵啷」推門進來，母親也越來越難以捉摸女兒的動向了，女兒大啦，心事也多啦！只能由著她去。母親問她：「吃晚飯沒有？」小玉並不應聲。公墓男人卻反身進了廚房，他儼然把自己當作這個家的男主人，他點著煤氣，火苗嗞哩嗞哩向上竄躍，不一會兒，雞湯的香味就飄逸出來。公墓男人把雞湯端到飯桌上後，還殷勤地給小玉盛了碗米飯，小半碗，淺淺的，他好像知道小玉的飯量。

小玉不說話。母親倒是有種溫情在泛動，她咕嚕了聲：「吃吧，你老李伯伯都給你備好了。」

　　一股怒氣湧過小玉的全身，其強烈程度使小玉自己都感到吃驚。她扔掉背包，將手機甩到沙發上。她忽然很有種大哭大鬧的衝動，她甚至想向前掐住這公墓老男人的脖子，控訴他：「你這個流氓，惡棍！你不知道你在暗地裏強暴了我多少回！對！強暴！現在你還裝作我父親的樣子來體恤我，你到底安的什麼心！」

　　小玉的手很奇怪地向前劃了幾下，彷彿在做雲手這個舞蹈動作，她當然沒有抓住公墓男人的衣領，也沒有窮凶極惡地喊罵。她倒是看清了這個做公墓生意男人臉上的坑坑窪窪，還有頸脖裏一條蜈蚣一樣的疤痕。他露出難得的笑容，如墓地上的一小簇一小簇的野花，風一吹，就楞楞得抖它幾下。

　　母親穿著一件下擺及膝的中長下衣，腳蹬高跟鞋，脖子上圍著一串貝殼類的項鏈。這不倫不類的打扮並不影響她的情緒。她猛然驚叫起來，因為小玉的身體在剎那間前傾，毫無意識地癱軟下去。母親摸她的額頭，燙得像捂手的暖水袋。

10

　　小玉稀裏糊塗在床上躺了近半個月。

　　有時一直高燒，或者持續幾天低溫，也查不出什麼，醫生說是炎症，具體涉及到哪一個器官，也說不清楚。最討厭的是，她整夜整夜失眠——她聽見老男人趿拉著鞋子，推開衛生間的門，嘩啦嘩啦亂射一番。她有點習慣了。她的精神定是在剎那間被它俘獲與踐躪的。她也聽見了外公的咳嗽聲，外公喉嚨中的濃痰越來越多了，好像一不在意就會把那個瓶頸堵塞，她聽得心慌、害怕，她擔心外

公在誰也說不準的時候離她而去，只剩一堆骨灰臥趴在孤零零的墳墓中。

全家唯一受用的是母親。不是嗎？你看她端茶遞水時腳步是那麼有條理，她就像一隻鶺鴒鳥，肥碩而輕盈地掠過水面。她的性生活很滋潤。小玉想，她真是自私透了！她一點也覺察不到我的病因何而起，她只是象徵性地在我的額頭上摸了一下，又去風流快活了，她是世界上最不要臉的女人！天哪，我生活在這樣暗無天日的世界，還不如死了算了。

——小玉想到了死。理由並不複雜，因為失眠，她焦慮抑鬱，她對自己無可奈何。她居然連續二十四小時只闔眼十分鐘，十分鐘內的意識也照舊清醒得可怕。她呆立在鏡前，她瘦脫了一個人形，衣服穿在身上，空空蕩蕩，更加骨感了。她捏著自己的乳房，眼眶濕潤了，她很是心寒。她感覺自己像一片羽毛，在風裏飄飄忽忽，不知道要飛向何方。

鄧明來過兩次，或許還是母親去攛掇的。小玉並不對母親感恩，因為這樣一來，原來有著一點曖昧和小小的暗示也在天光下蔫掉了、散架了。鄧明表現得太正經了！他給小玉掖好被角，叫她配合醫生，好好吃藥看病。他看她的眼神彷彿嚴肅的班主任，好像在說：小玉別胡鬧，也別任性了！小玉撅著嘴，把床單一刻不停向上拉，然後蒙住頭。她在心裏一遍又一遍地吶喊：走！都給我走！走得遠遠的！越遠越好！

她嘩啦啦哭了一場，只覺要把五臟六腑摳出來，她才解氣。

趙鳳出事了！小玉簡直不敢相信眼前這對夫婦就是趙鳳的父母！他們眼神枯竭，額頭上嵌滿水波一般的皺紋。他們焦黃的面色如散落到大地的枯葉，單薄而脆弱。是班主任陪他們過來詢問有關趙鳳消息的。小玉病了半個月，趙鳳也就失蹤了半個月，他們原還以為小玉和趙鳳是綁在一棵樹上的螞蚱，互相廝混或包庇著。天地良心，小玉壓根兒不知道趙鳳這死妮子野到什麼地方去了。

趙鳳向父母訛了二千多元錢，說是要參加學校技工培訓然後去考證。她又向宿舍胡晶晶她們挪了五百，加上小玉的一千，將近四千。她打扮得花里胡哨，揣著錢，到底幹什麼去呢？手機關機，音訊全無，老倆口情急之下向校方討人，班主任也是頭一遭碰上這樣的事，六神無主，一個勁抓住小玉的胳膊，要她好好想想，提供些重要線索。

　　小玉只交待出網絡上有位帥哥。胡晶晶也回憶到她好像看見過一個手臂上刺著青龍的男青年和趙鳳從出租車中下來。再確切的情況，也說不上什麼了。有一點是小玉深信的，也是她所隱瞞的——趙鳳是拿著錢去租房了，她和他們同居。男青年是一個人還是二個人？還是三人赤條條同躺在一張床上？這顯得太荒唐了。

　　小玉忽然來了精神，從床上利索地爬起來，梳洗完畢，說走就走了。

11

　　小玉首先去了學校附近的德源網吧，老闆的頭中間大兩頭尖，如同一枚橄欖，他眨巴著眼睛，盯著趙鳳的照片，鼻翼扇動了兩下，說：「這丫頭，半個月前經常來，聊得起勁了整夜都待在網吧。她是你小姐妹？」小玉裝作可憐巴巴的聲調說：「她是我姐姐，失蹤了快半個月，我爸媽快要急瘋了，差點要快跳河自盡了。」老闆「哦」了一聲，繼而十分狎昵地說：「你姐姐比你成熟早，她會對著視頻，把裙子的胸口處越拉越低……」

　　「她真不要臉！」小玉嘀咕了聲。老闆笑了，黃漬漬的牙床露出來，讓小玉聯想到她家的馬桶蓋。他意味深長地說：「你姐姐肯定跟男人跑了！這也沒什麼好急的，玩夠了她自然又會回來了。哎！現在小姑娘花頭經可真多。你是她妹妹？你怎麼和她長得一點也不像！」

小玉急匆匆奔走了，她知道老闆的下文肯定是：哎，她的胸脯那麼大，你瘦唧唧的，啥也看不出……小玉不想把自卑的處境顯露給一個外人看。她蹲在馬路邊，抓耳撓腮，在乳白色背包裏翻來翻去找硬幣，她想下一站去哪裏更有收穫呢？

　　無獨有偶。她竟然在背包夾層裏發現一張做中介生意的名片，她的包裏怎麼會莫名其妙多一張這樣的紙片呢？小玉在太陽底下想破了頭顱才恍然記起這個乳白色背包曾被趙鳳借用過，那天，趙鳳說為了和她白色低胸裙相配。看來，名片就是伏筆和暗示了。呀！生活中哪有這麼多偶然呢？小玉捂著嘴巴暗自好笑起來。

　　很快，小玉立刻循著名片上的地址找到中介所。接待她的是一個四十開外的女人，暴牙，戴一金絲眼鏡。小玉比剛才還要聰明，先把眼睛揉得紅紅的，帶著點細聲細氣的哭腔，果然，女人把登記的房冊嘩啦啦翻過來，小玉一眼就瞅見趙鳳的手機號碼，雖然表格中填著的是趙雅這個名字。

　　小玉確信無疑，她抄下了趙鳳的租處。蓮花路236號。

　　這條街巷和它的名字一點也不相符合。巷子很窄，而且陰濕。漿洗不完的衣服搭在竹竿上，淌著水。變質食物的酸腐味時不時迎面撲來。小玉像踩在麵包上的小姑娘，吃力地一步一步往前走，她看見五六輛人力三輪車，停靠在樹蔭下，它們的主人在香樟樹下蹲著抽煙、說話、打紙牌，幾張皺巴巴的鈔票，用石塊壓著做賭注。還有一個小孩趴在凳子上，抄寫課文中的成語——春暖花開，四個字寫得趴手趴腳，要飛起來了。

　　小玉想，趙鳳怎麼選擇這樣一個破地方住下來呢？

　　236號，就在眼前。小玉的心沒有來由很緊張地「噗噗噗」狂跳起來。這是一間很破舊的老式民房，牆面的幾處水泥脫落下來。門開著，小玉一踏進去就聞到了尿騷臭，她沒有看見趙鳳，卻一眼看見簡

陋的房間裏搭著兩張木板床。床上的被褥很不潔淨，床單是鄉下人喜歡的粉色，印著四隻大鳳凰要衝天而起。聽見響聲，兩個男人赤膊從裏間出來，他們叼著煙，霧氣騰騰的樣子。其中一個人肩上果真刺著一條青龍。

小玉一個趔趄，慌張中帶著不安，說話也期期艾艾。她說：「趙鳳──趙鳳在哪裏？我是她同學。我要見她。她──她父母要急瘋了。你們到底把她藏到什麼地方去了？」

話一說出口，小玉就深感自己的稚嫩和愚笨。她抿了抿嘴唇，孤注一擲還想表達的時候，一團濃煙吹散到她臉上，她像誤入叢林的麋鹿可憐地顫動著雙角。她還來不及大口喘息，就被對面的兩個傢伙撳翻在床⋯⋯

12

夜很深了。

只剩兩顆殘星掛在月亮翹起的兩端，很像 QQ 中聊天時常用的笑臉。

小玉晃了晃暈沉沉的腦袋，它還在「轟轟」作響。小玉很驚異自己竟是躺在郊區一個開放式公園的草坪上。這裏除了她，再無別人。她的腿又開著，她的下體竟有撕裂般的疼痛。──她好像經歷了什麼？

她辨識不清自己了。她嚶嚶埋頭哭了起來，哭了很久，又揩乾眼淚，兀自再躺下去，依舊看見天空中的月亮笑臉。

小玉把手探下去，刺痛和冰冷慢慢又浮上來，她的意識清醒過來了──那兩個青年並沒有談及趙鳳，好像趙鳳根本就沒在房間出入過。手臂上刺著青龍的青年突然擒住她，她本能地掙扎起來，兩條腿亂蹬。另一個青年也走過來，他們合力，把小玉往印著鳳凰的粉色床

單上狠命一扔。她聞到尿騷味和黴濕的黏稠味道。一個人的嘴巴湊過來，舔她的嘴，一股惡臭噴出來。另一個人的手捋掉了她的上衣，天哪，她身體上可憐的小鳥終於暴露天光了，她屈辱地閉上了眼睛。

她身體前後左右扭動，像根彈簧，渾身燥熱得無法描述。她的小乳頭竟奇絕挺立。她很是羞愧。還沒容她多自責的時候，一隻陌生的手，堅決、果斷、粗魯、生硬地撕開了她的內褲。這種過程，多麼似曾相識！她的臉憋屈得通紅，呼哧呼哧喘氣，她的腿部肌肉由緊張漸漸轉為放鬆，她竟然有一種奇異的感覺，這裏好像有一種秘密通道，直接抵達生命的內核，而她熟門熟路，不知羞恥地一路前行。她嚅動著嘴唇，在劇烈的推搡中，彷彿看到了一片汪洋大海，那裏有一艘船在猛烈顛搖，而她就在這艘船上眩暈、嘔吐。那鋪天蓋地海魚的腥氣包容並消蝕了她。

她還想掙扎著跟他們辯解什麼的時候，這些沒良心的人擊昏了她。也許就用戶外停靠著的人力三輪車，在暮色的掩護下，匆匆把她丟到這個公園。一定是這樣的。她的思維中很多個點蹊蹺地連接在一起，形成了一個又一個畫面。

星星上刮來一陣風，刮過公園的樹林，刮到小玉的身子。這風是白色的，這風是黑色的，這風說不上什麼顏色。

小玉拉扯住屁股底下一把小草，草汁黏滿了她的手心手背，她聞到青草的味道，有點澀，有點香，也有股濃重的野氣。她想她應該要傷心欲絕地痛哭，把數月來受到的冤屈一併發洩出來。她蓄了一下情感，——並沒有淚珠再滾下來，她拉緊了上衣，靠著樹樁，她看見靛青的夜空中有白雲穿梭，雖然緩慢，她還是覺察到了天體在行進。

倚著微風，她感覺自己變成了一隻七星瓢蟲，緩慢地從蛹殼裏爬出來。母親最喜歡在花木園子裏散放很多很多隻七星瓢蟲，她說它們是活農藥，作用大著呢！小玉呢，晃蕩著雙腿，樂此不疲玩著同一個

遊戲，她用手指頭突然推年幼的瓢蟲，讓它從高高的石塊上掉下來，她知道經過這樣的驚嚇，七星瓢蟲鞘翅會逐漸變硬。

幸福是閃爍其詞的。痛苦不也是嗎？她這樣想著的時候，打了個深深的哈欠，濃重的睡意襲來，她想，她得趕緊回家，躺倒在毛茸茸的布藝小狗身邊，沉沉睡上一覺。她已經好久好久沒有享受到沉睡的快感了。

小玉一瘸一拐回了家。開門的不是母親。小玉虛虛、淺淺地一笑，對著公墓老男人，不，對著她的老李伯伯。她的頭上殘留著青草的碎屑子。她嘟囔了一句：「我要吃雞湯餛飩。」男人屁顛屁顛到廚房忙開了，等到他招呼小玉吃餛飩時，發現小玉歪歪斜斜躺在床上開始打呼嚕了。

13

立秋了。

趙鳳輟學了。

小玉抱著書本孤單單地穿過走廊的時候，會冷不防想到趙鳳。剜除了黑肉痣的趙鳳其實長得還算端正，她雖然嘴碎，卻大大咧咧，熱心腸，愛抱打不平。小玉在某種程度上是依賴她的。可誰會料到她一個人在黑胡同裏轉悠那麼長久？

那天，小玉趕到車站的時候，天空中淅淅瀝瀝下起了雨。她沒能跟趙鳳說到話，她只看到趙鳳蓬亂的頭夾在父母間搖晃，隨後大巴車屁股後面冒出一團黑煙，揚長而去。小玉孤獨地嘆了口氣，趙鳳輟學的原因雖然秘而不宣，但有流言在傳播，她們說，趙鳳是被公安局掃黃組的人抓到的……

小玉惆悵地仰望天幕，雨絲裏有雁陣飛過，最後一隻落單的正鼓足勁，拼命向前衝。小玉默默流了兩滴眼淚，也說不清是為自己，為趙鳳，還是為這隻落單的大雁。

公墓男人和母親終於發展到談婚論嫁的地步。母親小心翼翼、奉承著小玉，生怕這丫頭一個小性子就會攪黃了她的好事。小玉卻很恬淡，慢悠悠說了句：「好」。好什麼呢？母親張大了嘴，還想問個明白。小玉換了件栗色毛衣，到外公房間去給老人家煎藥。

　　火焰「噗噗」燒著，中藥「咕嚕咕嚕」冒著泡，外公微微打著鼾，一個十分生活化的場景。小玉從側窗看見公墓男人彎著腰，伺弄著花木，他左三下、右三下噴灑著手中的水壺，一會兒，又拿起剪刀，輕手躡腳地修剪起花木來。小玉咳嗽了幾聲，公墓男人回過神來，問了聲：「小玉嗎？注意天寒。」小玉並不避他眼神，她看著他頸脖上的蜈蚣疤痕，一聲不吭關好窗，繼續煎藥。

　　母親見小玉的性情大有變樣，反覺不祥，看小玉穿戴齊整靜靜坐在葡萄架上出神，嚇了一跳，喚她進門，她也乖覺地跟在身後，並不解釋什麼。小玉的臉圓了些，眼梢透著成熟少女的嫵媚。母親大概覺得該避諱些什麼——她對公墓男人呵斥起來，不允許他衣著隨便到處亂竄。

　　小玉發現自己也成了母親種植的一棵花木，咕咚咕咚吮吸著天地精華，水很清，陽光很暖，她的心也像剛打開窗戶的房間，透著亮色，流動著新鮮空氣。她開始貪睡——什麼時候她的失眠症不治自癒？她經常在蔥蘢綠意中醒來，渾身濕漉漉的，頭髮、皮膚、乳房，沁出細密的汗珠，如湖面上漫著一層水氣，手一拃，濕塔塔一把。白露為霜，母親又忙起她的農事。小玉掰開自己的大腿，她下意識地探下去，那裏完好無損，找不出一點疼痛的痕跡和往事留下的烙印。那感覺——卻像極了雨後的蘆葦蕩，靜謐、安詳，僅剩幾隻雨燕在低低飛翔。

　　小玉碰上正在剔牙的公墓男人，恭恭敬敬，正式改口喊——老李伯伯，公墓男人反顯得有點窘迫，鼻息重重地「嗡」了聲，但隨即笑了，蠟黃的笑容像墓地旁搖曳的野菊花。並沒有沉重的壓迫感再次襲上心頭，小玉的手，遲疑了一下，但還是伸了出去，勇敢、果決地在

公墓男人的掌心裏輕放了下。他的手掌有些溫熱，有些粗糙，像是一塊在火炕上煲熱了的松樹皮。

這個小小的秘密，當然暗示著小玉的接納。她並不大張旗鼓地表明她的態度，只是淡淡地問答。漱口、吃飯、行走、看書，每個動作都開始被她細細密密拉長，好像一隻螞蟻問好秋天一樣，細節裏帶著優雅和柔弱感。

14

天氣越變越寒了，風一吹，樹葉先後凋零，只剩光禿禿的枝幹。

小玉託公墓男人給趙鳳寄了兩條過冬的羊毛裙和皮靴，至於趙鳳有無收到，卻是沒有回音。她聽公墓男人講，那地方是太湖裏一個孤島，電還是兩年前通上的，包裹郵件之類的恐怕也難以收到。她不相信，仍固執地把裙和靴往公墓男人懷裏塞，他擺了擺手，算是應允了。

小玉夢見過趙鳳一次。背景就是浩渺的太湖水，兩個姑娘坐在船沿上，晃蕩著腳丫子。天藍，水白，鳥過路。小玉側坐緊靠著趙鳳，趙鳳說，她懷孕了，可她一點也不害怕，好像一個很自然的過程。她的臉圓潤豐滿，像籠罩在光環之下模糊的聖母像。她們倆開始互相潑水，白色的水花飛濺起來，落在她們衣襟上。小玉的手伸出去半截還沒來得及收回，趙鳳便向後一仰，瞬間消失在那灑落著她們笑聲的太湖水……

小玉醒來的時候，還感覺得出眼梢留有濕濕的一片。她窸窸窣窣，摸出手機，忍不住撥打趙鳳以前用過的號碼。

——對不起，你所撥打的號碼是空號。

小玉是個執拗的孩子，仍一遍又一遍重撥，似乎這樣一來，她的誠心也會感動那份虛無。末了，她咬著被子角，大滴大滴的眼淚順著鼻梁流下，直到心裏長長喊了兩聲趙鳳——趙鳳——才又迷迷糊糊睡去。

母親忙著她的婚事，挑選黃道吉日，添置傢具，擺筵席，她又一路去衝鋒陷陣了。公墓老男人卻顯得懶散，在家拖沓著步子，泡茶，剪枝，遇見小玉，喊兩聲，日子久了，倒也有了一家人的親熱勁。小玉微微臉紅，為之前的荒唐。公墓老男人偶爾也有些小情調，跟著電視哼唱兩曲評彈，吃糠喉嚨，沙啞低沉，唱到寥廓處很顯蒼涼——「烈烈轟轟豹子頭，披星戴月走荒丘。孤單單奔往梁山去，野店荒村不敢投。」

小玉看他無肉的臉上青筋凸現，身體前後傾動，眼睛微瞇，一個字在喉嚨間拉得很長很長，她彷彿能聽到他微微了了的喘息聲。

小玉蜷曲著自己的身體，感覺像條螞蟥吸附在沙發上。她想到那孤單單的一夜，她一個人，也在奔梁山，兩面荒丘像裂斧劈開了她的身體。從此，她身體的內核就發生了變化。恐懼、悲傷、低沉、寧靜，所有的情緒她不露聲色地感受與體驗著，彷彿她真的成了一隻螞蟥，能把身體平鋪如一片柳葉，波浪式向前運動，任何人發現不了其中的破綻。

蓮花路 236 號，是小玉心頭的一個結。吃飯的時候，坐在院子裏聽雨的時候，考試交卷的時候，她腦海中會神經質地跳出這個地名。下意識裏，她頭皮就開始發麻，像有一股奇異的電波振顫流過她的全身。她靜默著，並不掙扎，安然地接受這瞬間的悲哀。

這種現象持續了足足三個月。直到母親園子裏草青了，楊柳綠了，桃花一簇簇綻放在枝頭上的時候，小玉想一些事情應該有個了斷。怎麼個了斷？她琢磨了很久——儘管她心懷恐懼和憂傷，但她一定要到蓮花路 236 號去——去做個告別。

她猶豫了半天，撥響了鄧明的手機，她說她想到郊區的公園去散散心。

汽車一路顛簸，鄧明興奮地說笑著，他修長的手很自然落在小玉的胳膊上，小玉並不抗拒，她微笑著，十分端莊坐在他的副駕駛位置

上，眼神裏飄出一些憂鬱之色。天色漸暗，在這個曖昧的時間選擇出遊，鄧明猜測小玉是有心理準備的。他恨不得一腳油門直奔目的地，好和小玉肌膚相貼，充分領略男女之情的美妙。

拐到郊區的三叉路口，小玉卻叫他沿著一條叫「蓮花路」的巷子慢慢向前開。她的頭探出車窗，眼神隨著門牌號跳躍。

236號。小玉看見了，下嘴唇咬得緊緊的。她下了車，讓鄧明陪著轉了一圈。小玉有些迷糊──這裏幾乎是改頭換面了，幾個湖南女人圍成堆做著毛衣加工活。以前的擺設蕩然無存。小玉問那些女人，她們自然一頭霧水。小玉驚訝著，一點也理不清事情的原委。好像她根本沒來過這個地方，這裏也不曾發生過什麼特殊的事件。這裏的牆壁用白水泥重新刷過，日光燈一照，發出耀眼的反光。湖南女人們手上活幹得緊，嘴也聊得歡，嘎嘣一句冒出來，會花枝亂顫笑上個半天。

小玉有幾絲惘然，她好像失卻了一個世界，而世界又無所失卻。

她沉默了幾秒鐘，眉梢微動，而後淡然地隨鄧明上了車。

鄧明歡天喜把車開到公園，月色融融，微風了了，他停歇好車子的第一個動作便是反身抱住了小玉，要去親她。

小玉拂去他的手，空落落說了一句：「送我回家吧！」

什麼？鄧明的手楞在半空中，他懷疑自己是聽錯了。

小玉拉長聲調，繼續鎮靜說道：「我要回家，送我回家……」

鄧明只覺得小玉整晚都是莫名其妙的，他懊惱地發動汽車，開足馬力，懶得再搭理她。

馬路兩旁的樹木、田野和房舍迅速後退。小玉平靜地注視著這些後退的東西。她裹緊了自己的衣服，縮在後排座，她想沉沉睡上一覺，醒來後去忙她該忙的事情。

2009年9月27日 完稿

枯魚泣

枯魚泣

1

那魚真是瘋了。

三哥文亞在心裏又默念了一句：瘋了！

尤其是那條金色錦鯉魚，特別有種意念上的衝動，它想衝到玻璃鏡外和另一個自我擁抱。它做足了百米衝刺的勢頭，擺動雙鰭，「呼哧」拚足勁，結果──三哥看得心驚肉跳，又覺得匪夷所思，這條錦鯉魚莫非成了古希臘神話中的美少年，臨水自照愛上了自己？

三哥文亞灑了幾顆魚食。錦鯉魚聞到氣味後，迅速調轉過頭，躍出水面去跟其他魚爭搶食物，吃相極其難看，稱得上狼吞虎嚥。吃完了，飽了，歇息了，它繼續開始它的衝刺行動。

三哥想：這呆魚，已經忘記了剛剛的遭遇。他轉念又一想：魚有記憶嗎？

魚有七秒鐘的記憶，很短暫。

三哥初中時，我就和他爭論過這個問題，我說：「魚肯定沒記憶，你瞧，它吃過了食，忘了，又來爭搶，結果活活被脹死。」三哥說：「不對不對！鮭魚憑記憶還能回到遠離多年的地方產卵，怎麼能說魚沒有記憶呢？」我們據理力爭，各自的口水噴到對方臉上。

陳汗在一旁訕訕地笑，然後掏出圓珠筆，在數學試卷背面寫下一行詩：如果我是魚／我可以愛你七秒／七秒之後我又愛上了你／就這樣愛你一輩子，用魚的方式。三哥文亞出神地看著詩，我卻聽見父

親重重的腳步聲，父親又喝醉了，他用拳頭擂打著門。母親壓低聲響十分小心地伺候著，但這不頂用，父親仍舊開始他醉酒後的咆哮。這成了一個慣例，每逢喝醉了酒，他總會咆哮、甩長凳，有時還會拔出拳頭揍母親。陳汗把詩揉成一團，塞進了書包，好像這是他的過錯。他將腳縮進被子，悶聲不響，與剛才作詩的柔情相比，簡直是判若兩人。他住在鎮南，父母離異，他跟著母親過日子，天性敏感，幸虧和同桌──我的三哥文亞一見如故。有時三哥邀他上我們家住，他也欣然答應。和他倆在一起，我並沒有覺得不妥，甚至我們三個人的腳丫子伸進一個被窩筒，陳汗會皺眉，說我的腳跟「冰冰硬」，我索性將兩隻小手放進他的頸窩，說：「曉得你是『湯婆子』才這樣的呀！」當然，那時我才上五年級，是個調皮任性的傻丫頭，一點沒有意識到他們正面臨著青春期的煩惱。

三哥中午打我電話時，我正在做一個採訪，馬術俱樂部的廖總是個陽剛氣十足的男人，身材高大，顴骨突出，一站起來就像香港引進有著英國血統的種馬。三哥問：「文平，你說魚有記憶嗎？」我撤掉了錄音筆，廖總的陽臺上爬滿了紫藤蘿，我說：「三哥，有事嗎？──魚有七秒鐘的記憶，很短暫。」

「哦。」三哥輕輕接了一個字。我已感覺出他的失魂落魄，否則不會這樣沒頭沒腦。他是一個絕對生活在自我精神世界裏的人，嫂子楓向我抱怨過多次，說：「──看不懂他，不如就這樣吧──我能做的──那就是祝福他！」

嫂子楓實在是個善良、溫婉的女性，恐怕我換世重新投胎也做不像她這個樣子。三哥在閣樓上有自己一方天地，練書法、作畫，偶爾也寫寫現代詩，這並沒有錯，問題出在他一切完畢之後，就在閣樓地鋪上睡覺，久而久之，他養成了習性，極難得和嫂子楓同房。他的理由也很充足，說楓打呼嚕，特響，嚴重影響他的睡眠，再者搞藝

術創作的人，需要獨立的空間。嫂子楓眉毛耷拉下來，沒話可辯駁了，她是個大大咧咧的女子，凡事也不愛深究細節。可是，有一個深夜，她一個人，撲在床上，忍不住哭了。我是事後聽她一五一十道出緣由的。

那夜，嫂子楓泡了杯鐵觀音送上閣樓，她在書房轉悠，硬是不走。三哥原本想寫幅六平尺的行楷參加文聯年底的作品展，薰香點起來了，創作內容也選定了，關山、雲海、蒼松彷彿都在腦海中騰躍，只等他飽蘸筆墨、一氣呵成了。偏偏嫂子「嘟嘟嘟」敲響了書房門，她剛洗浴完，頭髮蓬鬆，面呈酒紅色一片，臉上大大小小雀斑也擁在一起，瞧著三哥擠眉弄眼。

完了。三哥只覺創作的氣場遭到了破壞，他懨懨然丟掉手中的毛筆，望著嫂子楓苦笑。這是她的殺手鐧，一個月裏總要找機會到閣樓上來個霸王硬上弓，若在平時，三哥也就從了，盡一個丈夫該盡的職責，平息下夫妻間的小風波。可在那夜，三哥面對性事推拒了，他說自己身體很不舒服，腰酸。

嫂子楓連續咳嗽幾聲，臉噌得更紅了，一直紅到頸部下方，她手指在空中劃了幾個圈，開始自我解嘲：「我也得早些睡覺，明早還要到單位值班。」

我決定採訪完就去看望一下三哥文亞。

2

我的三哥，我知道，他血液裏有種青春期的壓抑情懷，至今仍舊沒有釋然，當然，這種隱私，帶有恥辱的隱私只有我們家裏人知道，而且，只在我、三哥之間秘密保存著。它跟我們的父親有關。說出來，真讓人覺得羞恥害臊。三哥，是喝了酒吐露的，那時他被他的

女友剛剛甩了不久，心裏是極度的鬱悶。三哥說：「文平，我怎麼會留不住她的心？是我做那種事太差勁了嗎？他媽的——老八甲，是他害了我！」三哥罵父親是老八甲，他嗚嗚地哭，臉呈豬肝色，他說出了一個駭人聽聞的真相，有關我們的父親。我手中的杯子晃落下來，玻璃碎扎明晃晃得鋪了一地。父親是在三哥上重點高中的第一天做壞事的，他送三哥到縣城讀書，當夜，母親找不到他人影，急得雙腳亂跳，偌大的城市，千萬不要有個三長兩短。結果卻曉得，父親在黑胡同裏轉悠時，被一個嘴唇塗得猩紅的女人叫進了房間，二十元錢，便宜得超出了父親的想像。父親好那口子事，短短十分鐘就完成了。城裏真好，父親看了看掛在街燈上的下弦月，吸了下鼻子，覺得像撿了個金元寶一樣舒服。回家一個多月，他的陰部開始發癢，下身的毛髮中有小蟲子爬出來，母親舉著檯燈幫他一起找，然後一起把小蟲子掐死。他們太專注，忘了上鎖，三哥推門進去拿衣物，整個兒怔住了。他說：「文平，你不知道那堆髒亂的黑毛有多噁心！當時，我真想一剪刀把他那玩意兒給剪了！」三哥喝多了，真得喝多了，他忘了我是個女孩，聽這些罪惡的事會把我正常的邏輯打亂，甚至也會把我引上犯罪的道路，我閉上了雙眼——母親是帶著她丈夫恥辱的秘密過世的，而三哥也就因此開始蹂躪並享受自己充滿性欲的身體。

廖總不讓我走，他請我吃西餐，其實對那些刀啊叉啊太過正經的西餐，我總有怯怯的不適應感。鄉下人，骨子裏的鄉下人，再怎麼喬裝打扮，也還是會露出尾巴的。我婉言謝絕了。廖總熱情地伸出手，跟我告別，他使了下小勁，曖昧、調皮，我裝作什麼也不知道地轉過身。種馬，一匹五十餘歲的種馬。

三哥不在家裏。

嫂子楓在廚房裏忙活著，聽著收音機，時不時望著窗外的花園。她的心情說不上好或者不好，她不厭其煩地煮稀飯、切蘿蔔絲、剁鹹

鴨蛋。她原本身材就高大，稍稍豐腴了點，就顯得有些男人式的魁梧。三哥喜歡清秀骨感的美人，他在我面前，常會情不自禁流露出傷感之意，他說他的唯美主義真是自私而殘酷，他心目中的人生伴侶──那個他在素描紙上畫過無數回的纖弱、體態風流的女子再也不會出現了。

那時，三哥和前女友分手時，已經三十三歲，長達八年的海誓山盟剎那間灰飛煙滅了。這個大齡男人，頓時像個幽魂，飄浮在文化館裏。大家都覺得三哥腦子開始有問題了，白天他像片樹葉輕落，夜晚他又像只貓潛伏在文化館最高的閣樓上，看見面容姣好的女同事，他會上去搭訕：「你臉部的弧度真美，很有輪廓性，我來給你畫幅素描吧，效果肯定不錯。」女同事急忙擺擺手走開了。他便輕嘆一口氣，轉眼看見月亮藏在雲層裏，是的，月亮也在嘆息，它也有無邊無際的孤獨感。

嫂子楓是在他最孤獨絕望的當口來尋幽探秘了。在她眼裏，他就像一輪掛在疏桐上的缺月，清輝襲人，孑孑無依。她喜歡生活中能糅雜一點詩的意境，雖然過於冷清，但仍讓她心動。她在一家企業當會計，不可救藥地喜歡上了詩，喜歡讀詩、研究詩歌，枕邊放的是也盡是海子、北島的詩。三哥的傳奇經歷就像一首令人凄惻動容的古典朦朧詩，讓她有了破譯和解析的機會。她比他小七歲，跟他前女友一樣的年輕，可是她擁有母性的胸懷，當她忽然把三哥的頭顱放在她柔軟的胸前時，三哥覺得自己成了嬰兒，有嚎啕想哭的衝動。接下去的事很順理成章，他們在月亮下散步，連續三個月都散步，後來就領取了結婚證。

嫂子楓見我來了，淡淡打了個招呼，說你三哥去陳汗家了，去了一整天了。嫂子對陳汗好像不太喜歡，有種情緒上的牴觸，陳汗的老婆去年膽結石開刀動手術，問三哥借一萬元錢，嫂子楓很是推託，三

哥發了火，嫂子楓才急忙上銀行取錢的。嫂子楓對我說：「不是我小氣，陳汗實在是個有借無還的人，你看他家擺布就明白了，永遠這樣老三樣，整個兒給人的感覺就是單調、昏暗！」

說到錢，嫂子楓的話題打開了：「我覺得你三哥空餘時間太多，閒著也是閒著，還不如……收些小學生教他們學書法，我身邊的很多熟人都問過我，問我先生願意收徒弟嗎？現在的行情，一個人最起碼一個下午收八十元錢。我考慮過了，我家車庫能放十張課桌，雙休兩天如果都用上，這筆數目還真不少……況且我們還貸正缺錢呢！」

這番話嫂子楓跟三哥說過幾遍。三哥不作回答，這表示他壓根兒沒這個心思，三哥寧願發呆，坐在窗前漫無邊際地瞎想也不願把時光浪費在小屁孩身上。嫂子楓說：「最近他又有點反常，總拖到凌晨睡覺，起來後也是悄無聲息一個人，我叫他，要喊上三四遍，他才回過神來，好像我和他之間豎了塊隔音玻璃。」

3

三哥手機關機，我只能一心一意等待起三哥。

我忽然關注起三哥閣樓上的魚缸，其中一條錦鯉魚，很喜歡跳躍式奔跑，是一個非常不安分的傢伙，它像在胡亂發脾氣，對著玻璃鏡面狠狠撞上去。

我的手指隔著玻璃正想要碰觸它時，它驚慌地躲開了。我覺得那眼神，像極了三哥，沉溺、惶恐又神經質。三哥在婚後的七八年裏，是通過手淫來回到烏托邦世界的。怎麼說呢？一個人的世界，百煉鋼化為繞指柔。不需要過渡，快感直衝雲霄。自從父親在三哥踏入高中第一天造下罪孽後，三哥就學會了在被窩裏對付自己體內的躁動。他沒有跟我明說，但很多細節猜也能猜出十之八九。對於嫂子楓因為性

事被推拒而痛哭的那個夜晚，他也很歉疚。他說他跂著拖鞋，從閣樓上一步步走下來時，覺得自己像一位性的背叛者。雖然嫂子楓嘲諷過他多次，說他是苦行僧，要保持貞潔去殉道。他跟我辯解說真沒辦法，他總是忍不住回想到和前女友的床事，激情、迷亂、銷魂蝕骨，稱得上放蕩飛揚。可惜，過去了，就過去了，永遠回不來了，如今他的性欲同他日益稀少的頭髮一樣，回歸了平靜。一天工作下來，他已經精疲力盡，哪有心思再料理額外的事情？做愛，更像是一種負擔，讓他備感生活的無奈，他敷衍了事草率收場，又能怎樣呢？他早已悲哀地體悟到中年男人的命運就是在日子的平庸和瑣碎中消磨。夜深人靜的時候，他甚至想：我為什麼不能從家裏搬出來呢，再也不回去呢？難道有什麼東西在阻止我？這種念頭很殘酷，他只能暗自偷偷地想。回頭看見嫂子楓紅撲撲臉蛋掩在被角上熟睡的模樣，他不安地搓著自己雙手，很是自責。

有一次，三哥隨臺灣老闆去夜總會喝洋酒，凌晨散場的時候，他腳步趔趄，意識卻格外清醒。滿天的星斗對他說話，他聽見風在吟唱，聽見花開蒂落，聽見孤獨的落葉飛時靈魂不安的苦澀聲。那一霎，他寂寞地流下了雙淚。回到家，燈火通明，嫂子楓也在垂淚，一見他，她憤怒地跳起來，說：「你到底上哪兒去了？手機關機，音訊全無。半夜裏我挖醒熟睡中的兒子，讓他坐在我電動車後面，我們母子拿著手電筒，像神經病一樣，一條一條街找你，一個一個垃圾箱邊上瞪大眼睛仔細瞧，看你有沒有爛醉後躺倒在一旁。我就不信，一個大活人會失蹤？你真要再不回來的話，我就要撥打110了。」說到最後，嫂子楓走到他身邊，狠狠地捶打他的雙肩。三哥感到疼，她是下了狠心在錘打。

三哥在我面前會露真性情的。很多時候，是他在傾訴，絮絮叨叨又語無倫次。我知道平日裏他話少得很，看到領導、同事，他根本不想費什麼心思去寒暄，往往會繞道而行。和嫂子楓之間，也是習慣性

地沉默。早上打個照面，晚上互道晚安，像是生活在旅館中的房客。這是三哥的軀殼，他的精神斷然不在現場。三哥骨子裏卻是很能瘋的人。有一回，我、三哥、陳汗趕到縣城看電影《陽光燦爛的日子》，看完之後，他真像一隻凶猛的動物聞到了什麼味道一樣亢奮，一定要叫啤酒喝，喝得歪歪斜斜還要拎著瓶子邊走邊喝，又和城裏的姑娘搭訕——人家嫌惡地將頭轉過去，翻了個白眼。三哥的熱情不減，他和陳汗肩並肩攙扶在一起，好像男性世界的粗豪和威武在繃緊的肌肉狀態下剎那間全部開花結果了。那時的陳汗仍顯得清秀，但嘴角邊隱約也有鬍鬚在竄出，青春痘很扎眼，兩頰上都是的。陳汗沒考上大學，在一家印刷廠工作，選擇這份工作的原因很簡單，陳汗說，至少還能和文字接觸——他還在虔誠地寫詩，寫麥粒，寫墓誌銘，寫光和影，寫得形神消瘦，寫得他媽媽含淚抱著他雙膝說：「兒子，你倒是先給我種出個陳家的後代啊！」

三哥的生活要比陳汗來得豐富，至少他還上夜總會。臺灣老闆要三哥的字畫，請他去夜總會、卡拉 OK 廳，他瞞著嫂子楓偷偷地去了。這樣的娛樂場所並不適合三哥，三哥也理應拒絕，但是他的雙腳還是往前走了，他對我振振有詞地說：「這也是生活，我去見識一下，說不定能用手中的筆寫出來呢！」包廂裏的燈光影影綽綽，小姐一個比一個露，出現在三哥面前，臺灣老闆說三哥是藝術家，眼光好，讓三哥先挑。三哥果真挑了個眉眼盈盈都是水的姑娘。人家盡佔姑娘的便宜，胸啊臀啊，摸了個透。三哥倒好，文質彬彬跟小姐說了一宿的話，小姐反而惱了，賺不到額外的錢，氣鼓鼓跑了。三哥酒喝高了，說：「啊呀，晚上躺在閣樓上，他媽的，腦海裏竟是那小姐的胸和臀，如此豐饒……」

晚上十點了，三哥還沒回來。嫂子楓已經把姪子哄睡著了。她望著我，眼神疲憊又可憐，像一隻麋鹿。我收回我的目光，我害怕和她

對視，我害怕她會突然把我當成划船的槳，要我交代三哥的所有，某種程度上，我是三哥的幫凶，助長著他這種萎靡、自我、沉淪式的精神狂歡。

錦鯉魚還在折騰，浮在水面上，發出「劈啪劈啪」之響，打破了我和嫂子楓沉默的僵局。廖總給我發了條短信，約我星期六去馬場騎馬。我動心了，我喜歡騎馬，喜歡馬與生俱來的那種野性，也喜歡駕馭和征服的感覺。我回覆了兩個字「好的」，廖總這才歇息下來。忙了一整天，我的頸椎開始發出隱痛，我想這樣傻等下去也不是個辦法，我決定去陳汗家一趟，我大概有三年時間多沒見他面了，他的手機號碼也早就換了，我應該去一趟，關心一下兒時一起長大的夥伴。

沒想到，三哥不在陳汗家。三哥在撒謊，現在他成撒謊的行家了。陳汗穿著棉毛衫拉開條門縫，探出頭來，我呆了一下──他的家好像比以前更凌亂了，四周陰陰暗暗的靜有一點怕人，他變得很胖，臉脹得像個快吹炸的氣球，叫人感到一種難以言說的壓逼感。

陳汗見到我露出了少年時憨憨的笑容，他一直羨慕三哥有我這樣一個貼心的妹妹，哪像他好像是從石頭縫裏蹦出的，永遠是無根孤獨的感覺。陳汗做的魚燉豆腐味道特別鮮，在我家，他露了一手，陳汗說：「味道全在豆腐裏，就像生活。」我吃得狼吞虎嚥，不一會兒，只剩一副魚的骨架。陳汗又說：「生活的味道全在魚裏，可惜只剩魚刺了！」他好像在炫酷，時不時顯擺兩句有哲理性的話。詩人！真正的詩人！我因此也差點愛上他，但我明白他的家境、工作現狀，他和我只能是生活中並行開出的兩艘航船。後來陳汗娶的老婆，是超市裏收銀處的營業員，人長得最高，麻子臉。一進超市門人們就會發現她像一株麻秆高高挺立著。

「文平，你怎麼來了？」陳汗笑過之後，就有熱汗淌出，他用棉毛衫袖口擦汗。他得知我三哥一天不知去向的消息後，拔出了一根煙

叨上了嘴。他的老婆在叫喚，聲音微微顫顫，從房間裏傳出，我知道她手術剛動過不久，出於禮貌我進去喊了一聲嫂子，她並不高興，眼睛橫掃了我一圈。是太晚了，這個時候來打擾我也覺得不好意思，我向陳汗一邊道歉一邊告辭。

天邊青黑一團，野貓倏地竄過腳跟，我一下子受到了驚嚇，不禁對三哥懊惱起來。

4

三哥文亞一有心事，就會表現在外部形態上，發呆、走路撞人、煩躁得亂撳手機號。但看見嫂子楓，他會下意識遮掩起這些小動作，實在繞不過嫂子楓的盤問，就負氣躲到他閣樓上弄電腦。他並非沉醉於一般人所熱衷的網絡遊戲、開心農場或看韓國的肥皂劇，而是在專心致志更新他的博客。我們汀州城，江南小城，多得就是雨，陰濕，潮濕。三哥文亞特別喜歡雨天一任階前點滴到天明的感覺，他會即興在宣紙上畫一幅山水小品，揮毫寫幾個字，畫面上的梅花孤傲高潔，行草也顯得逸筆瀟灑，然後用數碼相機拍下來，黏在博客上，一時間，訪客如雲。三哥自然有幾分神清氣朗的得意。

三哥的心事極有可能與博友相關。嫂子楓對這一點深信不疑，但又苦於抓不到把柄，沁爐、薏米、明月、絲絲等等那些女性的留言或評論頻繁出現，到底哪一個真的和三哥有瓜葛，嫂子楓覺得自己是鞭長莫及。博客上的三哥穿著中式黑白褂子，眼神憂鬱地望著浩渺湖水，顯得格調很高，非一般紅塵俗世中的人物。嫂子心裏暗罵：存心是想招惹天南海北的小妖精！三哥在嫂子楓眼裏是生活的低能兒，裝修房子平白無故被包工頭騙去了一萬多現金，人家早已逃之夭夭，他還十分誠信地等著別人回音。家裏的電、煤、水暖出現

了故障，人家男人會拿著扳手、螺絲刀晃悠幾下，也能臨時解決些問題，他不行，一定要鄭重請上專業人士。幸虧很多事情是嫂子擔當了起來。

「他呀，也就這些花露水了！在網絡上圖個自我滿足，好像所有花都向他開放，也不掂掂自己幾斤幾兩！」嫂子楓說這話的時候嘴巴是撇在一旁的，眼睛是斜睨著的，這表示了她充分瞭解自己丈夫的弱勢：有賊心沒賊膽，能成就什麼大事啊！

關於那天晚歸，三哥給嫂子楓的解釋是他剛從陳汗家出來後，就被書法圈子的朋友拉到吉慶老街喝功夫茶，這些人湊在一起要的就是個雅興，結果談古論今到凌晨兩點才散場。

撒謊啦！——我暗自嘀咕，說不定又跟臺灣老闆去泡妞了。三哥描述娛樂場所的鏡頭時會兩眼發光，他說，那些人越來越會玩了，居然把小番茄放在小姐的乳溝上，然後對準肚臍眼玩「高爾夫球」遊戲。單純可憐的三哥！我能說什麼呢？現在娛樂場所還有什麼值得大驚小怪？酒精，搖頭丸，一夜情，像動物一樣交媾。你本不屬於那種地方，為什麼還要像長了翅膀往那飛呢？有時我真覺得三哥左半腦裝的是糨糊，不諳世事，一點也拎不清時務。

報社裏忙得昏天黑地，廖總還不失時機請我去馬場跑上幾圈。他騎在馬上雙腿緊夾馳騁的時候一點也看不出老相。我漸漸喜歡上了這個老男人，最起碼他紳士、高雅，不會死乞白賴，更不會到夜總會玩那種低俗的遊戲。而我，也厭倦了大齡剩女不鹹不淡的單調生活。

過了半個月之久我才有空和三哥吃飯。他看上去好像很疲倦，額頭上的皺紋又多添了幾根。「三哥——」我說：「你好像沒睡好，眼圈黑呼呼的。魚到底有沒有記憶？這事你還記得嗎？那晚我到你家等到十點都沒見你影子，你到底在折騰什麼？」

提到魚，三哥犬牙外露，眼珠子咕嚕一轉，含羞吐了幾個字：「我去見博友了。」

博友？乍一聽我還以為是哪個人的名字，很快我反應過來，三哥見的是博客上女粉絲。博友千里迢迢從遙遠的城市哈爾濱趕到南方汀州來見三哥，據說是要了一個心結。

讓我姑且隨著三哥的記憶回到錦鯉魚瘋狂衝刺的那個夜晚。需要申明的是，我並非有意偷窺三哥的隱私，只是他的敘述太過詳盡，害得我彷彿親臨現場。三哥不是善於謀劃的人，一切都是「撞」上的。他像小孩子一樣透露著秘密，眼神裏裝滿著竊喜，看得出，他也想藉此傾訴來減輕他的心理負擔。

那夜，三哥就在離家不遠的十四層高樓的賓館裏。透過窗戶，三哥看見對面自家的小區，在高樓的俯視下，它越發顯得破舊、混亂，像拉滿灰白糞便的鴿籠。他甚至看見老婆楓和兒子的背影，母子倆騎在電動車上拚命按鈴一路開心嬉笑著。

不一會兒，博友也進了房間，博友的名字叫沁爐，她打開空調，脫去大衣，掛上衣架。她長長的睫毛猶如合歡樹葉似的翩然垂下，三哥看著不禁暗自驚嘆。她散落額前的幾縷細髮，像新月微微顫動著——整個形象可謂完美無缺。三哥想，如果手上有一枝素描筆，他一定會把這誘人的神態畫到紙上。

三哥看見我瞪大眼睛的模樣連連擺手，申辯說這絕不是他想對年輕女孩耍什麼花招，或者想入非非。人是她主動跑過來的，不接待她還不行。三哥說著面顯愧色，說啊呀認識這女孩沁爐也快是一年前的事情，那時沁爐生意場上虧得一塌糊塗，這樣嬌弱的女孩怎麼可能在勾心鬥角的商場取勝呢？也就是說沁爐是在萬念俱焚時，在網絡上撞見了三哥的博客。那裏有孤朗的魚，有細竹，有微風，唯獨沒有現實世界的污濁。這個精神的避難所讓她忘記了疼痛，並很快陷入了情

感的深潭。他，三哥也在作畫寫書之余和女孩輕佻起來，她喚他哥哥——春天裏黃鶯一般纏綣，不分晝夜匍匐在他博客上，只要他一發博文，她總會第一個留言評論。

三哥猶豫過一陣，覺得這好像不太對勁。他也試著關博了幾天，哪料到女孩又在留言簿上寫下人生黯淡消沉之意，他嚇了一大跳，知道她有心臟病，驚嚇不起的，從此再也不敢造次了。這場小風波反倒是進一步拉近了兩人的距離，她更顯得嬌憨可愛了。

三哥說：「你別笑話，這次她到汀州並非想打攪我的生活，只是覺得應該在她舉行結婚儀式前對少女時代的情緣做個了結。」

我不置可否地笑了，我認同嫂子楓的看法，三哥在某些方面的確很弱智，他對這女孩知根知柢嗎？現在江湖上網絡騙子比比皆是，他憑什麼相信她不是別有用心呢？

5

那個女孩網名叫沁爐，三哥沒往深處研究，其實名字分明就告訴了他：一半海水，一半火焰，這種雙面性格的女孩他吃得消？我對現在八零後女孩很不敢恭維，一方面可以被人供著錢當「小三」，一方面理直氣壯和男朋友談戀愛。

沁爐是從哈爾濱直飛上海，然後到汀州，殺了個三哥措手不及。當然身上帶著未婚夫給她一萬元的銀行卡。據說，那夜賓館房間散發著檀香味，像是在印度，又像是在柬埔寨，繚繞恍惚裏有份神秘的異域風情，反正不是在多雨的汀城。

沁爐說：「他追我很辛苦，一年裏，吃的用的都是他在張羅，我還是打不起精神——他研究電子產品的，做事硬梆梆的，更別談什麼浪漫啦！什麼詩畫、音樂，他簡直就是一竅不通。」

她皺了下眉，接著說：「有什麼辦法呢，吃人家的總是嘴短，我也老大不小了，家裏人總是催，他又一個勁對我好，還不斷往我家裏匯錢，我們上個月領了證，打算年前要把儀式辦了。」

　　「他碰過你嗎？」三哥乾澀地問。

　　「碰過一次，」沁爐的聲音越發低了，「沒有感覺，像飄浮在船艙裏的魚，任人折騰。結束之後，只有泡沫、腥味，還有乏味的語言。」

　　三哥還在擔心自己的問話魯莽時，只聽沁爐發出嗚咽聲，然後像隻貓一樣蹭到他臉龐邊，「我多麼希望他是你！可他偏偏不是你，從此以後我就再也不准他碰我，理由是要等到結婚儀式後才可以。」

　　她幾乎是咆哮著，又噎在喉嚨口發音，低低弱弱的聲音讓三哥驚詫，他情不自禁張開了手臂，他被她的情緒感染，這個姑娘為他焦灼痛苦，他幾乎無法相信世上有這樣的事情！但她確確實實在那裏起伏著激動的胸脯，眼窩處還沁出了晶瑩的淚花──她看他的眼神痴迷，像迷途的羔羊在山坡上咩咩叫喚著，而青草在一路通上天堂的階梯前搖曳。

　　三哥把她擁在懷裏，她的聲音如同一汪糖水，聽著有瞌睡前熱烘烘的溫暖氣。他稀疏的頭髮在熱氣的包圍中散發出深藏多天的油煙氣，她並不介意，額角仍在往前貼。三哥看見自己的頭皮屑落下來，像蒲公英吹散了的花瓣覆蓋在女孩肌膚上。他內心緊縮了一下，抱了抱她，又放開了手。

　　三哥伸了伸胳膊，有些上了年齡的尷尬和不安。她卻是仍很性情地說笑著。他仰頭看見鏡子裏端坐的自己，面色虛白，頭頂心一圈的頭髮開始脫落，灰黑色外衣因為剛才的擠壓而顯得皺巴巴的──彷彿爬上山頂後氣喘吁吁。這個只能走下坡路的人，怎麼會被她看中呢？

三哥囁嚅著，盯著皮鞋尖頭說話，鞋尖一層灰塵顯示他並非養尊處優，他有老婆孩子要養，有房貸要還，有太多現實中的瑣碎要去處理。鏡子裏的他喃喃自語，說出的話聽上去乾巴巴的，像一張皺紋紙，只有色彩，而沒有質感。越是這樣，他越是想竭盡語言的功能告訴她——她所認識到的一切都是虛幻的，網絡是虛幻的，他根本就是泥牆邊緊挨著的一枝蘆葦，空心、虛弱，風一吹就往哪倒的人。藝術是層表象，它把鏡花水月的東西朦朧擴大化了，讓單純的人陷入了虛幻的空間，到頭來兩手空空，備加傷感。

　　三哥說得唇焦口燥，眼神惶惶惑惑抬起時，發現沁爐正在給隨身攜帶的香爐上香，她雙手合掌，虔誠的樣子和她的年齡大不符。她露出一對酒窩，似笑又非笑，她把極想從現實中逃遁的三哥一點點抓回：「我信佛，走到哪我就會上香到哪。我也相信緣份。知道我為什麼叫沁爐嗎？水與火的交融，必然是萬劫不復、執迷不悔的。」

　　她坐在他對面，彷彿一個坐在石龕中的仕女，端莊、嫺雅，她仍舊非笑非笑著敘述：「其實你活得很不心甘，很憋屈。你對物質生活沒有過分的渴求，一碟青菜、一碗蛋湯你照樣吃得很香。在精神世界裏你卻是個唯美主義的苛求者。你的夫人楓是個粗線條的女子，並不能識你的心。你渴望驚濤駭浪、魚死網破的愛情，可是，有嗎？孤單單躺在閣樓上，你腦海裏一會兒是潔淨無塵的湖水，一會兒是夜總會小姐們豐饒的胸脯……」

　　三哥驚愕地用手摀住了沁爐那像用兩片桃花瓣裝飾成的嘴巴，她的嘴唇軟軟的，像小孩子經常吃的果凍。他狠命地啃了下去，又「咪溜」吸了幾聲，甜而酥的感覺。他意識到身體裏另外一個自己在游離出來，真實而強悍，他的下體也隨著意念的強健而堅挺，他喜歡她的配合，貼得很恰如其分，似乎每個毛孔都準確無誤地暗合在一起。他

惱怒她竟把自己剝得如此赤裸裸，孤獨、絕望、情欲、野性都被她描摹出來了，她怎麼知道得如此透徹？彷彿她就生活在他的閣樓上，夜夜聽他唱心傷的歌？

——博客、網絡。他在無數個夜晚通過網絡宣洩，在和她並不曝光的交流中讓欲念得到釋放。誰想到她會照單全收，千里迢迢來到他身邊，把他潛意識裏悲壯的孤單和猥瑣的欲念全抖露出來。那麼，這下子，他就要無所畏懼地真實一把了……他的下身腫脹得像要炸裂開來了，那種想讓他在田野上盡情奔跑的感受終於重新歸來！他再不猶豫，手伸到沁爐的腰間正要用力往下游竄。

這回是沁爐果決地按住了三哥即將深入叢林的手，她的聲音回復到當初的蜜糖味：「不行的……這幾天是危險期。」

三哥頭腦立刻清醒過來，危險期——這意味他就只要輕輕來一下，一個孩子就會受孕，就會跑到他的現實生活跟他糾纏不清，他的生活秩序就會全盤打亂——他怎麼受得起這麼大的折騰？正想著，下體的衝勁也在不知不覺中消失了。他只能像剛進面的一刻，將沁爐在胸口緊緊抱了幾分鐘，然後鬆手。

三哥敘述這段將要觸發的性事時，面色潮紅。當然他僅僅提供了事情模糊的輪廓，我憑藉我記者的天性竭盡想像的本能將細節補充完整。我兩臂交胸在前，半是奚落，半是愛憐。

那天晚上三哥回家時，嫂子楓恰好從夢中醒來。她提著褲子上衛生間時隨口問了聲：「怎麼這麼晚？」三哥還以為自己做了虧心事會緊張得結巴，哪料到他掩飾得相當老練，連自己都嚇了一跳：「來了幾個上海人，書協的，非要去喝功夫茶，東拉西扯的，就忘了時間。」他脫了衣服，以為嫂子楓會尋思著做那事，二三分鐘後，他聽見了她的呼嚕聲，極響。他心裏異常失望，幾乎是難過。

第二天早上，三哥醒來的時候，嫂子楓和女兒已經出門。他洗漱完畢，徑直到對面高樓撳響了賓館的門鈴。沁爐只露了一條門縫，她衝三哥發火，說她還蓬亂著頭髮，責令他到大廳去等。

　　三哥老老實實去大廳等了，再見到沁爐時，她把自己修飾得異常精緻，細眉，濃密的睫毛像自由女神像戴的多根尖釘的皇冠。她故作矜持地從樓梯上一步步跨下來。

　　三哥說那時他早就把隔夜嫂子楓留給他的失望和難過拋到九霄雲外了。

6

　　只要談到沁爐，三哥身上隱秘的激情就被喚醒。

　　他倆居然整整一個星期待在一起，聊天、擁抱、外出遊玩、回來繼續談藝術、談人生，不知疲倦，情緒高昂，像是脫離了人間而到了伊甸園一般自在、飛揚。

　　我問三哥：「你敢不回家過夜？」三哥說：「哪有你想的那麼過分，我總在凌晨二三點到家，你嫂子也習慣了，老以為我在友人家喝茶。躺在閣樓上，我哪裏睡得著？原本是網絡隔著一層，我總能狠心拒絕她。如今她的氣息，她的味道、她的模樣迎面向我撲來──我好像找到了少年初戀時感覺，整個人的心都貼了上去。」

　　三哥看來是被繞進去了，他眼波裏流轉著深情說：「我們前世裏肯定是對夫妻，如果不是，她一定也是幫我磨墨的丫鬟，情意相投，死生契合。」我挾著一根菠菜塞入嘴裏，一不小心，喉嚨口噎住了，拚命咳嗽。三哥並不理會我的窘相，繼續說：「我是相信宿命的了。你看，樹葉在春天冒出，秋天轉黃、飄零，冬日枯萎，這都是它一生的宿命，誰能抗拒？」

我面朝服務員，大聲喊：「倒茶！倒茶！」三哥挾起一條昂刺魚，左右看看，這魚很特別，無鱗，全身滑溜溜的，有鬍子，背上有一根昂起的硬刺。我隱約覺得三哥會被硬刺刺中。果然，他叫喚起來——

三哥的這段情事，很荒唐，很刺激，很像天外來客一樣充滿了神秘感。我試探了幾下，終於忍不住問出口：「你們廝混在一起，老實交代——有沒有做壞事？你的身體有沒有被淪陷？」

三哥臉紅了，如同一滴紅墨水在池子中迅速化開，他期期艾艾地說：「沒有，這個底線我還是不能逾越的，你嫂子楓是個好人，我再怎樣也不能傷害她。」

我的鼻尖噴出一股灰，呵！他倒是挺能分清事情的輕與重，精神的出軌難道不意味著背叛？

三哥看著我狐疑的神色，終於小心翼翼地攤了底盤：「也想的，急吼吼的，那是最後一個夜晚待在一起了，我脹得很厲害，長褲、毛衣都剝掉了。結果——」

「結果怎樣？」

「我發現自己的短褲正中央竟有個小窟窿，窟窿？你明白了？就是破洞，很扎眼。這個破洞破壞了所有的美感，我怎麼能讓她發現我穿著有破洞的內褲？我緊張極了，不知道怎樣應付。只能雙腿用力一夾，想掩蓋過去，結果完蛋了——我的雞雞怎麼也不能勃起了。」

當時的景象一定頗滑稽，我捂住嘴巴想笑但終究沒有笑出聲來。但總的來說，三哥那晚的沮喪換來了對婚姻忠貞的美名，至少，在他心裏還是好受的。他買了單，在陽光的日影下他走路歪歪斜斜的，像一隻搖著屁股、瘸腿的鴨子，我們從老鎮的東頭走向西頭，以前供銷社的老房子仍在，裏面早就不賣化肥之類的東西了——它成了棋牌室，煙霧繚繞、人聲鼎沸。我們停留了片刻，我眼尖，竟看見了坐在牆角落的陳汗。

三哥把陳汗叫出來。陳汗一開口就說：「給你老頭子送兩盒腎源膠囊，保證他精力旺盛──」三哥很不悅，捶了他一拳，陳汗仍堅持推薦他的腎源膠囊，勸我也拿兩盒，他連眨幾下眼，壓低了嗓門說：「文平，這個很頂用的，對性欲低下的男性特別有療效。」我咯咯咯像隻母雞一樣在日光下笑開了，陳汗真逗──自從他從印刷廠下崗後，他搗騰過很多活，送快件、做保險、快餐店清潔工，現在推銷起了時髦的保健品。「修──修腎──養精，」陳汗結巴起來，「這，──這東西在村鎮上銷路──還挺火紅的！」

　　陳汗左右晃蕩著，他越來越像隻企鵝，滑稽的動作和語言讓我忍不住懷疑他是否就是曾經的陳汗。而我是隻母雞，一隻未下蛋的母雞，我也渴望下蛋，但總和好男人失之交臂。陳汗在影射我？我和性欲一般的男人苟和？廖總他服二十六味地黃丸，當我邊喝茶，邊抽著鼻子吸氣時，他總是用突出的顴骨來蹭我柔軟的胸部，我漸漸附上半空，日光稀薄起來，我聞到樹、雨林、泥土、蚯蚓的氣息，廖總的臉埋在我頭髮裏，我們在半空做愛，像在搭建通天的巴比倫塔。

　　太陽真的落山了，只剩餘輝，一點一點，呈錫箔狀。

　　我、三哥、陳汗你推我搡，互相敲打著對方的身體，老鎮唯一沒拆的就是我們此刻行走著的這條老街，青石板七高八低，我們肆無忌憚的笑聲突然讓我一下子回到了少年時代。那時，陳汗偷了他媽塞在枕頭底下的錢，和三哥在老街拐角的影院廣場上玩康樂球，攤主是一個斷了左臂的轉業軍人，他用僅存的右手教兩個厭學的少年，樂此不疲，汽油燈掛得堂堂亮。父親趕過來，劈頭蓋臉就給三哥一巴掌，「敢偷老子的錢！老子抽死你！」陳汗也看見了跑得氣喘吁吁的母親，他扔掉了槍棒，怯怯地指了指三哥，說是三哥硬拉他去的。我嫌惡地瞧著轉業軍人，覺得他賺小孩的錢真是卑鄙。三哥拚命向我眨眼睛──我明白了，我小心翼翼掩好自己的嘴巴，不說一句話。後來，

三哥真用從父親那兒偷來的錢給我買了一個漂亮的頭飾，戴上它，我覺得自己就像高貴、矜持的希茜公主。陳汗的讚嘆詞最多，還寫了一首小詩：你的容貌寓寄的黃昏／猶如繫在脖子上的繩索／縈繞著我孱弱的靈魂。

7

我有理由懷疑三哥對我撒了謊，譬如說他自始至終並沒有和沁爐做愛。但憑藉我對三哥的瞭解，我仍然相信了他內褲上破洞的說法。細節往往是事情成敗的關鍵，他是個唯美主義者，也是個認死理的人。

至於沁爐，我覺得現在的女孩還真看不懂，但我預感事情會沒完沒了下去。分手後他們短信頻頻，唧唧唧，唧唧唧，半分鐘一條，精神的，物質的，吃喝拉撒，統統彙報，真是有完沒完。

最近連雨都下得沒完沒了。早上醒來，我聽到的第一個聲音就是雨聲，很響地打在屋頂上的聲音。我把長髮和毛衣一起掖在腰後開車去接三哥文亞，參加文聯舉辦年終聯歡會。昨天三哥又在電話裏跟我絮叨了：「——她回去以後根本不想結婚了——痴痴迷迷——念著我，我們每天幾乎要通一個小時電話——彙報在幹什麼、和誰在一起、吃了些什麼——我實在狠不下心和你嫂子離婚，她是那麼好的人——我又割捨不了這難得的情緣——沁爐瘦了，怎麼能不瘦呢？根本不好好睡覺，就整天守候在博客上看我在線的小綠燈是否亮了。她讓我到哈爾濱去看她，我萬萬不能去，去了我真的會淪陷——一切重新洗牌、離婚、分割財產——這才是最擔心的呢！」

我那時在感冒，噴嚏打出來把三哥震了個措手不及。我對三哥的痴情、仿徨、怯懦和自私一邊憐憫著一邊又鄙視著，大男人一個，總

得拿個主意出來，成天神思恍惚、念念叨叨，還能有什麼成績？這一兩年，三哥在藝術上創作進展並不大，主要原因是不在狀態，看他的面部就能體會出了——長長的幾縷頭髮橫斜著緊貼在他腦袋上。臉上布滿了小疙瘩，皮膚厚得像變酸的牛奶上所結的一層皮。我曾嚴肅地規勸過，但不頂用，我也就不再有其他言語。

三哥撐著傘，落寞地行走在馬路上，其實他完全可以等我到他家後再出門，看來他的情事又在困擾、折磨他了。我按了好幾聲喇叭，他才回過神來。他深深地吸了口氣，我吃了一驚——三哥鬍子拉碴、眼窩深陷，面相又老了一層。今天圈子裏的人碰頭，他應該知道要修飾一下自己。我還沒開口，三哥搶先說話了：「她竟然失心瘋了——盼不到我，就找了一個外型像我的男人——在賓館裏，幸虧天冷，穿的衣服多——她才沒被人強姦，半夜裏，發我瘋瘋癲癲的短信——我電話過去，她一個勁地哭——早知道，我真該好好操她！——」三哥嗓子尖利得近乎失控，如同鋼繩穿透了重裝鐵甲，然後逕直刺入人的體內。我急速剎車，一個身穿雨披的人騎著電動車不管不顧從我車頭竄過——好險！三哥的身體往前狠狠一衝，他停止了他的激憤。

三哥精神潰散，意念壓根兒不能集中。聯歡會開到一半，我就發現他的影兒消失了。幸虧那姑娘在哈爾濱，若是在汀州，肯定會鬧得雞犬不寧。墜入情網的人近似於白痴，更何況是網戀？三哥不這樣認為，他分析事情的性質時往往帶有天真的遐想，他說：「你不知道臨走時她哭得像個淚人一樣，一滴一滴，溫熱的淚流淌在我的掌心，難道這還不足於表達一個人內心的真誠？她不是演員，裝不出來的。」

在三哥看來，一個有才情、有姿容的女孩為自己淌眼淚是他人生路中最值得收藏的片段，現在女孩只等他發號施令，就會臣服

於他——很誘人的前景，他冥冥之中又好像消受不起。嫂子楓的嗅覺開始靈敏了，他微笑著從一團花氣的夢中醒來時，發現嫂子楓坐在邊上，她的聲音不帶半點感情色彩：「你好像很喜歡談戀愛的感覺。」

「哪兒的事？」他拉上被角。「你真的多心了，我這人你難道還不知道，情緒化，一陣一陣的。」

嫂子楓把我姪子叫上，小姪子臉蛋圓潤聰明機靈，前陣子剛剛捧回汀州市「陽光少年」的獎狀，他是嫂子楓目前傾注最大精力的一椿「事業」。嫂子楓拍拍姪子的肩膀說：「有一天你爸爸不回家了，你怎麼辦？」

「報110，讓警察叔叔幫忙給找回來！」

三哥的心像被什麼東西擊了一下，他立刻提高了聲音辯白：「你媽媽真會開玩笑！淨瞎說！」

果不其然，晚上我們在捧杯共祝新年新氣象時，嫂子電話打來了，她問我三哥在嗎？我只能順著她撒謊，我說：「在——但上衛生間了——等會兒我讓他回你電話。」三哥接我電話時，口齒不清，估計喝了不少酒，他說：「文平，我想醉——醉了好，花開一半，柳岸輕拂——我可以抱個美人歸——」三哥被一群人包圍著，隱約中聽得出有人很臺灣腔地稱他「大師」、「仙人」、「猛哥」，他的聲音在飄起來，好像真到了瑤台仙境那般逍遙。

我忽然對自己嘲笑起來，我去擔心什麼？三哥總是三哥，四十多歲的大男人，還有什麼不能面對？想到這裏，我撇開了三哥和嫂子楓，和周圍的人痛痛快快喝起來，很快，酣暢蓬勃之意溶溶曳曳，瀰漫開去，感覺很舒服。

很舒服。最起碼，二十里外的秋蜀山莊裏還有一個老男人在等著我。

8

　　春節裏到三哥家，見到他和嫂子楓，他們看上去似乎很協調。嫂子楓的直發烏黑發亮，屬於很有營養的一類，她的面色滋潤潔白，是陰陽調合後的健康色，眼神也偶爾會飄出性感之味，我暗自吃驚——事態往好的方向發展，我當然拍手稱快。我看見三哥的手不時搭在嫂子的腰上、臀上，之前這類小動作是絕對不可能發生的。莫不是陳汗大力推薦的腎源膠囊發揮了效用？

　　好不容易等到嫂子楓開始在廚房忙乎，我貓著腰竄到三哥的閣樓，我處心積慮特別想找個機會單獨和三哥在一起，問問他最近的狀況。他抿著嘴，眼神裏飄出五彩雲一樣的虛幻，他呵呵呵呵地傻笑幾聲，並不落出實質性的話。怪事了！我雖然納悶，但也不至於有其他想法。家和萬事興，夫妻之間的事本來就是靠雙方來磨合和彼此包容的。

　　忽然間我無事可幹，將三哥的書瞎翻了一通，書裏是一個溫暖的、冰冷的、皺巴巴的、鮮嫩的、乾燥的、柔軟的、堅硬的、粗糙的世界，它欺騙著我們睜開眼睛所能見到的一切東西。那匹種馬又勾搭上了新的女人，這種事哪需要多盤問呢？嗅一下味道，就能知道八九。

　　我只覺得落寞。

　　那條特別喜歡衝撞的錦鯉魚呢？怎麼不見了？我記得很清楚，它的花色是最漂亮，金黃的底子本身就泛著高雅的光澤，身體上中下三段還著了血牙紅色，如同錦緞上暈染出魅影。現在魚呢？怎麼只剩一條相貌很普通的魚？三哥說：「死了，今天早上死了，因為經常衝撞，它身上某一部分潰爛發炎，得了皮膚病，導致魚鱗全都脫落了，好不容易支撐了二天最後還是死了。」

僅剩的一條錦鯉魚神情寡然，一動不動，呆呆地看見玻璃外面的世界。魚有魚語，現在它陷於孤獨，但又無法表達，只能默然。

嫂子楓的廚藝尚可，我幾乎是在無意識狀態下夾起一筷菜下肚，三哥問我，最近陳汗怎麼樣？我含糊地說出三個字「不清楚」後，突然發現喉嚨口有針扎一樣的痛，我緊吞幾個飯團，但不頂用，一個魚刺卡在我喉嚨口了。嫂子楓小心翼翼看著我的臉色，緊張地問：「怎麼樣？」

魚刺很強硬地橫躺在我喉嚨深處，嫂子楓焦慮中帶著沮喪，她精心烹製的菜肴無人去賞識了。我拍著她的手，安慰她說沒事的，一邊又尋思著是否該去醫院。三哥說：「走走走，還是陪你去醫院，這事可不能輕視，報紙上還登過一根魚刺落到胃裏刺穿血管最後危及生命的事呢！」回到閣樓取包時，我又撞見了那條落單的魚，心頭不禁一震，嫂子楓莫非將死掉的錦鯉魚做成一道菜？它發怒了？它受委屈了？撒氣撒到我身上來？我惶惶不安，又衝下閣樓，特地找那道菜。嫂子做菜用的是鯽魚。在熱氣騰騰的湯裏鯽魚仍用它殘疾的身體固執地游著，我咳嗽起來，大口地喘氣，吃下去的東西全部嘔了出來，魚刺沒有咳出來，它仍穩穩當當地扎在那。

醫生說：「看不清在哪，得用喉鏡觀察。」一躺到手術臺上我就有一種本能的恐懼感，因此當醫生將細長的管子伸進我口腔時，我的臉憋得通紅，呼吸紊亂，我拚命推開醫生的手，三哥不滿地說：「你怎麼能這樣呢？很簡單的事被你複雜化了。」我驚恐萬分，思維卻像電腦進入程序一樣快速反應著——這蹊蹺事情的由頭來自於三哥，來自於他提出那個「魚是否有記憶」問題的午後。

我惱怒地跳下手術臺，我說：「不管啦！任憑它吧！它總不至於會要我的命。」

手機鈴聲響了半分鐘，又不出聲了。我知道是父親，他為了省兩個錢，總是叫我們回打給他。我氣鼓鼓地按下手機鍵，父親說：「她

——生病住院了，你得給我匯上二千元。」父親的語氣很強硬，他用一貫的語勢和邏輯在逼迫我。什麼道理？她——哪個她——他那些亂七八糟女人的事情難道還要我來料理？叫我匯錢？想得天真！我氣得渾身發抖，嚥口水時直感到喉嚨口有難以阻擋的隱痛。

三哥靠在牆角，他當然聽清父親的吩咐，——父親沒有直接向他下指令，是迫於三哥身上一種說不清的陰鷙。我煩躁地張嘴就想罵人，三哥挺了挺腰桿，說：「文平，這錢我來匯吧，你就別去操心了。」他還遞上一個貌似熱情的微笑。

三哥扶著我離開醫院，我們一路無語，不知怎麼，我發現我和三哥之間曾經那種固若金湯式的友情正在消解。他不再絮叨，也沒有提他的博友，對父親的態度更是有一百八十度的大轉變。

接連幾個月三哥躲著我。我並沒有因為一根小小的魚刺而被奪去生命，隔天我喝了些中藥，魚刺軟化，就隨著湯湯水水沖下肚去。我打電話給三哥說要到他家去玩，他卻找了個不成理由的藉口表示他要出門。我悲傷入懷，我和馬術俱樂部的廖總分手是紅塵俗世中煙花男女間很常見的事，一點也沒有什麼值得追悔，可是三哥對我的淡漠，卻讓我體會到了骨肉相殘的凌遲之痛，和一種被人背叛的羞辱之恥。

9

我也不主動搭理三哥。

直到那天，嫂子楓無力地耷拉在我辦公室門口，她像一朵枯萎的雞冠花，臉色黑沉、氣血瘀積，與春節時見著的模樣大不一樣。一陣小小的混亂之後，我慌張地從報紙堆中掙脫出來抓住嫂子楓的手，她的眼淚順勢而下。我心想，三哥的糗事最終被她發現了。

她的情緒很難平靜下來，我只能選擇茶室的包廂。我輕撫她的肩很久，她也只是抽抽噎噎地掉眼淚，眼睛腫得像桃子。如果她不先開口，我是斷然不會主動交代三哥的種種。說到底，我們姑嫂之間的關係並非特別地水乳相融。——我只能觀望，不清楚她到底受了多少傷害。她兩手攪在一起，很用盡，關節處變得通紅，看得出，她憤怒而怨恨，只是苦於不知如何表達。她的眼神最後落到我臉上，由最初的無助漸漸轉化為痛苦地發洩，她像只即將要崩潰的母獅，孤苦絕望地瞪著我。我能說什麼？——我惶惑起來。

　　嫂子楓哀嚎一聲，哆嗦著從坤包裏取出一本病歷卡和化驗單，病歷卡上的名字並不是她，寫的是李鳳，化驗單的結果嚇我一跳：尖銳濕疣——這是種性病，依靠性生活傳播的疾病。我疑惑地看著嫂子楓時，她的眼淚呈滂沱之狀，大把大把地潑灑下來。我明白了幾分，李鳳就是嫂子楓，這是她的化驗單，她的性病是由三哥傳播，三哥背著她幹了難以想像的媾和之事。嫂子楓抽泣著終於放聲罵出來：「殺千刀，我要宰了他！他不知道我的陰部長了多少菜花一樣的疹子，今天一個，明天五個，後天就是十個，蘑菇一般瘋長，它們糜爛、滲液、整個兒蓋住了我的陰道……護士用斜眼看我：『什麼病？自己做的事情還不清楚？』天哪！她們就把我當成婊子在說話。還有那個流氓醫生，戴上塑料手套豎起中指我身體裏面搗騰——我好像就是婊子了，任由他們在欺凌——這一切都是他——這個混蛋、畜牲帶給我的！我恨不得殺了他！立即！馬上！」

　　我跌坐在沙發中，半天說不上一個字。聯想起三哥最近的反常，十有八九，是和那博友沁爐的事了。天下哪有免費的午餐？什麼了一個心結？什麼純情少女？什麼詩意的完美？全是假的！這更像是一場有預謀的計劃——悚然間我渾身起了寒顫，這樣的情節太像日本作家渡邊淳一筆下的人物冰見子製造出來的，她得了梅毒，不想孤獨地死

去，於是和很多人做愛，讓他們將這種血液病傳給他們的妻子和情人……天哪！這個沁爐太可鄙了，她為什麼千里迢迢雪花一般飄到汀州，單單選中了三哥？！

我拉開茶室的窗簾，刺目的光線如同無數根銀針在強行插到嫂子楓和我的心上。彷彿還有把尖刀，呼嘯而來，在對準我的心臟轉動——我拚足全力趕到市立醫院婦科，我把我全身脫得光光的，我含著羞恥的眼淚懇求醫生將我徹徹底底檢查一下。

醫生溫和地對我說：「一切正常。」我全身癱軟，在沙發上匍匐了很久。——我掏出手機，將廖總和其他一些男人的號碼全部刪去，我嗚咽著對自己說：「從現在開始，好好過一個女人的正常日子。」

從醫院回來的路上，我才知道夏天正在臨近。沿街的河裏泛著惡臭的味道，蚊蟲振翅飛著，天空一角黑漆漆的，隨時都要打雷下雨。這趁人不備的季節給多少無辜的人傳去了疾病？我仍為嫂子楓的事情憤憤不平著。

10

三哥小時候喜歡鬥魚。家裏的腐乳瓶、醬瓜瓶一個一個變成了魚的房子。他會相魚，池塘裏隨便逮到一條魚，他看長相就知道它是否武藝高強。於是興匆匆和村上其他小孩鬥魚，不過十分鐘，他的魚惡狠狠地將其他魚的魚鰓咬住，然後左拉西扯地啃噬。一副凶險的樣子。我總懷疑三哥是將自己隱性的價值理想寄託到了魚的身上，生活中他文謅謅，喜歡看書，偶爾會使壞，越長大他的心機藏得越深，可不管怎樣，有一扇窗他始終向我打開著。

這回，他緊閉了他的時間與世界。他沒有發瘋，而以一種頹廢又激越的熱情投入了創作。在閣樓中他寫狂草，飛沙走石、風雨蓬勃，似

乎多年鬱積於胸的沉悶和憋屈找到了釋放的突破口。他和嫂子楓分居了，目的是為了各自更好地進行身體上的治療。嫂子楓並沒有將他千刀萬剮，她的憤怒是暫時性的，這與她的語言表達很矛盾，我看得出，嫂子楓其實很貪戀她和三哥的性事，尤其是三哥在以顛覆性地面貌一次性地投入夫妻性事時，他誠懇、內疚、任性而才華橫溢，他發揮了最佳狀態，如同飽蘸筆墨後的一氣呵成，瀟灑靈動中透出力量的堅硬。

嫂子楓說：「啊！那一個夜晚，有一道奇異的波光在我身體最深邃的地方閃現，接下來帶給我的前所未有的酥麻和震顫。這殺千刀的！他居然學會了！他跟那些最下作的人學會了！」

第二天凌晨醒來，他們看著對方的眼睛，又來了一次，效果跟第一次一樣好，整個春節，他們不用上班，也不用考慮這考慮那，他們把姪子送到嫂子娘家，然後以最大熱情投入了夫妻功課中，相互研究探討並付諸於實踐，短短一周他們體驗了結婚十年來從未感受過的性快樂。這是個極樂殿堂，身處其間他們雙方都感受到了無拘無束的快樂，這種快樂就像是世上最小的飛鳥──蜂鳥──在最龐大的瀑布之下歌唱。

「哪一個夜晚？」──我問嫂子楓，說話吞吞吐吐。

「那個夜晚，」嫂子楓接得很乾脆，忽然語氣中延伸出了嗔怪和責備之苦澀。「──你和你三哥參加文聯舉辦年終聯歡會的夜晚。」

我想起來了，那個夜晚，三哥聯歡會尚未結束就開溜了，他和一夥人喝得酩酊大醉，他像在唱崑曲，文辭優美，「花開一半，柳岸輕拂──我可以抱個美人歸──」。他成了拿著摺扇的巾生，一步三回頭，月色迷濛，桃花窸窸落了一地。三哥的唱腔呀咿呀婉轉，在那場折子戲中他竟演繹得情深綿綿、出神入化。

我站在鏡子前，我看見自己的眼睛，雙眼皮、睫毛長而濃黑，有些許眼袋，乍看有垂著一簾幽夢的不真實感。三哥的眼睛也有這樣的

特徵，這是我們兄妹倆最相似的地方——喜歡把清醒的夢和迷離的真實糾纏在一起。

我沒有追問下去，我也不知道我到底想詢問什麼，那個夜晚，是我幫三哥在撒謊，他去了燈紅酒綠的地方，聽得出，那兒男女調笑聲一片，其中不乏淫聲浪語。他帶著生活中最尖銳的失意而去，在令人窒息的晚上，他痛苦而快樂地受用了最廉價的性的幻想和真實。

哪個更值得，是廉價的幸福還是昂貴的痛苦？這是三哥最崇拜的作家陀思妥耶夫斯基的一句話，現在他拿來把它當成子彈就地槍決了自己。沒想到在面臨極致的災難前他嚐到了生活的甜頭。

嫂子楓的身體在恢復之中，每天她用藥水清洗下身，並在陰部塗上膏藥。她臉部的紅潤像天上的雲霞漸漸被找回了。隔三岔五去醫院複檢，仍舊是那個流氓醫生為她治療，她不再咬牙切齒地痛罵，她擺正裸著的下半部身體，端莊落座，表明她是良家婦女，這次患病完全是不潔行為引發的意外，說明不了任何問題。解除了這一切外在的心理負擔後，她的意念突然全部集中到流氓醫生帶著塑料手套的中指上，她揣著氣激動地說：「文平，我就把它當作是你三哥！是，我就這樣想！否則我還能怎樣？呆坐著自取其辱嗎？」

我瞠目結舌。嫂子楓的邏輯也似乎並沒有偏差。六月的天氣，我很渴望下一場雪，白茫茫一片，讓房子的輪廓全都不見。

11

三哥關博關機，一心一意寫起書法。據說要參加全國書法作品展，三哥已經四十五歲，他要申報高級職稱，這是個硬條件。這事文化館的沈館長跟我提起過也有幾次了，別浪著光陰了，有才華的人總要亮亮相啦！這話聽上去有種尖酸刻薄之意，卻也是實在話，職稱上

去了才能解決些實際問題。我只能旁敲側擊，三哥並不上心，這次他完全改變了態勢，不出門，不與外界發生任何聯繫，只是悶頭寫。

我卻有了一種莫可名狀的心緒，它飄忽不定，像一陣掠身而去的風沒有任何重量。我決心去關注沁爐的博客，如果她真的像我推想的那番居心叵測，她肯定會從此在網絡上消失得無影無蹤。我搜索，輸入關鍵詞，沁爐。很快，名字跳出來，博客上的她會寫詩，寫得感覺還不錯，她貼著她大展廚藝的照片，菜肴每盆都顯得精緻地道。她繫著圍兜，十分溫婉賢淑。再往下翻，就是她在新居和老公溫馨的生活照。小女人笑靨如花，骨感細膩，她依偎在老公懷抱裏，很自足的一副家居狀態。

我開始懷疑三哥與她的故事了。純屬虛構？三哥自編自導的一場白日夢？還是證明她是個能在現實網絡中瞞天過海穿梭自如的小魔女？

我揉了揉盯著電腦屏幕很久的眼睛，不勝悲哀。

凌晨一點，實在太睏了，我倒頭便睡。我沒有夢見下大雪，卻夢見了三哥家死去的那條不停騰躍衝刺的錦鯉魚。三哥說，它臨水自照，像古希臘神話中的美少年那喀索斯，愛上了自己，也因此付出了生命的代價。錦鯉魚在我的夢中左突右奔，尾部甩出弧線，它故意在引逗我，它說，來呢！來呢！我渴望又害怕著，人魚之歡，誰聽說過呢？我只看見過一位作家在描寫他少年期荷爾蒙騷動時，將精液直接射進魚的嘴巴。啊！錦鯉魚游過來了，姿態桀驁，它乾脆騎上我的身體，狠命穿越。我驚醒了，我恥骨周圍的肌肉竟然酸軟無力，月光慘白，我什麼話也說不出。一場令人恥辱的、荒唐的、充滿詭魅色彩的夢。

中午，汀城仍是陰霾一片。陳汗老婆竟把電話打到我單位，她哭哭啼啼，說原想找我三哥幫忙的，哪知道他手機關機，怎麼也聯繫不

了，情急之下，只能找我。她說是陳汗從家裏小弄堂出來，不知怎麼就被人不分青紅皂白打了一通，打的人跑了，獨剩他橫躺在地上，腦門上都是血，耳朵嗡嗡嗡亂響。她本身就生病臥床休息，哪有力氣再陪他上醫院？

二話沒說我趕到陳汗家。他靠在門檻上哼哼唧唧，果真，腦殼上被劃了道口子，血還不停往外湧。到醫院緊急包扎後，我說去公安局報案，他拉住了我，支支吾吾忙說算了算了。我笑了，說：「難道是腎源膠囊賣得太好了，男人都在外頭用功，不肯回家，所以他們老婆雇了殺手來整你？」他像個不斷冒出濃汁的南瓜呼哧呼哧喘著粗氣，說：「有可能，有可能。」他的眼睫毛爛灰灰的，像假的，彷彿雨水一沖就要掉下來。他長嘆了一口氣，說，「文平，我是認命了。報了案又怎樣呢？我是小人物，老天爺不會為我說話的，多一事不如少一事。我還是等養好傷多考慮做些實在的事情吧！」

我點點頭，取了三千元現金借給陳汗。他頸脖裏的肉鬆弛著，也真搞不懂，他的生活貧苦而勞碌，怎麼還會一個勁胖發胖？送他到家門口時，我很厚實地擁抱了他一下，感覺眼窩處酸酸的。

12

三哥從閣樓的書房中走出時，顯得頭長額寬，鬍鬚飄揚，很像一隻亢奮過度不停在羊圈裏抖動的山羊。閣樓上有他栽培的月季花，開得嬌艷欲滴，他湊上去滿懷心事地嗅了嗅，恰好日光偏西，他的側影映照在牆上，十分鮮明完整，連鬍鬚的抖動也纖毫畢現。他看著自己的影子，忽然啪嗒啪嗒掉了幾顆熱淚，很快，又擦乾了。他終於給嫂子楓打了電話，他說：「老婆，我太餓了，我好像幾年沒吃東西了，餓得腸胃都黏在一起了，你能不能回家給你老公做頓飯？」

如同熱水瓶的塞子被找著一樣，嫂子楓趕緊把熱氣捂在她這個暖水瓶膽裏，不讓它一絲一毫地溜走。她油鹽醋醬燒了滿滿一桌菜肴，吃飯前她打電話叫了我——她是想澄清一些什麼。剛開始她知道她男人有不軌行為後反應是很極端的，她揚言說要麼離婚要麼她會煤氣自殺，結果——什麼也沒有發生，她還是像一籠熱氣騰騰的南方大包迎面撲到了男人懷裏。她不讓我插手家務活，跟我說話的腔調也有些做作了，她說：「文平，你一天忙到晚，歇歇，歇歇。這點小事難道我還搞不定？」

三哥和我分別坐在魚缸的兩側。隔著玻璃看我的三哥，他變化還真大，說不出來的感覺，怪異、淒楚，消瘦中又燃燒著烙鐵一樣的激情，很像一隻從山林裏振翅飛出的山雞，插著五色羽毛，喉嚨時不時發出「咯一克一咯」的聲響。他說：「文平，我感覺我的草書大有長進，還真有點張旭的神虯騰霄。」「嗯」，我心不在焉接了一聲，隨即不滿地咕嚕了一句：「怎麼老是這一條錦鯉魚，也不給它找個伴？你瞧它有氣無力，多孤單呀！」

三哥說：「這個星期空了就去，文平吩咐的事情哪能怠慢？」他的喉嚨又在「咯一克一咯」了，臉嗆得通紅。「怎麼回事呀？」我仍舊在埋怨，「你好像得了肺炎？」三哥咳得更厲害了，他連聲說：「怎麼可能呢？就是嗆著了，不礙事！」

我沒有再爭論下去，閣樓上的燈呈幽藍冷色，像湖水的感覺。

我有點眩暈，那條錦鯉魚游得懶懶的，又似乎很享受水的冷澈。它的右眼瞎了，被灰白色棉絮狀的物體遮蓋著。再細細看，我更吃驚了，它周身長滿了柔軟的白毛，背部的肌肉在腐爛。病菌，這魚缸裏到處都是病菌，它終於不可避免被傳染上了。

那個晚上，就像別的丈夫一樣，三哥回到了嫂子楓的身體旁邊。他伸出手，關上檯燈，沉沉黑夜中他們窸窸窣窣解開對方的衣服。嫂

子楓緩慢深長地吸了口氣，命令道：「今天玩警察抓小偷的遊戲，你是小偷，一切服從！」

半夜裏，三哥好像聽到了「啪嗒」一下什麼東西被擊碎的聲音，他的身體也隨之抖動了下。還沒容他細想，嫂子楓將手臂纏繞到他的腰際，他又迷迷糊糊睡去了。

第二天，三哥到閣樓上一看，發現那僅剩的一條錦鯉魚直直地躺倒在地板上，一動不動，死了。它要憑藉多大的力量才能躍出魚缸呀！現在好了——真正成了一條枯魚。三哥半蹲著身體，不禁輕聲嘆息起來。

2010年4月2日定稿

婆娑一院香

婆娑一院香

1

夜色是多麼迷人呀！那是一九六五年的夜色。我嗅著夜色中的
蠶豆花香，彷彿嗅著母親納鞋底時噴出的鼻息一般舒坦。船整整行進
了一個月，現在終於停歇了，它停歇在馬家水渠——我的家，我的村
莊，它四面環水，猶如一隻菱桶起伏蕩漾著，我們一生都可以在菱桶
中做夢。

我躺在棺木裏。我並不是佯裝死人。一個月前，一枚炸彈呼嘯著
直落下來時，我緊張地閉上了眼睛，結果我的半截臉龐和身體被炸得
血肉模糊。在我沒有完全喪失意識之前，我看見空中有孤鷹盤旋，在
遠處藍色的天際線上，我發現了越南橋頭鎮陰森森一片倒塌的殘磚，
那兒彈坑累累，濃煙黑沉沉地仍在升起，人影一個不見。

後來，我就沒有醒過來，我好像沉入了一場夢。他們並沒有把
我埋入越南的土地。首場戰役一共犧牲了五個人，領導指示要保存好
遺體，運送回各自的家鄉。於是，我被他們洗澡、剃頭、整容、整著
裝、換上新軍服、改上新被子。整個過程中，我記憶最清晰的是，我
的半截肺呀胃呀肝呀膀胱呀被他們強行取出，然後塞入了一團又一團
的棉花，棉花濕嗒嗒的，好像吸入了許多刺鼻的藥水。

就這樣，我踏上了回家的路途，這是多麼遙遠呀！去時我們坐的
是火車，我們經過江西穿過湖南又踏上貴州進入雲南，在昆明軍區，
我頭一回碰到如此壯觀的場面：長號、短號、圓鼓、鮮花、紅旗、

吶喊歡迎聲！頓時感覺起來了，這真是要上戰場了！現在，我靜悄悄地躺在漆黑棺木裏，聽到艄公的搖櫓聲，他們在船頭抽旱煙，啪嗒啪嗒，互相輪換著搖櫓，他們偶爾會談論到我，說：「可惜了呀，才二十三歲的小伙子，人高馬大的，怎麼擋得了炸彈的炮轟？」

我只是抿嘴輕微笑了一下，可惜，他們看不見。我只能做夢，我已經看見我家院子裏的蝴蝶在熟睡中撲騰著翅膀，猶豫著爬進我父母的房間，院子裏錯枝多節的月季花淌著蜂蜜等著我去幫它們收入瓶中。

船到馬家水渠河灣的時候，接應我的一連串的炮仗聲，接著是我母親的嚎哭聲。我的母親是一個小腳老太，身材矮小，現在她衝在人群最前面，哭得聲嘶力竭。我的父親默然跟在後面，他穿著深筒套鞋，上面沾滿了河泥雜草，他已經在水渠邊來回走了三個時辰。我的雙胞胎兄弟阿誠，落在隊伍最後，他污漬的臉上淌滿汗珠，他的軍服還沒脫下，看得出他急匆匆剛從部隊趕回吊唁。去年我和他一起應徵入伍，只不過他是工程兵，而我到了高射炮部隊。

棺木由我四個堂兄抬到岸上，我個兒高，一米八二，加上肌肉僵硬，更顯得死沉死沉。他們趔趄著，在爛滑的河埠上行走時 差點摔一跤，也差點把我從棺木裏摔出來。借著馬燈，我兄弟阿誠將棺材板掀開了一條縫，一股刺鼻的味兒直衝他的鼻尖，他瞅見一面鮮紅的軍旗——為國捐軀，他肯定是想，我兄弟是為國捐軀的英雄，好樣的！我怎麼能這樣兒女情長呢？眼看著母親蓬頭散髮撲過來的模樣，他果斷地做了個決定，棺木就放在院子泡桐樹下，不必抬見正屋，明早六點就安排正事。

結果，我的兄弟阿誠陪我在泡桐樹下說了一宿的話。風吹起來了，泡桐花唏哩簌嚕紛紛從枝條掉落下來，剛好落在我的棺木上，像鋪了一層花被子，香著呢！阿誠比我從娘胎裏早鑽出來幾分鐘，所以

他總是以兄長的口吻訓我，這回他噙著熱淚說：「阿順吶，你放心，爹娘我會照顧好，唉！只可惜紫菊姑娘沒福氣和你過日子了。」

　　紫菊姑娘，是的，我一直在夢中努力回憶起她粉撲撲的臉蛋。她住在大西宅，跟我們馬家水渠只隔一條河，夏天的時候我經常看見她坐在菱桶中採紅菱，她的辮子長得拖到臀部，幹活時她就將辮子塞到腰裏。我知道她喜歡我，我確實長得不差啊，相貌堂堂，孔武有力。去年年初，媒婆把她的照片送到我家裏時，我心裏也是一百個喜歡。都講好了，等明年年末，等我部隊回來，就完婚。那個夏天，我遠遠看見她在菱桶裏揮舞著手臂，那手臂肉嘟嘟的，特別像鮮藕，她意思是採完她就給我家送一籃子。哦，我應了，心裏美滋滋的，這姑娘明年年末就要成為我媳婦了，低頭犁地了一陣子，我突然發現紫菊不見了，只剩菱桶晃晃悠悠飄著。不好！我一頭扎進水裏，水涼颼颼的，竄進我的耳朵、鼻孔，我真的有種緊張感，河裏撲騰游了一圈，我的心懸到了半空。結果她從菱桶裏探出頭，咯咯咯笑個不停。小丫頭！我「撲通」趁機翻進菱桶，好笑嗎？來，看我收拾你！我擒住她的胳膊，我碰到了她溫軟的胸脯，那麼滾燙，濕淋淋的我一下子就被融化在熱浪中。在菱桶裏，我們做了一場清涼而灼熱的夏夢。

　　我看見一張臉一閃而過，如同一隻快速奔跑的兔子，紫菊把嘴唇堵到我嘴巴上說：「管他呢——」我知道那是住在紫菊姑娘隔壁的小裁縫，他鞍前馬後服侍，以為近水樓臺先得月，可總得不了姑娘的心，現在看到我倆的親暱勁，他恨得牙根癢癢。

　　第二天清晨，我仍在泡桐樹下做夢時，我的堂兄們蜂擁而上，這次是六個人抬的棺木。他們已經在馬家水渠的稻田中央選擇了一塊土地，並挖好了深坑。

　　眼看著棺木就要放入土中，我將墜入一片無邊的黑暗時，父親咆哮了，他死死地扒住棺材板，窮凶極惡，像一隻非洲草原上的獅子傷

感地哀嚎，他憤怒而絕望地尖叫著：「你們都瘋了？要把阿順推到泥土中，一世黑暗嗎？你們的良心都給狗吃了？他還沒成家，他需要的是寬敞的房子！和一個女人！」

大家茫然失措，不知道父親怎麼了。父親一躍而起，搶過鐵鏟，一陣蠻力，將四周的泥土填到深坑中。沒有人敢去搶他手中的農具，父親習武出身，會一些棍棒之術，臂力過人，現在又是在情緒失控中，誰敢阻攔？幾番周折，太陽也熱烘烘地變成一個沒有道理野性的犄角動物，亂闖，亂撞，亂發脾氣。村人們都有點吃不消了，汗滴滴答答淌下來，他們發現天空明亮的邊緣被粉碎成白色的煙霧，接著鬼魂一樣飄進遠處的樹林中。

在場有兩個年長的村幹部，他們與領導取得聯繫後，竟同意了父親的想法，給我一所房子。那就是把我的棺木放在平地上，然後以此為中心蓋了十平方米左右、二米高的磚房，有窗戶，但沒有門。至於還要有一個女人？那是父親在昏說亂話了！

傍晚時分，我的陰宅完工了。我還真的感謝我的父親呢！透過陰宅的窗戶，猶如透過一架望遠鏡，我能隱隱約約看見我家院子裏的泡桐樹，樹上有鴿子在撲動翅膀，它們頃刻間全都飛起來，在水渠上盤旋轉圈。

我也看見我的父親蹣跚地離開墓地，他掉轉過灰濛濛的臉望著我，姿態安然地舉起手揮了揮，然後離去。我的兄弟阿誠幾乎沒有什麼言語再跟我訴說，在他回部隊之前，他起早在我的墓地周圍種了大大小小一圈柏樹。

2

我寧靜而單純的墓地生活從此開始了。

我舒舒服服將我的手腳伸展開來，我用戰爭殘留給我的一隻耳朵凝神諦聽著戶外的風聲、雨聲、鳥啼聲和村人耕作時的閑談聲。光線的變化、四季的交替，我也都能通過這比巴掌大一點的窗戶感知到。我並沒有死去，我的肉體還在，這表明我還能思想，能感知我所熱愛的這塊土地上的一切生靈。青蛙在高聲歡叫著，它從土墩上一躍而起，像袋鼠一樣跳到窗戶上縱身再靠近我。它雙眼鼓出，好奇地瞧著我半截被紗布纏裹著的身體。陪伴我的還有一兩隻麻雀，它們嬉戲追逐著，單腳落在我的棺木板上，咄咄咄，啄兩下，這些小傢伙，可真夠讓人喜愛的！

　　村子上的人都知道，我躺著的這塊地方是風水寶地，是村幹部請風水先生連夜卜卦出來的，得水、藏風，這是個有生氣的陰宅。經書上講了，人死有氣，氣能感應，村人們都盼望我這個犧牲於他國戰場的英雄能庇護他們。

　　第二年清明，墓地上來了一群小學生，他們個個神情凝重，低垂著頭。有一個女老師正鏗鏘有力地演講著，她說：「同學們，這位烈士的名字叫馬永順，為了抗擊美帝國主義，幫助鄰國越南，保衛我們祖國邊境的領土，年僅二十三的他獻出了自己寶貴的生命，烈士們這種拋頭顱、灑熱血的千秋偉業將永遠載進史冊！而我們，也應該在窗明几淨的教室裏發奮圖強，來繼承、發揚這種革命精神！」

　　我聽見了一片啜泣聲，這些單純可愛的孩子個個落下了眼淚。我躺在棺木裏反而有些手足無措。其實，上戰場，我壓根兒沒有想到那麼多，有時就是為了過癮，那次我們集中火力瞄準的一架敵機中彈起火，飛機當即空中爆炸開花，一團火光後立馬消失。戰友們異口同聲喊：「打中了！打中了！打了『燒雞』慶『八一』！」有時我們也很後怕，那敵機在我們頭頂上方扔下一枚炸彈，誰都倒吸了一口冷氣，心想「完了」，沒想到飛彈有慣性，它在我們身後一千米左右的火車站爆

炸了。事後我跑去一看，乖乖！彈坑足足有一口魚塘大小的面積和深度。這就是戰爭，殘酷透頂，不是死就是活，哪有第三種選擇啊？

死神站在我們眼前，誰也逃脫不了！我們戴著葵帽，身上纏滿綠色樹枝，衣領上寫好自己的血型──我們無處可逃，只能是服從、面對和忍耐了。

學生隊伍最後站著個長辮子姑娘，她雙手掩著臉，哭得最傷心了，我費力挺起半截胸膛，掙扎著坐起來，我終於看清那是紫菊姑娘。平日裏她不敢單獨上我的墓地，這回準是悄悄跟著來的。幸虧，那一次在菱桶裏我忍住了下體的躁動，沒有徹底做壞事，否則我真要害了紫菊姑娘一生啊！她的唇，她的胸脯，至今想起我仍會眩暈，情欲厲害得要命，它在剎那間升騰於我的體內，我抵擋不住，只能伸出手自我安撫。

事到如今，我還有什麼好苛求呢？能夠回憶起她的柔軟氣息我就會心滿意足再次沉醉到夢中。我夢見她咬我的身體，口中滴著血，齒印留在我的肩膀，而我滿心歡喜地揉搓著她濃密烏黑的頭髮。

我願我的紫菊姑娘能好好嫁個男人，過她的美好生活。

日子是風，日子是雨，我耳朵最敏感的就是這兩種聲音了──老天爺呼嘯著，喘著氣要連根拔起什麼，一會兒是密集的雨點聲，劈頭蓋臉而下，蛙呀鳥呀人群呀都不見踪影了，獨剩孤零零的我在一片曠野中。天完全暗了下來，像塊裹屍布把一切包扎得嚴嚴實實。我可以逃過泥土下的黑暗，卻無法抗拒自然界的黑暗，我無論怎樣眨眼皮也瞧不見一絲光線。小時候我就是怕黑的人，這一點阿誠最清楚了，晚上撒尿我必定要叫醒他陪著我。如今，我只能硬著頭皮獨自承受。

幸好，阿誠在我墓地周圍載下的一圈柏樹瘋狂生長著，帶著一點凶猛恣肆的味道，它們拚命從土壤中吸收水分，它們的根相觸在一起，枝葉相互交纏覆蓋著，形成了遮天蔽日的陰涼世界。棺木下泥土

中也滋生出無數零亂、粗獷的雜草枝蔓，它們似乎在發洩著什麼情欲和不滿，合力向上拱著，我的棺木板被它們頂得開裂了，甚至有兩株樸樹穿透木板，從磚縫中昂然而出。

我嗅著樹葉的味道，我似乎把整個天空的地貌呼吸到嘴裏，清新、柔軟，又幽寂。我知道我在這靈柩裏一躺就躺了十年，外面發生了許多事情。我的兄弟阿誠早復員了，他娶了個女人，也生了對雙胞胎，我們家族中有這遺傳基因。聽說老二還有點像小時候的我，大眼睛，皮膚白嫩嫩的，我父親特別喜歡這孫子，他讓這三歲小囡在他手掌上練金雞獨立。父親托著小囡，一溜煙就轉到我的墓地上，他們鑽進柏樹林，撥開樸樹枝條，父親讓小囡從陰宅窗戶口伸進小手，拍我的棺木板，嘴裏還叨咕著教小孫子：「阿順叔叔，我們來看你，你看見了我們了嗎？」

我終於看見了老父親的模樣，他垂垂老矣，凹陷的眼眶像被炸彈襲轟出的土坑，頭髮稀疏，隨風飄零，也猶如戰敗後掛在樹枝上的破布條。他雙肩佝僂，似乎壓了千斤重擔。我多麼想喊他一聲父親，卻發不出聲，我只看到樸樹葉子上閃爍著無數白光，像團鬼火一樣要燒焦我的皮膚。

我的嫂子已經在水稻田邊帶著哭腔放聲大喊了，五分鐘前一個村人告訴她：「你那神經錯亂的公公又帶著你小兒子去墓地了，剛剛他還抓了一把雞屎往臉上抹，估計是早上忘記吃藥了。」

父親驚愕地站起身，神色淒惶，他慌慌張張扯了些樸樹葉，對小囡說：「喂你叔叔吃，他餓了，喂，趕快喂！」嫂子的叫喊聲越來越近，他抱著小囡像老鼠吱溜從柏樹的罅隙中竄出。

我感覺我身旁這圈柏樹越長越起勁了，那強有力的根蔓延到周圍的水稻田裏，肆無忌憚地膨脹著、推擠著，層層疊疊，帶著狂野的衝動向四面八方擴散。七月插秧季節，一提到要去墓地周圍的水稻田插

秧，村人們都面有難色，互相推託，他們並不是懼怕有我這個死人，我有什麼好害怕呢？甚至很多村民說棺材裏本來就是空空如也，哪有死人啊？一炮彈轟炸下去，哪還能見什麼人影？他們怕的是——一把秧插下去，他們的手指會碰觸到很多強勁旺盛圓柱形的東西，大小粗細不等，它們蠻勁十足，堅硬，上有銳利尖角凸生，一不當心，就會把村人的手指弄破劃傷。

村人們紛紛懷疑那些東西簡直就是某種怪物的手指，多而雜亂，荒誕有力。

我打了個盹，對他們的說法不置可否。今早光線照射到我眼睛上時，我感覺到有種絢麗的色彩在跳耀，我揉了揉眼睛，我看見她了，紫菊！她牽著兩個孩子的手在田埂邊散步，她的背影還是那麼樸素、優雅，一個孩子嚷著要她抱，她彎下腰，她的身材一點也沒變，根本不像生了兩個孩子的母親。我知道，小裁縫終於如願以償娶了她，他屁顛屁顛地把新做好的衣裳往她身上套，她溫順地接受著，解開鈕扣，露出雪白乳房，小裁縫將自己的頭埋在她山峰中間，她沒有尖叫，嚥了口水，喉嚨裏發出低低的「嗯」聲。

小裁縫手指細長，精瘦的身板還是能使出一點蠻勁的。他幹活很吃香，十裏開外的紅白喜事都用得著他。他揮舞著剪刀，在縫紉機上踩踏出「歌得歌得」的聲響時，顯得特別自足。

當所有的呼吸逐漸減弱歸於平靜的時候，我摸到了臉頰上的一滴淚，我居然還能流淚？而且淚水是那麼清澈晶瑩。

3

很長一段時間裏，父親尋思著怎樣讓自己能飛起來的問題。他砍了許多枝條，長短粗細各色都有，藉助刀啊斧啊他又是纏又是

繞，結果還真編成了翅膀一樣的東西。他將它們捆縛在自己的胳膊上，我的母親雙眼已經瞎了，並不清楚他在搗鼓些什麼，只聽見父親呼哧呼哧的喘氣聲，他累得氣喘吁吁，像是自己在擒拿自己的靈魂。頭幾次，父親很不滿意自己的作品，他發狠一樣又將它們全部卸下，拿起斧子砍成碎末，他像張飛一樣怒目圓睜，很快他知道這樣的憤怒和發洩無濟於事，他變成委屈的孩子一屁股坐在地上，哭得很傷心。

隔幾天他又重新開始他的飛翔計劃。他到我的墓地砍摘藤蔓和枝條，光影像水面上的漣漪在他臉上蕩漾開來，他看上去是多麼瘦削、憔悴啊！我深情地凝望著他，突然明白了他要飛翔這個倔強念頭裏的全部浪漫了。「哦，哦！」父親的喉頸裏發出呆鵝搖擺走路時慣有的聲音，他很少自言自語，我倒寧願他能多說些話，說給他一個人聽，也說給我聽。

父親年輕時候的個頭比我還高，接近一米九，可我的母親卻是全村最矮的小腳女人。起初父親對他的婚姻一點也不滿意，他要彎下很大一截才能親到他的老婆，母親的臉像個核桃，他啃著極不舒服。小腳女人也有蠻勁，腿一蹬，把他的小腿肚踢得烏紫。他齜牙咧嘴，又不好展開拳腳，翻來覆去折騰——他們之間幾乎沒有什麼溫存的語言。好幾年，母親的肚子一直癟癟的，父親更加神出鬼沒了，他從後窗跳出，一頭扎進水裏，等到母親追出來的時候，只看見河面泛著一圈圈水泡。母親也不是省油的燈，施了妖術，只要父親回家，就抓緊時間纏著他要她，她要的方式很離奇古怪，村人們講起這事嘴巴都會笑歪。在他們婚後的第三個年頭，母親終於懷孕了，而且一懷就是二個！

當我和阿城蜷曲著身體從羊水裏鑽出，以一臉皺巴巴的樣子面對父親時，他喘著氣，小心翼翼地接過我們兄弟倆，他的身體如同風箱

鼓出巨大的熱量，把我們烘烤得像個燙手的紅薯。有了孩子的父親，改變了不少，他把自己變成青蛙呱呱亂叫逗著一對雙胞胎玩耍，他學狗、學馬，學各種動物的樣子，樂此不疲。但不久小腳女人發現，他仍被某種倒置的感覺折磨著，有一些不可思議的細節證明他活在恐懼中！他在蚊帳裏醒來，大汗淋漓……隆冬半夜，他將自己下半身浸到馬家水渠的河中，他故意要凍壞他的命根子嗎？母親趴在被單上嗚嗚哭泣，始終弄不清楚自己嫁了個什麼樣的男人。

　　搞不清楚。真搞不清楚，父親時而會有歇斯底里的衝動，時而又沉默寡言一個月可以不說一句話。他就這樣捏緊了拳頭在田地裏轉悠了幾十年。而我的死亡事件，從某種程度上講是個重磅炸彈，炸得他游離了眼前真實的世界，淚水從他的眼睛裏湧出來，積聚在他的鬍髭裏。他伸出手去擦，淚水化成了微細的霧一般的蒸氣。他看上去像一頭在外邊飽經風霜的小狗的面孔。

　　如今，父親很有戰績，他終於把藤蔓狀翅膀成功綁縛在自己身上，他彷彿一隻巨大的黑蝙蝠，凌厲、陰鷙，又顯得無比孤獨與高貴。他選定了一條水流急速的運河。他站在十米高的橋墩上，張開雙臂，不，張開他的翅膀，他舉目瞭望，我的墓地就在他視線範圍內，我們的目光短時間內相碰了！

　　父親雙頰緋紅，目光灼灼，嘴巴裏冒出一長串強有力的語言：「操──幹你娘──」全是有關乎生殖器旺盛生命力的俚語。此時的天空看上去格外色彩斑斕，像一片赤裸裸的猩紅色，迎接著父親遲來的英雄情欲。一群奇異的鳥飛過來了，它們來回交叉呈螺旋狀大幅度繞著圈兒盤桓，顯然，它們在誘惑父親！

　　剎那間，父親凌空飛起，將藤蔓狀翅膀有力地扇動了三兩下，便墜入了湍急的河水之中，淹死了。

4

父親死後的第八個年頭，城裏來了幾個幹部，他們背著黑色皮包，從中摳出一疊資料，坐在我瞎眼母親邊上詢問了很多問題。譬如說，一九四五年的時候他在忙些什麼？那時他是不是經常不見踪影？我的瞎眼母親如實彙報，她說：「是啊，我們結婚不久，他整天不呆在家裏，半夜還會翻圍牆出去，好像接應什麼人一樣，神神道道，跟他說兩句，他眼一瞪，說，女人家明白些什麼！」

幹部翻出了一張紙，遞給我的兄弟阿誠看，是內部文件。中央的一個領導人物回憶當年解放戰爭打到江蘇這片時，戰友馬千里在槍林彈雨中鼎立救了他的命，可後來一直不見馬千里的踪影。他去了哪裏？

馬千里就是我的父親，他能日行千里，很顯然，他回到馬家水渠，老婆孩子熱坑頭，他就再也沒有回部隊，也隻字未提他所從事過的革命事業。

逃兵？父親是新四軍逃兵？阿誠臉上不爽起來，幹部馬上讀懂了阿誠的表情，說：「別誤會，我們這次來的主要任務是核實馬千里新四軍的事實，政委也老了，一直在懷舊，找不到他的救命恩人他於心不安。」

瞎眼母親哭了，死老頭子，一生都沒跟她說真話，不知道他腦海裏裝些什麼？最後瘋了十幾年，也搞不清是真瘋還是假瘋。瞎眼母親又聯想到躺在墓穴中的我，不禁悲從中來，嚶嚶哭了個沒完。

幹部走了，從來不抽煙的阿誠撿起桌上半截香煙燃了起來。他根本不會抽，一口煙下去就把自己嗆得滿面通紅。他沒有經歷真正的戰爭，沒有體會在子彈炮彈呼嘯的密縫中撒腿奔跑的場面。他覺得自

已枉做軍人了。他站起身，扶起瞎眼母親上床安歇，他心裏還是堵得慌，夜色朦朧，他向曠野中的墓穴張望，看不出，霧太濃，什麼也看不清楚。

我以為阿誠會來找我，像父親一樣，有事沒事，把我當成一個實實在在的人，說說話，敘敘情。我們畢竟是雙胞胎，許多地方都能感應，比如說疼痛和憂愁、疾病與不幸。小時候有一次我被大石頭磕破了頭，躺在地上哇哇大哭，他正在教室讀書，也感覺頭顱受到重重一擊，失聲大叫起來——我們的疼痛重合在一個點，連我們的父母都驚訝不已。我們的外形卻懸殊很大，他身材不高，才一米七出頭一點，小鼻小眼，還有點女氣。那一年我們一起應徵入伍，我和他玩了個硬幣遊戲，我向上一拋，取了個正面，結果我去了高射炮部隊，他要的是反面，他也只能取反面了，他只能當他的工程兵去了。

阿誠沒有來找我，自從炸彈搗毀了我的半個臉龐和身軀後，我們同胞兄弟之間的感應也在一點一點地消失殆盡。我一日日指望著他能來看看我，我還健在，我的身軀，我的骨骼，一點都沒變。我能嗅到自家院子裏不斷向外溢出的泡桐香味，它也彷彿知道我的渴望，在孤獨而寬闊的田野裏撒腿狂奔著。——我的土地，我的親人！我張開心肺全力呼吸著，我念想著一串串淺紫色的泡桐花微微搖曳的樣子，在陽光明媚的下午，經常會出現五六隻蝴蝶同時採蜜的情景。我在陰宅裏的語調也變成柔和而追懷式的——我沒有被毀滅掉！我需要散漫地交談，阿誠，來，來這兒，讓我繼續和你一起體味生死帶來的狂歡與落寞。

可是，復員後的阿誠一直悶悶不樂。他煞費苦心，折騰了很久，他想去供銷社當個掌管布票肉票的主任，這樣的願望本身就很空，最後自然落空了。後來他想去國營單位保衛部，但可憐的是這個念頭也被斷絕了，人家嫌他個頭小。

「我兄弟是烈士。」他怯生生的，不好意思以此為由頭來訴說些什麼。說出來指不定還被人笑話，自己當了兵，一事無成，他覺得還不如像兄弟一樣成個烈士有個英名實在！況且還有一大群人在計較，風光全被你們家占去啦！──當年那麼熱鬧的排場迎接遺體，所選的陰宅又是風水寶地，每年還享受國家的撫恤待遇，你們還想期待國家給你們什麼？

他病了一年。灰撲撲的臉，藏在蓬亂的頭髮下，看起來一點也沒有先前當過軍人的精氣神。恢復健康後，只能老老實實在家種地了，刨地，對，刨地。幸虧阿誠的老婆也是莊稼人，夫妻合力，幾畝地種得麥子是麥子，稻穗是稻穗，一到豐收季節忙得應接不暇。我們的瞎眼母親坐在院子裏趕雞，院子裏曬著稻穀。母親舉著木棒，嘴巴砸吧著「去！去！」聲，母親不僅眼睛瞎了，牙齒也全都落光了，發出的是「噓！噓！」聲，隔壁家的小孩又開雙腿撒尿了，小雞雞裏射出的尿液全都澆在稻穀上。

阿誠偶爾會在黑夜裏出行，那是他在醉酒之後。他喝了七八碗米酒，腳步踉蹌，他在漆黑的夜裏高聲說話。他站定在一棵大樹面前，厲聲訓斥：「你的背包不整齊！這事我說過你多少次了！軍有軍規，這兒的一切秩序你必須嚴格遵守！」他伸出手掌想要狠狠揍假像中的士兵的時候，發現自己身體抖得要命，篩糠似的，一點也收不住地樣子。他恐懼得哀嚎，嚎他老婆的名字，那一瞬間，他明白他是虛弱的，虛弱得就像只螞蟻，有隨時被人踩死的危險。

阿誠也許憎恨著父親。我說不上來，這種感覺太微妙了，或許是因為對我的偏袒，父親顯得總是一碗水端不平的樣子，他毫不掩飾對我的讚美，他說：「我這小兒子，心地寬厚，長得又神氣，將來肯定能成一番事業。」父親朗聲誇耀著，在院子裏走來走去，像一個演員背著他的臺詞。他的發瘋，更加證實了他對我的愛非言語能形容──

阿誠還在嫉妒，他的氣量變得越來越小，他一動不動，默默無言坐在泡桐樹下，以一種空虛、古怪的狀態凝視著天空。

自從父親去世後，我體會到了真正的孤獨，這世上已沒有人惦念我的存在，我只能自得其樂，我看見我的陰宅水泥牆上綴滿了熠熠生輝的晨露。雲雀四處驚飛，野薔薇花鋪展開一大片，一隻瓢蟲在稀薄的日光中愜意地爬著。

5

一隻戴勝鳥戴著美麗的皇冠掠過我的墓地，蕩著回音。我醒來，剛剛醒來，晨霧瀰漫著柏樹林，我陶醉在這片土地。我甚至想，假如我還能坐起身，幹活，拿起鐵鏟幹活，我會把這裏建設成世外桃源，紫菊在澆花，而我在幹什麼呢——翻地？騎馬？陪兒子玩彈弓？什麼都成。如果有這一切該有多好！

我只能瞎想想罷了！還別說，透過小窗戶我看見紫菊了，她提著籃子在摘蠶豆，怎麼？她走起路來一拐一拐的，她的腿瘸了！我的腦袋一下子被炸得轟轟響，平白無故，腿怎麼瘸了呢？我焦慮得四肢抖動起來，我都聽見我骨頭裏發出喀喇喀喇的聲響，我卻根本無法掀開棺材蓋板直挺挺走出陰宅！

我只能躺著，竭盡全力張望著，憑藉視覺和聽覺來全力搜捕有關紫菊的信息。

原來，是她的裁縫老公昏了頭腦。

小裁縫現在財大氣粗，成了服裝公司的董事長，他再也不是當初瘦里吧唧的猴樣了，整個型都換了。他腆著滾圓的肚子，掛著雙下巴，成了一隻北極白熊，走起路來左右喘個不停。當然，他不用走太多路，有專職司機給他開一輛鋥亮的奧迪車。去年過年，他帶了個薄

嘴唇大屁股年輕女人回家，女人的肚子和他的相差無幾，一看就是被小裁縫搞大的。

紫菊哭訴爭辯了幾句，小裁縫甩出一句冷冰冰的話：「別裝模作樣了！當初和你的第一夜，都沒看見你下體的血！」紫菊懵掉了，她自己也想不通為什麼會沒有血？那的的確確是她的處女夜，怎麼會沒有血？真是跳到黃河也洗不清了。小裁縫還在譏誚：「你以前不是有個人高馬大的未婚夫嗎？——哼，烈士！你的血肯定出給他了！」

紫菊踩著腳經過柴房時，看見了一瓶敵敵畏，順手就往嘴巴裏倒，咕嚕咕嚕幾口下去，搶救雖然還算及時，卻落下了一條瘸腿的後果。

紫菊低低地哭，這筆帳清算得很離譜，她的兩個孩子都快十七八歲了，她的丈夫卻在若干年前的細節上糾纏不休。她一定想到了我——清秀的臉上掛著淚水陷入了短暫的回憶中。天地良心！那次，我拱了她的胸脯，柔軟的水蜜桃充滿汁液的胸脯；我也吻了她的唇，菱角一樣的櫻唇飄著芳香。我們僅此而已，菱桶在晃蕩，我們幸福地相擁在一起，就覺得是在蕩漾起伏的菱桶中做著一生的美夢。

我沒真正碰她！她像一具精美的瓷器我還捨不得碰她！我想等到我們的新婚之夜碰她！可是，十有八九的人都認為是我先佔有了她。她沒有按照常規將新婚的床單染紅，這事太蹊蹺了——紫菊認為，這是老天爺對她的懲罰，故意偷偷地讓她的處女膜在自己完成不知情的情況下破裂了，或許是她在打柴過程中用力過猛，或許是從山上快跑下來時摔了一跤，總之有多種可能的原因。現在他們都把這歸罪於我，還認為我有點始亂終棄的味道。

紫菊抽搐著，在醫院洗胃時她屈辱地掙扎，她但求用死來證明自己的清白，然而證明了又怎樣呢？醫院的牆壁上方爬過一隻壁虎，三角形腦袋，警覺地窺視著她。面對那只小心翼翼爬行的壁虎，她「啊

——啊——啊——」地哀嚎起來。壁虎怔住了，它不知道這個女人內心藏著多少憂傷。她與它對視，雙手緊緊抓住不鏽鋼床欄，兩頰往外鼓出憤怒的圓球。白熾日光燈卻射出幽冷的光芒，一幅漠不關心的樣子——時間錯位了！她大叫一聲猛然結束了自己的哀嚎，如同結束了自己所有的痛苦和不幸。

她成了陰沉緘默的婦人，帶著與眾不同的灰暗面色，不愛說話，一日三次到田邊繞圈，採摘瓜果或農作物。

我茫然不知所措。我忽然發現，外面的世界開始變得奇怪和陌生，田裏很難見得著青壯年，他們不屑於幹農活，一個個忙得很，有的圍湖養蟹養蝦，有的在廠裏跑業務推銷產品，還有一大批幹部忙著開會順便搞搞女人。

我不會始亂終棄，說實話，如果我不上戰場，如果我沒有成為炮彈對準的目標，我會把紫菊捧在手心、含在嘴裏，讓她好好享受做女人的樂趣。可是說這些有什麼用呢？我的思維已經跟不上繁複多變的時代了，在這天光尚亮的冬夜，我不想再去多考慮什麼。繁星遍布的天空顯得多麼遼闊，延伸得又如此遙遠，天穹也似乎被分割和拆成獨立的一塊塊，我聽見烏鴉的叫聲，「呀——呀——」蒼涼而淒厲，我想念我的老父親了，很遺憾，在陰間，我們父子從來沒有相見過。

我躺在我的陰宅裏，眼睛穿過柏樹林、樸樹群漫遊，我看見夾竹桃在競相開放，麻雀噪雜的鳴叫著讓白雲變得心神不寧，風漸漸疲弱，我睡了又醒，醒了又睡，都分辨不清夢與現實。

我夢見滿地的彈殼，水溝裏到處飄溢著腥臭味，血水滴滴答答從罅隙裏流出，我走在一人深的野草間，內心充滿了恐懼。敵機在轟鳴，它越逼越近，我的雙腳卻被雜草絆住了腳，根本不能向前跨出半步——炸彈落在我頭頂上方，蘑菇一樣開花。我驚悸地伸出雙臂想抱住我的頭顱，我卻碰到了棺材板！

冷汗浸濕了我的衣服，我摸我的耳朵，我摸我的胳膊和腿，下意識裏我還摸了下我下體的那個玩意兒。它們說不上在，說不上不在，我覺得好像都無所謂。我的感官也在漸趨遲鈍。我好像看見了父親，他站在曠野中，萬籟俱寂，他喉嚨口出發沙沙沙的怪異聲。

他並不說話，我卻清晰地記起他曾經說過要給我一個女人。大乳房、薄嘴唇，像小裁縫包養的女人一樣放浪也沒關係，最好她也會妖術，如同我瞎眼母親年輕時候那樣，把五大三粗的父親最終拴牢在床前。我的下體在臆想中開始堅挺，我第一次像魔鬼一樣將邪惡的心房無限膨脹開來，我聽到自己在喘氣，長長的睫毛撲閃著。

「父親，你還活著嗎？」

我小心翼翼地問。

他不作答，只用柔情的眼神看著我，他的眼睫毛爛灰灰的黏在一起。

「父親，怎麼這曠野裏只有我和你？」

「你和我」，他終於說話了，面對微笑憂傷地重複了一遍，「今天，世界顯得多麼空蕩啊！」

我安撫著內心的浮躁，但那些恬不知恥的話仍從口裏蹦出：「父親，我多麼想要一個女人！好好幹一下——我要好好嚐嚐，我知道我這樣的念頭太齷齪了，但還是忍不住！父親，你聽見了嗎？——我真盼望炮彈將我頭顱轟得粉粹，讓我停止所有的想法！」

曠野裏忽然有馬群衝過來，嘶鳴聲響徹雲霄，父親轉過身，追趕上去，他抓住衝在最前頭那匹馬的繮繩，一躍而上。父親又變成勇士了，他的雙腿夾緊馬肚，弓著背，身體上下起伏著，顯示著不可一世的雄性霸氣。蒼野茫茫，父親爆發出狂嘯般嘶啞的大笑聲後倏忽不見了，只剩下一些笨拙的鬼火，搖搖晃晃飄著，它們顫抖著落在茂密的朴樹林了，發出一股燒焦了糊味。

那一剎，我發現我的身體在痙攣，指尖傳遞過一陣陣異樣的酥麻感。體內，那股強大的衝擊力在快意地奔湧而出——我終於抵擋不住，紅著臉接受了這奇異的瞬間。

起霧了，很大，像鴨蛋青顏料潑過來的一場夢，我閉上雙眼，我羞愧難當。

6

可能又過了好幾年，時間——對於我這個躺在陰宅裏的人來說已經變得毫無意義。我習慣了夜色的一片死寂，我不再怕黑。林中有鳥怪異的鳴叫，遠處村莊傳來的狗吠聲，我都熟悉得不能再熟悉了。朴樹周圍又竄出幾棵叫不上名字的雜樹，它們的枝幹極壯，但枝葉薄脆，立在地面上，像一把筆直倒插的掃帚，風吹過時，枝葉亂顫，滿樹都是鳥，它們騷動不息。

我有些毛躁，我不知道現在到底進入了一個什麼樣的時代——田地好像變得越來越少，到處都在蓋樓，叮噹叮噹敲個沒完。這種枯燥單調的金屬聲聽起來格外銳利，彷彿能穿過我皮膚將我的身軀刺透，這令我顫慄不已，牙齒咬得格格作響，彷彿我又一次被金屬製成的炮彈擊中而撕裂成碎片。

阿誠生病了。他的胃出了問題，吃下去的東西會順著食管嘔吐出來，查不出怎麼回事。阿誠伏在藤椅上微微了了地喘氣——人老了，也許就是這個樣。他的形態和我們過世的瞎眼母親太相似了：瘦小、乾癟，躡手躡腳地摸索，張開黑洞洞地嘴巴，吐出一些含糊不清的字音。

「——父親，你腦子怎麼這麼守舊？叔叔的墳墓空放著，對於我們來說毫無意義。它就是一片荒地，一個亂墳崗！誰還會記得那裏埋

葬著烈士，為國家流血犧牲的烈士？你別死腦筋了。現在的人都忙著賺錢，搞活經濟才是第一位的！父親，讓出這塊荒地吧，這對於我們來說，得到的遠遠比失去來得多。我的工程項目全捏在李鎮長手裏，只要他批下來，我就能賺它個百萬千萬！父親，現在他唯獨看中了那片荒地，想要蓋個宗祠。這你情我願的事情，為什麼要拒絕呢？」

說話的是阿誠的小兒子，他接近四十歲，兩臂長而有力。他的手掌在空中揮舞了幾下後插在褲袋裏，他極力勸說著，而後站定腳跟，發怒了：

「——父親，你同意也罷，不同意也罷！我看這麼著，定了！我受不了你這種古板的念頭，我的工程也拖不起時間！」

說完，他大踏步甩門而出。

阿誠還伏在藤椅上，面色黧黑，頭左右擺動著。他兩頓沒進食，他不想吃飯，怕吃了會再吐，這種症狀很不好，他下意識裏明白自己可能得了胃癌——這種病勞命傷財，會耗掉他和他兒子的大部分積蓄。是的，他們在召喚他了，他的父親、母親、同胞兄弟阿順，他們一個個離開他太久了，而他卻苟活在這個世界。他苦熬了一輩子，怯懦、虛弱，瘦弱的臉上總掛不起笑容——他多麼指望著小輩能翻身，能發財，發大財，能在人前揚眉吐氣地挺直了腰板走路！

兒子的機會來了，他不是不能理解。可是這樣的舉止意味著什麼呢？他開始嗚咽，從藤椅上搖搖晃晃站起來，找了根拐杖，一步一挪的向著我的墓地走來。他沒有完全靠近，在隔著墓地五十米遠處，他雙膝跪下，一面呻吟一面擦著滿臉的淚水。

他多像一隻曠野裏中彈的老羚羊啊，面對獵人的槍膛，苦苦掙扎哀求著。

天空青灰色一片，默然不應。雲團像長了腳一樣迅速向柏樹林靠攏，要下雨了！蜻蜓橫衝直撞，在無數片猛烈搖晃著的葉子裏亂

了方向。我是醒著還是睡了？我怎麼了？我怎麼一點都沒有聽到我的同胞兄弟阿誠的腳步聲？我不是一日日盼望著他能來看我，來和我散漫地交談？我要跟他澄清，十六歲那年，是我鬧了惡作劇，把他喜歡的女生名字公之於眾，害得他連想要喜歡都喜歡不成了。也是我，故意在硬幣的正面嵌了點泥巴，結果我搶先要去了到高射炮部隊當兵的機會。我性格莽撞、做事粗率，經常是他在後面給我擦屁股，收拾我半半拉拉沒完成的事情。父親卻不知道，只認為他小鼻小眼，是屬於心眼太密的人，他呵斥他，希望他變得強硬粗獷——其實，阿誠骨子裏比我扛得住，他不怕黑，無論怎樣黑漆漆的夜晚，他都面不改色心不跳，拉著我的手走幾個來回；他也不怕蜜蜂螫，在我們拿著玻璃罐瓶對著月季花上吮蜜的蜜蜂下手時，他是動作最果決的一個。

雨點劈哩啪啦，以一種不容分辯姿態浩浩蕩蕩從天而降。柏樹林裏水霧升騰，繚繞成幻境。是的，這裏有一股神秘的力量在交融，天地間一場高深莫測的對話在進行。我睜開被長長睫毛覆蓋的雙眼，——我親愛的兄長，阿城！我終於見著他了！可是他怎樣老得成這麼一幅模樣了？他稀疏的頭髮黏在腦門上，看上去無限淒苦。他在雨地裏哀求什麼？怎麼像一個窮途末路的人？他喃喃自語，天哪，究竟在說些什麼？我怎麼一句也聽不清。

7

春日的清晨，我一睜開眼就有種說不上來的感覺。我聽見了一行腳步聲。有人來了！

「裏面埋的真是個烈士？」

「鬼知道呢！可能就是唬人的。」

「死人還佔這麼大一塊地方！現在搞發展，寸金寸土啊！」

「所以說嘛，咱主任講了，遷，遷墳！一律遷掉，明天就是清明節，今天我們手腳要麻利點，白天裏全部搞掉，別拖到晚上，到時就真有鬼氣了！」

不一會兒，我就聽到了他們用利斧在砍周圍樸樹等雜草枝蔓的聲音。藤蔓聯合一氣用尖刺和糾結抗拒著，這根本不頂用，不過半小時，就被這些人清理乾淨。我的棺木板暴露在天光之下，我倒吸了一口涼氣。

有人上前，用力將棺木板上半面掀開！

天光太亮了！我睜不開眼睛，只能留一條縫，微微弱弱地看。他們一行人七八個全都嚇得往後倒退了幾步。

「我的媽呀！裏面真有死人！快五十年了，居然身架骨都在！」

「不對！我看像石膏做的，全身白灰灰的，肯定是石膏像，當年部隊將它運回來，也就是裝個樣子，讓家裏人心裏有個安慰。你瞧，軍被上的老棉絮還在，這兒還有鈕扣呢！」

我聽見有人在輕輕地哭，我心抖了一下，我怕是紫菊，如果真是，我會驚嚇了我最心愛的姑娘。可惜不是，一個身材矮胖的老太太帶著媳婦，我琢磨出來了，她是我的嫂子——今天要將我的墳墓遷到二十裏外的烈士陵園。兄弟阿誠沒過來，是考慮到他身體原本就很糟糕，如果再觸景傷情，怕有個三長兩短誰也擔當不了，所以嫂子成了全權代表。

嫂子抹著眼淚，拉長聲調，說：「唉！可別說，他跟相片上模樣很像，那麼周正的臉龐，眼氣清秀——只是，太年輕了——」話未講完，她放開嗓子嚎了一陣，她的媳婦在燒紙錢。

掘墳的人上下打量著我，說：「奇怪了，石膏像仿得也太逼真了，手腳好長。你看它腳上還套著一層靴，先把它脫下來再說！」

於是幾個人費力脫靴，我感到疼痛，那不是靴，那是我的皮膚——他們怎麼知道呢？他們撕扯著，咬牙切齒，其中有人罵到「他媽的，居然是真皮靴！牛皮還是豬皮的？待遇不錯嘛！」

　　有人看出點蹊蹺了，揚了揚手，說：「慢！好像真是死屍，不是石膏像，你們撕扯的是他的皮膚！」

　　他們一下子驚懼得臉色全變了，倉皇逃到一邊。空氣變得凝重起來，西角處一大團烏雲蓄勢待發。一個上了年紀的人在回想，他斷斷續續的敘述著，就像他患了前列腺炎一樣，撒尿撒得很不爽，他說：「對了——四十幾年前——那船搖了一個多月才到村莊——屍體上肯定用了藥水——像毛主席的遺體保存一樣——否則，你想，早就發臭腐爛了——這幾十年，屍體沒有埋入土中，通風好——就保存下來——它實際上就是一具木乃伊！」

　　在場所有人驚愕得睜大眼睛，重新看我。我閉著眼睛，差點熱淚盈眶，我沒料想到有今天的一幕，我的父老鄉親會重新意識到我還活生生地存在著，我生活在他們周圍，感受著歲月的流逝並且熱愛著這片土地。我也差點和我的同胞兄弟阿誠咫尺相見，如果真是，我會按捺不住激動的情懷坐起來與他相擁，我們一定要再次一起坐到散發著淡淡清香的泡桐樹下，點根煙，然後慢慢聊。

　　「這可怎麼辦？」有人問。

　　有人下意識將目光投向我嫂子，她是直系親屬，該拿意見。嫂子是個鄉下婆子，沒見過什麼世面，她懵了，繼續抹眼淚，說，：「問領導吧，怎麼個說法？」

　　馬上有人彙報給民政局辦公室，一會兒，指示來了，說：「不管怎樣，今天要完成遷墳的事情，放到烈士陵園，明天統一上墳。」

　　沒有其他意見。

這一夥人拿起工具開始幹活，他們要將我高大的身軀強塞進一個小木盒，怎麼解決這個難題呢？

敲，把骨頭敲碎，用力敲，沿著關節部分狠狠敲，然後使勁扯皮膚，扯不斷的話，就用剪刀，用力剪。

短短二十分鐘，他們就把我肢解成碎片。我恥辱而憤怒地掙扎著，沒有用了，我的思想和靈魂隨著我肉體的徹底搗毀也將煙消雲散了，我感到了我的虛弱——小木盒要封口了，無盡的黑暗將徹底湮沒我，我再不能做夢了，我哀傷地用最後一絲殘存的力氣睜眼看了一下我摯愛著的這片土地

——這兒春雨朦朧，一絲絲，飄入泥土；雨燕盤旋著，跳躍著，在水隨天去的蒼穹下相互纏綿。而我，從此將孤苦伶仃遠離故土，成為孤魂一縷，無限淒涼地悵望心中依戀的那個方向……

2010年6月10日初稿
7月13日定稿

紙飛機

紙飛機

正午的陽光很慵懶，透過樹葉灑在衛春林的臉上。他正四腳朝天，仰面躺在黃魚車上。衛春林的臉像朵花，開得斑駁多姿。他的屁股底下墊著羊毛毯，手腳攤得像個「大」字。

他看見一個女人，騎著一輛電動車，開得風馳電掣，突然，「吱」的一聲，在衛春林的黃魚車前面來了個急剎車。然後，手指一戳，說，你，幫我來搬點東西。

旁邊幾輛黃魚車有意見了，他們坐得一本正經，但女人視而不見，眼睛裏只有這個在黃魚車上睡覺的衛春林。衛春林也覺得好像在做夢，他遲疑了一下，不敢確認女人手指頭戳的就是他自己。女人又指了一下。衛春林反應過來，扭著屁股急哄哄地踩上黃魚車。

女人問他，你就喜歡這樣躺在黃魚車裏嗎？他說，那當然，悠閑、自得，曬曬太陽多舒服啊！

女人挺喜歡打聽他的消息，問他多大了，小孩幾歲了。衛春林知道自己長得還算過得去——人家都笑他有女人緣。他撓了撓腦瓜，什麼都彙報了，說自己三十，小孩都要上小學了，沒辦法，河南人結婚早。

衛春林的嘴還特別快，他告訴那女人，說他老婆叫貴花，他說他家的貴花和女人一樣，都長有一對虎牙，笑起來既伶俐又可愛。他的嘴還真甜，動不動就把眼前的女人和他老婆都誇上了。

他還說，我們租的樓道裏有個女孩叫陶陶，長得特別可人，今年二十歲，和父親王武人一同從湖南出來打工。但貴花說陶陶有點妖氣，說看那雙眼睛就知道了，吊梢眉，眉梢往天上斜飛，活像一隻小騷雞。而且，貴花一直疑惑，他們父女倆住一個十平方米的房間，怎

麼睡？這個問題似乎問得很玄虛，也很曖昧。怎麼睡！你說怎麼睡？我就反問貴花，口氣咄咄逼人。每當這時，貴花就軟下，嘴也不硬了，但心裏還有小九九。

衛春林語言表達還真不錯，短短的五分鐘，就把一種很曖昧的關係滴水不漏的傳遞給一個陌生人。女人遞給他一雙棉拖鞋，他很難為情地脫下自己的球鞋，大腳趾頭從襪子裏鑽出來，十分羞澀地想藏匿到其他腳趾頭後面。女人把眼光移向別處，假裝沒看見。他進屋飛快地將女人的鍋瓦瓢盆運出去。這次任務主要是搬書，書裝在紙箱裏，特別沉。衛春林一邊搬箱子，一邊還喋喋不休，說他最羨慕用知識賺錢的人，不像他們，靠的是力氣。

衛春林在三輪車踩了許久之後，才發現腳上套的依然是女人給他的棉鞋，女人說，算了，這雙棉鞋就送給你啦！他遲疑了一下，又叮囑了一聲，我那雙球鞋，你什麼時候方便給我送來，我一直在那新村門口。女人嘴角微微牽了一下，似是而非的答應了。

衛春林第二次碰見那個女人的時候，她正背著包，行走在街頭。

衛春林倚在黃魚車上，衝她大喊一聲：嘿！

緊接著，他問：我的球鞋呢？

女人一怔，說，我總不能將你的球鞋隨時放在我的包裹吧。

衛春林笑出聲來，嘀咕了一句，說，這倒也是。他指著樹蔭底下的一個女子說，那是貴花。貴花坐在小板凳上，前面放著一個篩子，裏面有一顆顆圓滾滾的褐色東西，女人知道那叫雞頭米。貴花帶著銅指套，一粒粒剝著。剝好的雞頭米則顯得非常可愛，呈玉白色，像珍珠，從貴花的手上跳躍出來。貴花伏著背，一眼不眨。

很吃力吧？女人問。

那當然了，衛春林說，一到晚上，貴花就衝我喊，手指痛，眼睛痛，腰痛，這樣下去我就會早死的，我早死了你就可以娶另外的女人啦！

女人笑得前仰後合，貴花聽到他們的笑聲，抬起了頭，她鵝蛋臉，丹鳳眼，還有兩顆顯目的虎牙。

女人和貴花打了個招呼。剝好的雞頭米貴得嚇死人，要四十多元一斤。但它滋陰補陽，確實是個好東西。貴花總想自己藏點嚐嚐，可是雇主太精明了，連皮帶殼過秤，一點便宜也沾不著。女人買了半斤，告訴衛春林她的名字——李曉楠。

李曉楠真是衛春林的福星。

冥冥之中，衛春林就覺得是她給他帶來了好運氣。那天下午，他碰到天落橫財的好事了。他的黃魚車後面用白油漆歪歪扭扭寫了幾行字：搬家服務、瓦工修補、收購電器。下面還有幾個大大的數字——他的小靈通號碼。有一個禿頭男人，研究了一番，決定將五隻電瓶給他收購。衛春林拿不準價格，正在猶豫之際，禿頭男人十分爽氣的說，你給我一百元，再將這一箱垃圾運走。在廢品收購站，衛春林做夢也沒有想到，這五隻電瓶竟然值五百多元！他高興得摀住嘴巴笑個不停。回到新村門口，他到底還有點心虛，怕禿頭男人再繞回來，問他追討五隻電瓶，於是深思熟慮之下，他調轉黃魚車頭，一溜煙向家中駛去。

貴花仍在樹蔭底下剝雞頭米，時不時有人湊上去看，問價錢。

衛春林撳黃魚車上的鈴聲，貴花條件反射，抬起頭，看見自己的丈夫朝她擠眉弄眼的。貴花笑罵了一句，十三點。

衛春林上前去拉她的手，說，有件緊要的事要告訴你。貴花看自己的丈夫眼睛笑得瞇成了一條縫，心也像河裏的清水蕩漾開來。她把攤子託給其他人照看，匆忙跟衛春林回家。

衛春林偏不說，咬緊了牙賣關子。他打開門，把貴花一下子拋到他們那張鋪著牡丹花的床上。床是硬板床，衛春林一用力，它就會發出很大的聲音，好幾次，隔壁王武人來敲門，他拐彎抹角不說什麼，

跟你借個火啊什麼的，搞得衛春林和貴花的情趣一下子低沉下來。現在沒關係，他們都在外頭，整個一層樓七八家租戶只有衛春林和貴花。衛春林開始真正進入無人之境，將貴花弄得又叫又笑。

好了，事情結束了。衛春林從褲子內袋裏掏出四張簇新的一百元，手指一彈，票子發出「嘩嘩嘩」的響聲。貴花的眼睛亮亮的，有點不相信，但瞬間眼睛又黯淡了，你偷的？

扯淡！衛春林很生氣，我賺的，半個小時裏賺來的四百元。接著他將事情的前因後果告訴了貴花。貴花想，我一個月要一刻不停的剝雞頭米，才有這四百元啊。她有點百感交集，但很快，她的情緒被這簇新的人民幣吊得再次高漲起來。去買個電視機！她是多麼歡喜聽李宇春、周筆暢那些超女唱歌啊！可每次，她只能捧著飯碗，仰著頭看，看得脖子都酸了，因為隔壁雜貨店的電視機吊得太高了。她幾乎看不清李宇春的笑容，只是感覺有一團模糊的影子在屏幕上不停的晃動，但李宇春的歌聲，卻清晰地傳到她的耳朵。

買個電視機！她再次高聲喊起來，和衛春林斜躺在床上，一邊撫摸，一邊聽自己喜歡的歌手唱歌，這樣的生活真是太滋潤了。說幹就幹，衛春林立刻推上他的黃魚車去了二手貨市場，而貴花將零零碎碎地小東西全裝進了紙盒，把紙盒盡量往高處堆上去。他們的居室只有這十平方，他們要用足智慧完成吃喝拉撒所有的要事，而且要盡善盡美。她在床的一頭搭上一根木板，恰巧夠一隻電視機的面積。

貴花斜躺著，手指頭咬在嘴裏，憧憬著即將到來的美好生活。

月亮明晃晃地掛在樹梢。貴花和衛春林仰面躺著看電視，又在床上做了一回。超女演藝節目曲終人散，貴花也像隻小熊，滿意得呼嚕呼嚕睡去了。衛春林點了支煙，意猶未盡。

月光灑進來，琥珀色一片。他突然想到他遠在河南老家的兒子蟲蟲，蟲蟲是開學初送走的，這裏的吃用開銷太貴了，一個小孩子一年

居然要花上四五千。蟲蟲在火車站繞著衛春林的腿，低聲說，爸爸，給我買個水壺。水壺？就是那個一撳就有水管彈出，嘴一張就能喝到的水壺。小傢伙觀察城裏小孩好久了，此刻，他最大的願望就是買個高級水壺回老家炫耀一下。衛春林猶豫了一下，瞄了眼價格，十元。蟲蟲又在喊，爸爸，水壺！輕聲的，童稚的，帶著撒嬌味兒。十元就十元吧，最多這個星期的煙不抽了。衛春林一揮手，皮皮笑了，身體扭得像麻花糖。

衛春林俯身聞聞熟睡中的貴花，竟有兒子蟲蟲身上的香甜味，有點激動，左右晃動的時候，聽見門外「哐啷」一大串鑰匙掉在地上的聲音，然後，又傳來人「撲通」倒地的聲音。

衛春林出門外一看，隔壁的陶陶。陶陶猶如一朵怒放的雛菊，盛大圓潤，面色緋紅，但散發出一股濃烈的酒氣。看見衛春林扶她，她整個身子貼上去，像麵團子。衛春林剛要張嘴數落她不該喝這麼多酒的時候，暗紅色的嘔吐物從她嘴裏噴射而出。衛春林抓到陽臺上的一隻杯子，手忙腳亂遞給陶陶。陶陶還在撒嬌，叫他衛哥衛哥。衛春林問，死丫頭，誰灌你喝這麼多酒？明天我去找他算帳。陶陶半瞇著眼，是我自己要喝的。你要死啦！衛春林手指頭戳到陶陶腦門上，陶陶咯咯地笑。

隔壁陶陶家的門沒擰開，貴花卻將門拉開了。她的臉拉得比驢臉還長，她提高了嗓門，王武人呢？王武人死到哪裏去了？也不看好自己的女兒。她伸出手將依靠著衛春林的陶陶推開，陶陶一個趔趄跌在牆角，陶陶瑟縮著，開始嗚咽。衛春林說，貴花你這是幹啥？陶陶還是個孩子。孩子？貴花冷笑一聲，孩子會喝酒？孩子會穿成那樣？衛春林這才發現陶陶的打扮太不像話了，胸口低得叫什麼樣子，裏面的東西簡直要跳出來了。他急忙打王武人的小靈通，心裏還暗想，這王武人八成到什麼地方去搞野女人了！帶出來的女兒怎麼一點都不管？

約莫五分鐘以後，王武人黑著臉過來了，他一把拎起陶陶，就像抓起一隻小雞，毫不費勁，把它攛回雞舍。

李曉楠原本和衛春林渾水不搭界。李曉楠只不過叫了一次搬運工，這樣的搬運工在蘇州城裏相當多，橋塊頭，超市門口，火車站，他們零零星星但非常有規則的分布著。他們基本上是外地人，打短工。他們的力氣大得驚人，能獨自將雙層冰箱背到七樓，別人對他們頤指氣使，他們還感恩戴德。看見別人有了生意，他們心裏有說不出的難過，就躲在暗地說別人壞話、使勁挖他們牆角。

但衛春林顯得和他們不一樣。那天，他又躺在樹蔭底下瞇縫起來了，陽光很暖，他似乎睡著了，但又沒有完全睡著，他的眼皮始終在跳動。半小時後，他又起來轉悠，有兩個人就地擺了個象棋攤子，煞有介事地廝殺著，衛春林湊過去看了下，還給他們每人派了根香煙。突然，他眼睛一亮，看著李曉楠騎個電動車又風馳電掣的樣子。

他把李曉楠橫路劫下了，他一臉真誠地說要請李曉楠幫個忙。李曉楠嚇了一跳，但馬上滋生出被人無限信任的崇高感來。於是，他們來到路邊，那裏的菊花開得正旺，像在妖嬈地比試著各自的魅力。他們面對面，就像李曉楠在進行一場新聞採訪，而李曉楠的採訪對象衛春林充分發揮出他的語言特長，開始敘說。

他跟李曉楠談的是陶陶和貴花，李曉楠心裏不覺在暗自嘲笑了，一個流俗的男女三角關係，嘻嘻，在他們生活中會怎麼衍生呢？李曉楠偷眼去瞧衛春林，不可否認的是，他確實是個能讓女人動心的男人，盡管穿著寒磣，但他的身板，肌肉，臉龐的稜角都可圈可點。

衛春林嚥了下口水，問李曉楠能否幫陶陶找份工作？李曉楠做了個擴胸運動，覺得有點匪夷所思。李曉楠問，憑什麼？

我的直覺。

乖乖！他還有直覺，直覺出我對他有點調戲色彩？李曉楠不禁哈哈笑出聲來。

衛春林也笑了，他先是應合著李曉楠，然後笑得有點誇張，咯吱咯吱，像走破舊的木樓梯發出的聲音。突然來了個急剎車，像指揮家一下子做了收束的姿勢，一切嘎然而止。李曉楠被他戲劇化的動作給搞懵了，暗想，這傢伙有點噱頭。

衛春林的敘說像塗了肥皂泡一樣變得潤滑。他說，陶陶有點不正常，真的。而且，酗酒，一直老晚回來，吐得樓道口亂七八糟，開出門就能聞到味道。小姑娘家，跟什麼人在一起亂混？看那裙子穿的！也不怕冷！你說王武人吧，教育小孩也太粗暴了，揮起巴掌就抽，像對自己婆娘一樣，這是女兒！這咋成？

李曉楠說，你是心疼陶陶了，看不出，你也腳踏兩隻船。

他趕緊解釋說，別胡扯，我那是關心她，一直把她當妹妹看，她跟我河南的親妹子一樣大小。

對於衛春林的請求，其實李曉楠完全可以推託，多一事不如少一事，但那時，李曉楠的心態很蹊蹺，連她自己也無法辯析，李曉楠當然不是為了做一個活雷鋒而兩肋插刀，只是有一種強烈窺探他人隱私的欲望在作祟。李曉楠不知道，別人的內心是否也在掙扎一個逃脫不掉的圈。昨天孫尚浪丟給李曉楠一串華苑別墅的鑰匙，說要在大陸待上兩個月再回臺灣。啊，李曉楠又要搬房子了，只是不可能再叫衛春林幫忙了。

李曉楠試探性的問他，你知道華苑別墅嗎？我有一個朋友住那裏。

衛春林很曖昧地笑了，說，知道，那裏房價很高，地勢不錯，你知道為什麼？他壓低了嗓門，湊到李曉楠耳朵跟前說，那都是臺灣人包二奶用的，我們把那叫「二奶村」。

李曉楠的心被螫了一下，臉部神經質地抽動了。李曉楠在極力穩定自己的情緒的剎那說出了非常乾脆的話，李曉楠說，好，陶陶的事情包在我身上。

　　李曉楠甚至和他握了下手，就像她在陪孫尚浪接待客戶時那樣熱情和投入。李曉楠感覺他的手很毛糙，但很有力度，不像孫尚浪一樣綿軟而缺乏激情。李曉楠在眩目的陽光下感到唇焦舌燥。一會兒，李曉楠又匆匆打發他離開，他問，我怎麼跟你聯繫？李曉楠說把你的小靈通號碼給我，事情有眉目了我就通知你。他說，我不知道你的號碼。李曉楠忽然惡狠狠地反問，我憑什麼告訴你？衛春林被噎了一下。

　　於是，李曉楠擰緊她的電瓶車，漫無目的地開。對今天不符邏輯的表現李曉楠實在找不到語言來透析。總之，衛春林讓她心煩意亂！這個該死的衛春林！

　　蘇州的雨一下起來就沒完沒了，下得真不要臉。這幾天李曉楠一直舉棋不定，李曉楠不知道該不該住進華苑別墅。那鑰匙串像陰險的奸細，保護和揭露著她所有的隱私。孫尚浪急吼吼的，他說，總不能老在辦公室裏搞吧，我需要情調，氛圍，需要 romantic——浪漫，懂嗎？

　　孫尚浪的頭微凸，幾根頭髮如同地球儀上的緯線，風一吹，就亂了秩序。李曉楠看了就生氣，但她有什麼辦法呢？她自己也像被秋風一吹就到處亂捲的茅草，她都三十四了，到哪裏去找未成婚的好男人？好男人都被別人搜索光了，剩下的是枯枝爛葉，啃倆口就會打噁心。

　　看看這雨水，看看這日子，李曉楠忽然有了種憤世嫉俗的怨恨。那陰溝裏的臭水、污水一並滲過鐵門流到她的房間裏。她打電話給房東，房東的聲音有氣無力，說：小姐，八百塊的月租算是照顧你了。

李曉楠只能挽起褲腳管，一臉盤一臉盤舀水往外潑，可水是源源不斷的，還不停地泛泡泡，發出化學實驗室裏特有的味道。她感覺是心力交瘁了，忽然間她把臉盤扔得遠遠的，坐在床邊開始嚶嚶地哭。

　　她撥通了孫尚浪的電話，說同意了。既然愛情上得不到撫慰，為什麼不在物質上瀰補呢？她已經耗不起了，她必須在身強力壯的時候讓銀行帳戶裏的錢直線上升。她已經想好了，老的時候，她會養一隻貓，讓它住在屋頂上，在她寒冷顫慄的時候，它會「撲通」跳下來竄入她的懷中，「妙嗚妙嗚」叫，然後蹭她，給她久違了的溫暖。

　　於是，李曉楠毫不客氣住進了華苑別墅。她把水晶燈開得亮堂堂的。她在真絲窗紗裏穿梭的時候，很偶然的聯想到衛春林，想到了他滿懷信任的眼光和一臉壞壞的笑時，她哼起了小曲，悠揚裏流淌著著甜蜜的傷感。

　　李曉楠的電話讓衛春林從黃魚車上一躍而起。他按照李曉楠的指示，將陶陶拖到園區體檢中心先過招工體檢第一關。陶陶的身子圓鼓鼓的，像剛剛揉好的麵粉團散發著熱氣與香氣。陶陶是被強硬架過來的，他已經和王武人打過招呼了，這丫頭再沒正經的職業就沒得治了。王武人的眼睛總有一層陰翳，臉色像患了黃疸肝炎一樣呈蠟紙狀，他只言簡意賅說了一聲「好」字就咳個不停。

　　陶陶說，你為什麼管我？你又不是我親哥哥，除非你喜歡我？衛春林想把臉拉長，卻發現很難做到。他刮了下陶陶的鼻子說，別胡鬧了，你要上班的公司是臺灣老闆，一個月認真做的話能掙一千多元錢呢！陶陶把嘴撇了撇。陶陶把手伸進他的頸脖裏取暖，他本能往後一縮，陶陶再伸進去，他看看四周沒有熟識的人，也就沒有拒絕。

　　從園區回市區汽車開一個小時。衛春林和陶陶坐在公交車上不停的晃蕩，已經有西北風的傾向了，它呼呼呼從窗戶的隙縫裏鑽進來。陶陶趴在衛春林的腿上，眼睫毛長長的，向下垂著，不知道是真

睡著還是假睡著。衛春林想，只要陶陶能不在酒吧做吧女，這比什麼都好。那種場合，他在電視裏看見過，女人該露的都露了，陪著陌生的男人，喝酒划拳。那種場合的男人，又是哪只手是規矩的？陶陶才二十歲，水靈靈的花一朵，難道真給他們踐踏不成？他是很心疼，那種感覺，如同在河南耕地時，老牛往後一退，不小心踩了堤岸上嫩豆苗一樣的惋惜生疼。

他也聽不得陶陶醉後嘔吐，一次兩次也罷，時間長了，就成了心理障礙了。陶陶的嘔吐聲經常是在他和貴花做愛的時候響起，他滾燙的身體一下子會變得僵硬，然後就沒有了想法。他只聽見那種乾嘔撕心裂肺，像是從一個陳舊的木桶裏竭力要倒出殘渣。他很頭暈，也很噁心。偏偏這個時候，貴花要冷嘲熱諷了，她說，這個小婊子！活該！居然有一次，貴花赤身裸體爬起來，氣鼓鼓要衝出門外，去教訓乾嘔不止的陶陶。衛春林不輕不重地說，你跟她嘔什麼氣？她有她的生活，你過你的日子。

貴花側過一個沒有感情的後背，重重的「哼」了一聲。衛春林也覺得生活越來越沒趣了，他沒法忽視陶陶，她就在他隔壁，這裏的隔音效果那麼差，她每一步上樓梯的腳步聲他都能聽見，聽見鑰匙聲，聽見盆「哐啷」撞擊地面的聲音，聽見陶陶粗拙的喘氣聲和刺耳的嘔吐聲。

還有一個原因，他懶得跟貴花解釋，說了她也不會信的，她就是那麼固執的一個人。陶陶和他的親妹子小四太像了！而且，一樣大小。小時候，小四最喜歡他把自己托起，然後騎在哥哥的頸脖子裏唱歌，小四的嘴巴香香甜甜，湊在他耳邊說話時常飄著蕎麥花香。因此衛春林雖然和小四差了十二歲，感情卻是兄妹中最要好的。可是，小四卻在十六歲那年，莫名其妙地沒了。他剛從深圳打工回來，看到的卻是從河裏打撈起來的浮屍，小四的臉水腫得可怕。他的心彷彿被人

剜割了，哽咽著，胸口堵得幾乎要透不過氣來。當他聽村裏人說小四是給鎮上黨委書記的兒子奸污後投河自盡時，他是一口氣衝回家中，胡亂翻找那把殺豬尖刀，可母親，卻跪下來抱住了他的腿，母親的眼淚鼻涕都流到一塊兒了，母親說，兒啊，你就當你妹妹是不小心溺水而亡的吧！母親的身體蜷縮得像隻田螺，聲音微弱得如同地窖裏發出來的，母親說，昨夜，他們來過了，暗地裏賠了咱們三萬塊，這事就算了結了！今天一大早，你二弟已經把這錢當彩禮送到女方家去了。咱再窮，再受辱，也不能不守信用啊！母親的話比殺豬尖刀上的寒氣還要冷，這絲冷氣順著他的小腿肚一直向上竄，它嗖嗖嗖竄過背脊、脖子，最後到達頭頂，像條蛇一樣盤旋著，始終不肯離去。

汽車顛簸著，衛春林眼角的一滴淚竟然淌在陶陶的外衣上，他趕緊去擦拭。陶陶還睡著。陶陶睡覺香甜的味道，像極了小四。在某種意義上說，她就是親妹妹小四，是老天把她放在他身邊，要他來疼愛的。他這樣想著的時候，感覺胸口暖暖的，他的手指一滑，落在陶陶柔順的頭髮上。他甚至回想到了春天的原野上，一派金黃的油菜花，他疊了無數隻紙飛機，陪著八歲的小四，順著風向，他將紙飛機輕輕一送，紙飛機像真的插上了翅膀，縱情飛舞著，飛到油菜花從中又輕輕落下。而小四也像隻美麗的蝴蝶，跟著紙飛機快活地忽上忽下。

衛春林是個有心人，他在接通李曉楠的電話後就存儲了她的號碼，他等待著有一天他能好好謝謝她——這個他憑直覺嗅出肯幫他的女人。清早，他聽見隔壁的門「哐啷」開了，陶陶在歡快地唱歌、刷牙，然後篤篤篤篤下樓梯上班，他的心也一起要快樂地飛翔了，這正是他所希望的。他的性意識也在興奮與喜悅中喚醒，他溫柔地把貴花弄醒，在她身上厚厚實實地耕犁一番，然後出門，陽光金色一片，灑滿了他的黃魚車。

他覺得這種改觀應該歸功於李曉楠，他應當怎樣謝她呢？送東西？他知道要配得上李曉楠的東西他是送不起的，深思熟慮之後，他想，民以食為天，李曉楠總要吃飯的，請她上個小館子，雖然檔次差一點，但也可以表表心意了。他撥通了號碼，一聽到李曉楠的聲音，他的嘴就不自覺地油滑起來，他說，美女，賞個臉，一起吃個晚飯吧，六點在小俄羅斯飯店，不見不散。

李曉楠捧著手機嘻嘻嘻嘻笑了半天，她問，什麼時候學起葛優來了？衛春林說，形勢所逼。李曉楠笑得更性感了，她張口答應得十分乾脆，好，不見不散。

那晚，孫尚浪恰巧去上海辦事了，絕好的機會，李曉楠甚至都感覺自己一直在竊笑。給陶陶安排工作一事她只是在枕頭邊吹了一下風，就輕而易舉解決了。她卻趁機給自己埋下了一個伏筆，這個伏筆到底要成就什麼事？她其實也說不清楚，然而她滿心歡喜。她在盥洗室裏精心打扮著，臨行時噴了一點淡淡的香水。

李曉楠的出場讓小俄羅斯飯店蓬蓽生輝。這個飯店雖然起著洋名，但光顧的是卻都是土得不能再土的人。衛春林拿著一次性杯子已經喝了好長時間的茶，當他還在琢磨是否要改換地方的時候，李曉楠嫣然一笑，出現在他的眼前。李曉楠羊絨風衣配上一雙高跟靴顯得特別高挑，她頸脖裏淺淺寄著的一根絲巾就像一隻小手開始撩動了小俄羅斯飯店裏許多食客的心。

衛春林有些後悔了。他想撤，但不知道怎樣開口。李曉楠很大方地將羊絨風衣脫下，套在椅背上，她十分自然的點菜、微笑、喝酒、聊天，就像小河裏的水輕輕的流淌，很快就將衛春林的不安和急促衝走了。他們不知不覺竟然喝了一箱雪花啤酒，啤酒的泡沫如同李曉楠遊蕩的心，簇擁著，漂浮著，孤獨著，她深深地呷一口，將所有的沫呀酒呀一飲而盡。

李曉楠其實很用心的看著眼前這個男人，只是她的用心藏在她綿密的衣袖裏，不露聲色。她都能感覺到他身上的熱氣在逼射到她的體內，她的膝蓋無意中碰著他的腿，她顫了一下，他卻沒有反應，她小心翼翼再裝做無意識的樣子靠攏，屏氣斂息，天哪，她簡直要倒過來成為他的奴僕了！她的胸腔裏有隻鳥，拍拍翅膀，停歇在他的眼角眉梢。他的臉也紅膛膛的，眼神有點散，恍著七彩的光。喝到後來他總是上廁所解手，她也喝得實在撐不住了，晃著腦袋去找廁所，服務員手一指，原來是男女共用，她只好等在外面。他提著褲子出來撞見守在門口的她，顯得很尷尬，她又是噗嗤一笑，側身進去。一平方米的衛生間瀰漫著尿騷味，興許還是他殘留的，她在猜疑的時候，發現自己已經卑賤得把自己壓扁到無法再擠壓的地方了。如同那一片焦枯的梧桐葉，被雨水淋透，然後不顧一切地緊貼著地面。她抬頭看見鏡子裏的自己，兩頰緋紅，靈魂出竅。

李曉楠想，豁出去了！去想那麼多幹什麼？想著太受罪了！我李曉楠就不能實實在在抱住一個自己喜歡的男人嗎？去親他，要他！難道不行嗎？李曉楠想他厚實的臂膀跟她初戀男友的一樣粗，他肯定會像她初戀男友一樣讓她尖叫的，可是那個殺千刀的，太花腸子了，大學裏吃她的喝她的，卻在外面玩了一打小女生，還把其中一個搞了大肚子，這把她的心傷得支離破碎。從此她看男人就像中了邪一樣，一直看走眼，不是被人騙上床，就是騙掉銀行裏的錢，她碰不到好男人，好男人都死光了！她咬牙切齒地發誓，要從男人手裏奪回所有失去的東西，偏偏孫尚浪像隻蚊子撞上了她精心羅織的網，可是她不喜歡他的人，他的嘴泛著酸澀的腐臭味，強硬地把舌頭拱入她嘴巴，他做事很急，趴在她身上沒兩下，就抽瘛似的將腿一伸，說，完了。完了，每每此刻，她也萬念俱灰，長長地嘆息一聲，完了！

可今晚太不一樣了，從開始到現在，她都被一種特別的意念興奮著。有幾隻小蟲，嚶嚶嗡嗡一直盤旋在她腦海裏，趕也趕不走。可是，她如何啟齒？或者說，怎樣暗示？她嘴邊進退了幾十回的話又嚥到了肚子裏，她想還是出去走走再說。

可是，一出門，氣氛驟然改變了，衛春林噌噌噌大跨步往巷道口一拐，他的黃魚車！他竟然騎著黃魚車來吃晚飯！李曉楠張大了嘴巴，羊絨風衣被一陣大風高高揚起，她潛伏在喉尖的那絲焦躁一點點在風中開始冷卻。衛春林搓著手，摸出棉紗手套，他打了個嗝，笑著說李曉楠酒量真不錯。李曉楠下意識裏緊了風衣，真的很冷，她看見衛春林的頭頸縮著，揮了揮手，便使勁踩動腳踏，黃魚車吱溜竄出去老遠，一會兒就不見了。

留下李曉楠一個人。這太讓人猝手不及了！她暈沉沉的腦袋搖了幾下，腳步也走得有點花俏。她想自己真是滑稽透頂了，只有她才會想得出！幸虧沒有當面出洋相，還給了自己一點殘留的自尊。她在一片模糊中轉過自己的身體，打車回她的華苑別墅。

貴花覺得有點不對勁。很不對勁。儘管這段時間衛春林對她很溫柔，但他總是為什麼事而興奮才上她的身體，或者說，他快樂的本身並不是她！貴花很狐疑，樓道裏的擺設格局也有所變化，以前那個小騷貨嘔吐的常用塑料盤放開了，換了盆載的菊花，長勢還挺好。

中午，貴花在樓道裏碰上了王武人，王武人的臉活了，他平生第一次開口喊貴花，他說，多謝你男人了，給陶陶找了份工作。貴花轉不過彎來，她男人衛春林會給別人介紹工作？她想倒過來還差不多。但她也沒有少根筋，她接著王武人的話提問，陶陶現在做什麼？王武人說，在一個台資企業做流水線，還挺穩定的。陶陶開心嗎？貴花問。挺開心啊，每天唱著歌上班，王武人咧嘴笑了一聲回答。

剎那間，許多磚塊、石頭、水泥迎面砸下來，落在貴花不堪一擊的心上。她從唱歌這一細節裏明白了事情的前因後果。這太無恥了！她男人是因為小騷貨開心，他開心了就想著要她，說不定要她的時候還把她想成是小騷貨！呸！

　　唯獨她還矇在鼓裏！連王武人死人臉都活了，說明這種變化簡直是翻天覆地，他們全都開心著，他們什麼時候開始合穿一條褲子的？說不定他們還蹲在一起笑話著她呢！

　　貴花太陽穴附近的一根神經噗噗噗莫名其妙地跳開了，從胸腔裏冒出的那股火正在簌簌燃燒著，她挺了挺背脊，腳尖像電視裏跳芭蕾舞的演員一樣朝前伸了伸。她要做什麼？她自己也不知道了。

　　天色已晚，蘇園街擁擠不堪，貴花走在人流中，心卻是空蕩蕩的。她倒奇怪了，她男人哪裏來的本事？竟然給小騷貨介紹工作！還台資！台資個屁！她忿忿地往地上吐口水，衛春林！你個殺千刀！居然會演戲了！貴花想到半個月前，因為天氣原因，她沒有雞頭米剝了，她央求著衛春林給她找份其他臨時工做做，他搓著手答應了，可就是不見動靜，她也就乘機窩在床上看韓國連續劇《大長今》，一集一集，沒了時間，她跟著劇情一起落淚、歡笑，她趴在枕頭上想，其他的她都不稀罕，她只要像大長今，有一份屬於女人自己的幸福就夠了。

　　看來，這也要成空了！貴花使勁絞著自己毛衣袖口，其中幾根毛線的線頭子鬆了，耷拉著，隨著貴花的手晃動著。她聽見街口的破音箱裏傳出了妖艷的歌聲，一個男人，盤坐著，他的面前攤放著一大張塑料紙，塑料紙上排放著一連串碩大無比的死老鼠，僵硬的瞪著雙眼。那人，是賣耗子藥的，藥花花綠綠，各色各樣。貴花湊上去，出了三塊錢，要了一小包。

　　衛春林的黃魚車吱嘎停在樓底下的時候，貴花的眼皮就跳個不停。衛春林的腳底虎虎生風，不一會兒就竄到樓上，他瞟了一眼桌上

的飯菜，飯菜沒有往日熱騰騰的氣霧，貴花耷拉著臉，那陣勢，一看就知道跟誰生氣了。衛春林拉長了聲調說，又怎拉？看《大長今》也會生悶氣？你這大小姐可真難伺候。

貴花脫口而出，你去伺候隔壁的騷貨好了！衛春林一怔，沒搭理，盛了一碗冷飯用開水一泡，就呼嚕呼嚕吃下去了。吃完，嘴一抹，靠在被子上打起了盹，白天給人送貨，背個大冰箱爬到七層，現在一鬆懈下來還真有點傷筋斷骨地酸痛。

貴花像張紙一樣飄在飯桌前，不吃飯，也沒有任何舉動，大約足足有一個小時，她說，衛春林，你把阿齊養的貓捉來。衛春林想，又有什麼把戲了？但他也懶得動腦筋，捉就捉吧，他一出門就逮到了那隻跟他一樣打盹著的肥貓。

貴花已經把一碗飯準備好，上面居然還有兩條貓魚。衛春林看得差點噴出笑來，這女人，動什麼心思！肥貓很貪吃，不一會兒就吃了個底朝天，可是，沒走幾步，它「咕咚」一聲直挺挺躺在衛春林的房間裏，死了，再也起不來了！

衛春林吃驚得臉色都變了，他一下子明白了貴花的沉默裏原來潛藏著無限憤恨，她是故意做給他看的，她的恨有多麼深刻，多麼毒辣！她依舊像一張紙飄著，單薄而沒有顏色，她輕聲慢語地說，飯裏我放了老鼠藥，如果你還這樣對我，我也會在我飯裏放老鼠藥。

我怎麼對你了？衛春林小心翼翼地問。

你不給我介紹工作，你卻給小騷貨解決了。我也想上班，去台資企業。貴花一個字一個字地吐出她積蓄已久的話。她接著說，我要掙錢，給蟲蟲買輛小自行車。

衛春林睡醒的時候天還沒有亮，他一摸床邊，空蕩蕩的，貴花已不見了影子。他一邊穿衣服，一邊回想著貴花昨晚說過的話，如果你還這樣對我，我也會在我的飯裏放老鼠藥。他從頭到腳起了一身雞

皮疙瘩。他看著陰沉沉的霧氣從窗戶口滲進來，心想還事情真他媽的麻煩。他不想再去打擾李曉楠，他也開不了口，陶陶的事情他也是想了又想，完了請人家吃飯，但總覺得欠人家什麼。貴花這是在故意刁難，以前她給人家縫衣服、做保姆，啥活沒幹過，這次卻很囂張地點名，要到什麼台資企業上班！她在嘔氣，她總以為他和陶陶有一腿，這怎麼可能呢？跟她解釋又像牆上刷白水，氣得他只好悶頭大睡。

但貴花又是一條路走到黑的人，他還真怕她會惹出什麼事來。衛春林急匆匆用冷水洗了臉，下樓找人。霧氣很重，遮住了每個人的臉，他心急如焚，像個失去重心的陀螺。

中午時候，貴花的小姐妹琴芳打電話給衛春林，說貴花在她那兒，說什麼時候衛春林幫貴花找到了工作她就回家，衛春林鬆了口氣，看來，這回他又得死皮賴臉求李曉楠了。

霧氣還未完全散去，又開始息息落落下雨了，衛春林兩手交叉縮在袖管裏，中午他吃了兩個饅頭，現在肚子又開始鬧饑荒了，想到回家一切都是冷冰冰的，寒意更添一層。李曉楠的手機關機，打不通，他想是不是李曉楠故意迴避他，不可能，她明明是關機，又不知道誰會打電話給她。她好像又搬家了，到哪去找她呢？他的腦子裏跳出了華苑別墅四個字，但這也可不能！她說過那是她一個朋友住的地方。哎！他都有點急糊塗了。

衛春林騎著黃魚車在大馬路上瞎轉，居然無意中騎到了華苑別墅門口。對於這個當地人名聞遐邇的「二奶村」，他自然是很好奇，他看見保安身著筆挺的制服，對一輛輛開過的汽車敬禮，他「嘻」地笑出聲來，保安是對著一個個賣肉的女子在獻殷勤呢！

有一個女人，身材不錯，撐著把傘，拎了一袋子東西從別墅裏出來，她走到垃圾桶邊，彎腰把那包東西扔出去。衛春林就這樣瞄了一眼，卻意外地發現了，那個女人竟然是李曉楠！為了不讓她發現自

己，他本能往後一縮。李曉楠拍拍手，屁股一扭，又回別墅了，「噹啷」一聲大門上鎖了，留給衛春林的是一頭霧水。

衛春林還在發愣的時候，保安過來趕人了，一副狗眼看人低的模樣，他努了一下嘴，說，去！別在這兒影響市容！

衛春林沒心思跟他發火，換了個角落啄磨事情，他把前因後果放在一起苦思冥想，也沒得出個答案，他只是不敢相信，李曉楠也是那號人，或者說，他給自己一個最可靠的答案：李曉楠剛好在住在華苑別墅的朋友家玩，這恰巧給他碰上了。

衛春林在細雨裏走來走去，像找不到時間概念的鐘擺，不停地晃動，也忘記了饑餓和寒冷。天也黑了，街面上的燈光陸續亮了，落在積水的地面上，閃耀著五顏六色的光。衛春林不甘心，又給李曉楠的手機撥了個號碼，這回通了。

李曉楠的聲音懶懶的，像阿齊家養的貓，可惜，那貓給貴花毒死了。李曉楠問，誰啊？衛春林的喉嚨一下子有點哽住了，他恨自己的不爭氣，他咳了一聲，清清嗓子，回答說，我啊，衛春林。

李曉楠哦了一聲，算是明白了對方的身份，她又問，找我有什麼事？

衛春林停頓了一會兒，說，我想看看你。

接著是李曉楠沉默了，但衛春林彷彿聽得見她拿著手機撲通撲通的心跳聲，她在猶豫，在掙扎，她想了半天，說，好吧，七點鐘，到梅花山莊，景沉路上的酒店。

衛春林換了一件像樣的西裝，那是一次他在幫人家搬家時，女主人隨手挑了一件送給他算是勞務費。他在街上店面鏡子裏一照，發現還挺合身，接著他換乘了三輛公交車，才到了郊區的梅花山莊。

梅花山莊門口站立著的迎賓小姐比模特兒還要高䠷，她們問他有預定嗎，他一臉茫然，迎賓小姐再次提醒他，請你的人姓什麼？

小姐還是先生？他支吾了一聲，說李小姐。果然，李小姐定的包房在302，迎賓小姐帶著衛春林穿梭在夢幻似幻的酒店廊道裏，衛春林還在忐忑不安，指望著千萬不要弄錯了。

沒弄錯，當他看見李曉楠笑意殷殷地坐在302包廂裏等待時，舒了很長的一口氣。李曉楠眼睛亮亮的，似乎和今天的天氣一樣霧著一層水汽。他們有種久違後的心照不宣，輕柔的音樂，精緻的餐具，讓今天的碰面變得更加溫馨。一會兒，熱騰騰的菜上來了，衛春林放開了手腳，將蜷縮了較長時間的胃撐開，美美地飽餐了一頓。這次李曉楠改喝了紅酒，她舉起酒杯的手指十分優雅地微微翹著，她一次又一次地跟衛春林碰杯，她含著笑，沒有了往日的張揚與伶牙俐齒，只是溫柔地笑著，甚至她湊過去，在他耳邊說一兩句悄悄話，彷彿他們是多年親暱的老朋友，即使有點打情罵俏，也是很自然的事了。

二個人喝了兩瓶紅酒，衛春林第一次體驗到了這種酒的後勁，他的意識在漂浮著，彷彿家鄉河南平頂山的一團煙霧，虛幻而美麗著，飄蕩在他胸前。他平生第一次，體驗著一種虛無的溫情，不用說，李曉楠的笑意完全是為他綻放的，沒有一絲一毫的虛假。他在瀰漫著暖氣的房間裏沒有感到一絲室外的寒意，還有，那蝦、那蟹，那一桌豐盛的菜，都溫暖著他的心，他有點恍惚，竟有種不知何方的醉意。居然，他還聯想到了他在平頂山挖煤不堪的一幕，那一次塌方，他的好朋友小朱壓在煤礦裏，想盡了方法，最後，他看著別人活生生地把小朱的大腿截斷從礦洞裏拖出來。小朱面無血色，但他還是欣慰地笑，說，總算保了一條命。他難過想哭卻哭不出聲來，從這以後，他決意離開煤礦，他跟那片樹葉有什麼區別啊？不停飄啊轉啊，落在哪裏就在那裏幹一陣，生活就是這樣，你對它還能苛求什麼？

這個時候，他突然很想哭。

酒真是個催化劑啊，他一想到哭就真的就哭開了，先是哽咽著，後來放開嚎啕了，他的妹妹小四、好朋友小朱，他生活中所有不順心的事都湧過來了，它們劈劈啪啪如同煙花在胸中絢麗而殘忍得閹割了他的情緒。哭的過程中他感覺有一隻手在撫弄他的頭髮，淡淡的香水味似乎帶來了春天的芬芳，讓他好受多了。

什麼時候離開包間的？他的記憶從這兒開始出現了空白，他只是記得那酒的味道，喝到後來，脖子一仰，滿滿的一高腳杯酒就從喉嚨口竄下去了。李曉楠喝得興起，還跟他玩起了兩隻小蜜蜂的遊戲，他一連輸了五次，李曉楠乘機灌了他五杯，李曉楠興奮得兩隻手撳住了他的手，說，一定要喝！她的兩隻眼睛迷離而飄飛著誘人的色彩，灼灼盯著他發燙的臉，他的腳底已經在發軟了，但他還是顯示得十分豪氣，說，好！喝！

半夜，他頭疼欲裂，睜開眼卻發現自己在一個雪白的套房裏，旁邊是一個溫軟的女人。他是真嚇了一跳，一摸自己，脫得精光！不用猜，自己昨天喝得太多做壞事了。他側過頭看李曉楠睡得真香，他覺得自己嘴裏澀澀的，說不出什麼味兒。就這樣，他睜著雙眼看天花板，天花板上用石膏掉著頂，花紋細膩生動，幾盞射燈幽幽地放著光芒。他隱隱中已經明白李曉楠是幹什麼的了，但他不想戳穿她，他看得出她是滿心喜歡他的，至少她不會坑害他，他也沒有資本讓她可坑害的，相反，他卻是要她幫忙，來擺脫他現在的困境，至少，這是目前最現實，最應該考慮的問題。

正在他胡思亂想的時候，李曉楠醒了，他衝她尷尬的一笑，她的身子又貼過來，火一樣燙人。他只好順勢接住了，做得有點勉強，她卻是很自然，越纏越緊，整個兒壓在他身上了。他想到這個份上也就沒必要顧忌什麼，於是狠狠地動作了一回。

早上他幾乎是落荒而逃，臨行時他說了至關重要的話，他說，別忘了給貴花也安排一份工作，這兩天她跟我鬧得要吃老鼠藥了。李曉楠抿嘴笑出聲來，他繼續奴顏卑膝地補充，跟陶陶一樣，要台資的。說完，他像做了賊一樣，心虛萬分，倉皇下樓。

　　陽光，好不容易從雲層的縫隙裏鑽出來。

　　事情很快就有了回應，貴花被通知去參加招工體檢。貴花唬著臉，還是不高興，她問，我跟那個小騷貨一個車間嗎？衛春林陪著笑，說，這麼大一個廠房，幾千來號人，怎可能在一起呢？貴花扭著他的棉襖，毒毒地笑他，你哪來這麼大的本事？你的翅膀可真硬了，想安排就安排，人家求了一輩子，事情連個影子都沒見，你卻是活出味道了，怎不給自己也找份好工作？

　　這時，恰巧醫務人員高聲叫貴花的名字，要抽大血驗肝功能了，貴花丟下她的話，硬梆梆進了房間。衛春林摸到爛糟糟的一根煙，剛掏出來，保安過來嚴肅制止了他。他的心堵得太慌了，活得簡直有點心驚肉跳，他總是在逃避貴花凌厲的眼神。那隻電視機，蜷縮在床架上，落了一層灰，超女轟轟烈烈的演藝節目告一段落，《大長今》也播放完了，貴花有事沒事，就看著他，看他吃飯、睡覺，洗澡，甚至細密看他洗他的生殖器，他要側過身去，她卻不屈不撓跟過來，她說，你變了，變得我不認識了。

　　黑夜，不屬於他，貴花會時不時用惡毒的語言攻擊他。只有白天了，他依舊愛躺在黃魚車上，四腳朝天仰面躺著，任中午暖暖的陽光飄在他的胸口，他瞇著眼，打盹，依稀裏他會沒頭沒腦地想到陶陶和李曉楠。陶陶這陣子彷彿沒了聲響，或許在忙吧，還是忙點好，正正經經上班，好好的賺錢，然後找個小伙，踏踏實實過日子，人這輩子，不就圖個心安理得？

可是他卻平靜不了，李曉楠像一隻劈面而來的狸貓，擾亂了他的心。她偶爾會打電話給他，但次數很少，一個月一次也說不上。然後他鬼使神差到了梅花山莊，她整個兒撲在他懷裏，輕輕地訴說，也不累著他，反而給他揹肩、捶背，彷彿她倒成了他心甘情願的女僕。他不想問她什麼，她也不想解釋，她把柔軟的男士睡衣放在繡花浴巾毯子上，他洗完澡，穿上，一陣淡淡的花香，瀰漫了整個虛幻的房間。

　　他們在一起，只待四五個小時。

　　然後，他換上骯髒的破夾克，去接正要下晚班的貴花。貴花的話開始絮絮叨叨了，新的環境，讓她有了新的生活圈子，她用新賺來的工資買了一件紅色羽絨衫，穿上它，像一束紅梅，在冬天的風裏呼呼綻放著。

　　衛春林和貴花平靜地做愛，就像每天吃飯一樣。貴花又抱緊他寬實的後背，像小熊一樣呼嚕呼嚕睡去，她存在銀行卡上的錢在不斷遞增，蟲蟲的小自行車已不是泡影。陶陶的名字，也從貴花的嘴巴裏逃走了，他們好久沒看見她了，眼不見為淨，這話說得一點也沒錯。

　　清晨，李曉楠意外地發現，她居住的各個角落竟都裝有電子探頭！探頭陰森森的，猙獰地衝她笑著。她小心翼翼問了華苑別墅物業，物業說他們只在公共場所設計安裝了。李曉楠噓了一聲，寒氣從背脊升起，幸虧，她事先考慮得更細密，比孫尚浪細密多了！這個禿頭，陰暗齷齪到了極點，做生意，從來都是打銀行的主意，一波一波，自己不用擔半點風險。他帶著金絲眼鏡的目光像鷹隼，捕捉著每一單生意，和每一個在他眼前過往的有價值的人。他臺灣的女兒快十三了，太太的臉圓得像個玉盤，母女倆親熱的照片放在孫尚浪的電腦桌面上做屏保，他一開機，就衝著她們說，哈囉！

　　孫尚浪的手，棉白，總冒著汗唧唧的手氣，他撫摸著李曉楠，像心不在焉撥弄著他的波斯貓。他飛來飛去，一會兒臺灣，一會兒

香港，一會兒上海，一會兒蘇州，誰也搞不清楚他有多少幢別墅，安裝了多少個電子探頭？李曉楠想，他是飛機裏的人，會不會也有一天，和徐志摩一樣，隨著飛機的一簇電光火石，從而肉身煙消雲散？

他若灰飛煙滅了，她李曉楠又靠誰吃飯喝湯？冬日的寒氣真重，她也似溫室裏的秧苗，已經徹底離不開一切賴以生存的物質條件了。但誰又不是這樣？

想那麼多幹嗎？李曉楠又自嘲，她把真絲睡衣一點一點剪碎，這是孫尚浪摟著她睡過的，她要剪碎，明天重新買一件，然後，去梅花山莊，和她的衛春林。

衛春林第一次拒絕了李曉楠。衛春林說，陶陶好像出事了，她離開公司一個星期了，上午王武人像失去理智的瘋狗，不停地嗷嗷叫，還衝衛春林要人，好像是他藏了人一樣，簡直是狗咬呂洞賓。

李曉楠問，她會去哪裏？

衛春林猶豫了片刻，說，該不會又到酒吧去當吧女了吧！

李曉楠說，好，我陪你去找她，找到她為止。

蘇州的夜晚，八點，還沒有進入微醉的狀態。車流人海，急剎車的聲音時不時衝破夜空，像一個女孩的尖叫，怵目驚心。李曉楠對城南那一片的娛樂場所很熟悉，她領著衛春林，而衛春林如一只驚慌的兔子，隨著她張望著每一個坐在吧台前的女子。那些女子巧笑著，露著粉頸，混沌的燈光蕩漾著彩色的光圈，落在她們臉上，看上去，臉都長得差不多。

連續走了四五家，衛春林突然感到心力交瘁，他問李曉楠，我們有必要再找下去嗎？找。李曉楠很堅定，來都來了。她神色篤定，彷彿她一眼瞥見了那角落裏，偎依在男人懷裏的陶陶，陶陶舉著洋酒杯，撒著嬌，一杯一杯地勸人，陶陶的身體在酒吧虛設的泡沫裏升

騰，像一條魚，說不上痛苦，也說不上放縱，只是在她所適應的生活裏自由地伸展。

儘管，李曉楠還不認識陶陶，但她確認她已經看見她了。她和她一樣，長著相同的臉，無法承受日常的苦難與瑣碎，於是，換一種方式生活，也未嘗不可。

酒吧裏的鼓點愈加亢奮了，接近歇斯底里的程度，這很容易把人的心衝到邊緣狀態。李曉楠揮了揮手，說，喝一杯吧，悠著點找，要在的話，她肯定在。衛春林無可奈何坐下，他雙手趴在吧臺上，顯得很不時宜，有小姐上來跟他搭話，窘得他急忙把眼睛射到別處。

李曉楠溫和地笑他，把他拉到自己身邊，輕觸著他的手，毛糙而寬大的手。

一轉眼的恍惚，衛春林如鯁在喉，衛春林說，我看見陶陶了。

順著他手指的方向，李曉楠看見了一個女孩，她正彎腰在做著什麼，背的弧度很美，後腰露出了很大一塊，琥珀白的肉色，飄浮在振動的酒吧裏很顯眼。

女孩起身時，跌到了一個男人的懷裏，男人把一杯酒撳到她嘴邊，她咯咯咯地笑。

衛春林站起身來，被李曉楠拉住了，李曉楠說，別犯傻，這樣沒用的。

陶陶的臉蛋像剝了殼的雞蛋，泛著鮮亮的光澤。男人張嘴要啃，她彎到了一邊，男人與她來來回回牽拉了幾次，終於，兩個人的頭埋在一起，在酒吧的昏暗的角落裏，旁若無人，做著些什麼。

音樂，依舊爆響，心臟也要跳出來了，跳出軀殼，落到冰冷的地面上，寒風一吹，就碎了。衛春林一聲不吭，繞出了混亂的人群，沒頭沒腦，甚至沒有和李曉楠打個招呼。他沿著城南的馬路，慢慢

地走，馬路邊是一條運河，水流汩汩，寂寞地流著，偶爾一兩隻船開過，但開得極安靜，衛春林不停地向前行走，走得淚流滿面。

快過年了！貴花採購了一大堆年貨，準備回河南老家。她很開心，二個月，她掙了足足有三千元，據說年終還有獎金要發。跟衛春林鬧一下，收穫還真不錯！小騷貨和她的父親早已搬走了，隔壁又來了個單身男人，做泥瓦匠的，不會造成任何威脅。至於她的男人──衛春林，還是老樣子，白天時躺在黃魚車下曬太陽，若有生意，一躍而起，吭哧吭哧去做，晚上，來廠門口接她回家，順便還帶上一隻烘山芋，燙燙的，捧在手上，甜在心裏。

白天，她收拾房間，看見有一摞紙疊的東西，用廢報紙疊的，她撿起來隨手扔掉。可是第二天，又有了，細細一看，疊的是飛機，她噗嗤笑了，想衛春林的年紀是又活回去了。

她透過窗戶，看見明晃晃的太陽底下，衛春林正將一隻紙飛機向天空發送，紙飛機繞著優美的弧線，穿過樹枝，穿過他們晾著衣服的竹竿，飄舞了一陣，然後，「啪塔」輕微一聲，落在灑滿灰塵的院子裏。

2006年12月20日於蘇州

醸文學27　PG0568

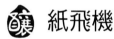 紙飛機

作　　者	葛　芳
責任編輯	孫偉迪
圖文排版	姚宜婷
封面設計	王嵩賀

出版策劃	醸出版
製作發行	秀威資訊科技股份有限公司
	114 台北市內湖區瑞光路76巷65號1樓
	電話：+886-2-2796-3638　傳真：+886-2-2796-1377
	服務信箱：service@showwe.com.tw
	http://www.showwe.com.tw
郵政劃撥	19563868　戶名：秀威資訊科技股份有限公司
展售門市	國家書店【松江門市】
	104 台北市中山區松江路209號1樓
	電話：+886-2-2518-0207　傳真：+886-2-2518-0778
網路訂購	秀威網路書店：http://www.bodbooks.com.tw
	國家網路書店：http://www.govbooks.com.tw
法律顧問	毛國樑　律師
總 經 銷	聯合發行股份有限公司
	231新北市新店區寶橋路235巷6弄6號4F
	電話：+886-2-2917-8022　傳真：+886-2-2915-6275

| 出版日期 | 2011年9月　BOD一版 |
| 定　　價 | 300元 |

國家圖書館出版品預行編目

紙飛機 / 葛芳著. -- 一版. -- 臺北市：釀出版, 2011.09
　　面；　公分. --（語言文學類；PG0568）
　BOD版
　ISBN 978-986-6095-18-4（平裝）

857.63　　　　　　　　　　　　　　100008164

讀 者 回 函 卡

感謝您購買本書，為提升服務品質，請填妥以下資料，將讀者回函卡直接寄回或傳真本公司，收到您的寶貴意見後，我們會收藏記錄及檢討，謝謝！
如您需要了解本公司最新出版書目、購書優惠或企劃活動，歡迎您上網查詢或下載相關資料：http:// www.showwe.com.tw

您購買的書名：_____

出生日期：_____年_____月_____日

學歷：□高中 (含) 以下　　□大專　　□研究所 (含) 以上

職業：□製造業　□金融業　□資訊業　□軍警　□傳播業　□自由業
　　　□服務業　□公務員　□教職　　□學生　□家管　　□其它_____

購書地點：□網路書店　□實體書店　□書展　□郵購　□贈閱　□其他

您從何得知本書的消息？

　□網路書店　□實體書店　□網路搜尋　□電子報　□書訊　□雜誌

　□傳播媒體　□親友推薦　□網站推薦　□部落格　□其他_____

您對本書的評價：（請填代號　1.非常滿意　2.滿意　3.尚可　4.再改進）

　封面設計____　版面編排____　內容____　文／譯筆____　價格____

讀完書後您覺得：

　□很有收穫　□有收穫　□收穫不多　□沒收穫

對我們的建議：_____

_____

_____

_____

11466
台北市內湖區瑞光路 76 巷 65 號 1 樓

秀威資訊科技股份有限公司　　　收

　　　　　BOD 數位出版事業部

....

（請沿線對折寄回，謝謝！）

姓　　名：＿＿＿＿＿＿＿＿＿　年齡：＿＿＿＿＿　性別：□女　□男

郵遞區號：□□□□□

地　　址：＿＿＿＿＿＿＿＿＿＿＿＿＿＿＿＿＿＿＿＿＿＿

聯絡電話：(日) ＿＿＿＿＿＿＿＿＿＿　(夜) ＿＿＿＿＿＿＿＿＿＿

E-mail：＿＿＿＿＿＿＿＿＿＿＿＿＿＿＿＿＿＿＿＿＿＿＿